De heks in mij

LOES DEN HOLLANDER

De heks in mij

DE CRIME COMPAGNIE
Crème de la Crime

Omslagontwerp: Margo Togni
Foto omslag: © Magdalena Russocka, Arcangel
Boekverzorging: Michiel Niesen, ZetProducties, Haarlem
Auteursfoto: Marloes Bosch fotografie

ISBN 978 94 6109 697 5
NUR 305

Meer informatie over De Crime Compagnie op www.crimecompagnie.nl

Praten is soms niets anders dan
een list om niets te hoeven zeggen.
Simone de Beauvoir

Je woont in mij,
dat weet ik al
mijn hele leven.
Of je een jongen of een meisje wordt,
het maakt niet uit,
je lijkt op mij, wat je ook bent.
Ik ken je stem, je oogopslag,
je tred, je lach
en alle tranen die je plengen zult.
De wens om jou te baren
is heftig en verstikkend,
de drang je te ontmoeten
maakt wankel en onzeker,
maar haast je niet en kom
als het je tijd is.

Ik wacht op jou.
Je bent het kind
dat me verlossen zal
van onverzadigbaar verlangen.

DEEL EEN: HET VERHAAL VAN KAIA

*

Weet je nog dat ik mijn eerste kinderboek schreef over het mannetje dat geluk kon brengen? Het was een boek voor kleuters, er werd een theatervoorstelling van gemaakt, ik won er de Griffel mee voor het meest positieve kinderboek. Ik moest jou eruit voorlezen, omdat je blij werd van het mannetje dat overal een oplossing voor had en iedereen aan het lachen kon maken. Je zei toen tegen me dat in mij de meest vredelievende geest huisde die volgens jou ooit had bestaan.

Dat zei je mooi... En toen klopte het nog.

1

Dit kan niet waar zijn.

Kaia volgt met wijd open ogen de woorden die de vrouw tegenover haar uitspreekt. Ze wil niet horen wat ze zegt, ze wil het alleen zien. Liplezen is nog steeds een prettige manier om informatie te ontvangen. Op dit soort momenten is ze zich er extra sterk van bewust dat de periode die ze ooit hartgrondig vervloekte toch van grote betekenis is geweest. Liplezen maakt haar rustig, met geluid erbij kunnen woorden zo genadeloos binnenkomen. Gelukkig lukt het haar nu om zich te concentreren op de lippen die de meest bizarre tekst produceren die ooit tegen haar werd uitgesproken. Het geluid van een stem is wel aanwezig in de kamer, maar als ze zich op de lippen blijft richten, kan ze misschien minder pijn voelen. Wat glanzen ze mooi, wat een prachtige kleur hebben ze.

'Hebt u nog vragen?'

Kaia sluit haar ogen.

'Het spijt me voor u.' De vrouw heeft weer een stem. Ze richt zich nu tot Gijs. 'Is het voor u ook allemaal duidelijk?'

Kaia kijkt naar hem. Hij zit kaarsrecht in zijn stoel, zijn gezicht staat strak.

'Ik denk dat we dit het best zo snel mogelijk kunnen regelen,' zegt Gijs.

Kaia staat op en loopt naar de deur.

'Waar ga je heen?' roept Gijs. 'Kom terug. We moeten afspraken maken.'

'Laat haar maar even,' hoort ze de gynaecologe nog zeggen voordat de deur van de spreekkamer achter haar dichtvalt.

*

Luister goed, kind in mijn buik, dit ga je me niet flikken. No way! Gesnopen?

Ik ben een gezonde vrouw en ik heb je samen met een gezonde man verwekt, al kan ik niet ontkennen dat het erg lang heeft geduurd voordat het lukte om een simpel zaadje een even simpel eitje te laten bereiken. We begonnen aan dit experiment toen ik zesentwintig was en ik ben vorige week veertig geworden, dus reken maar uit hoeveel jaren we ons best deden.

Of kun je soms niet rekenen? Waarschijnlijk niet, je hersenen zullen ook wel van geringe afmeting zijn, al is me dat niet duidelijk geworden bij alles wat die gynaecologe met haar mooie lippen allemaal uitgekraamd heeft. Bizar detail in dit verband, dat woord 'uitgekraamd', vind je ook niet? Of kun je zelfs ook niets vinden?

Wat ben jij voor een misbaksel? Wat heb je in mij te zoeken?

Was het nu echt zoveel moeite om na veertien jaar geploeter, de meest uiteenlopende vruchtbaarheidsbehandelingen, de talloze mislukkingen, de altijd aanwezige hoop en alle dappere pogingen om teleurstellingen het hoofd te bieden het ene eitje dat nu net geen fout gen meedroeg te laten voorgaan en zelf geen embryo te worden? Te veel moeite, zeker? Gewoon een gevalletje van sterke dadendrang, van het liefst voorop willen lopen en van puur egoïstische belangen, hè?

Wat moet jij in mijn baarmoeder? Kom spontaan naar buiten en bespaar me een medisch begeleide bevalling, zoals de gynaecologe met de mooie lippen heeft voorgesteld.

Hups, floep, naar buiten. Daar heb ik wel een beetje buikpijn voor over en dan houden wij het samen voor gezien.

Nieuwe ronde, nieuwe kansen. Wat één keer lukt, lukt ook een tweede keer. De overgang ligt al op de loer, het is dus opschieten geblazen.

Vort! Weg!

Sorry, sorry, kind. Sorry dat ik totaal verkeerde dingen denk. Ik ben niet boos op jou, ik ben boos op het leven.

Slaap maar lekker verder, kindje van me, je mama weet wat ze moet doen.

2

'Waarom loop je weg? Wat denk je dat je hiermee opschiet? Die vrouw was zó aardig en zó begripvol en... zó... correct! Je gedraagt... je als... een onnozele puber!' Gijs rent naast Kaia, zijn ademhaling dreigt hem het spreken onmogelijk te maken. Hij grijpt haar arm vast. 'Stop nu!' Hij buigt voorover en komt overeind. 'Even bijkomen, we moeten praten.'

Kaia rukt haar arm los.

Gijs haalt diep adem met open mond en trekt zijn schouders naar achteren. 'We gaan terug en we maken op een fatsoenlijke manier een afspraak.'

'Ik ga niet terug,' zegt Kaia.

Als je niet beter wist, zou je kunnen denken dat dit een vijfsterrenrestaurant is. De brede rieten stoelen die bij de ronde houten tafels staan zijn comfortabel en de diverse buffetten zouden niet misstaan in een toplocatie. Er is hier niets te bespeuren van een ziekenhuissfeer.

Gijs heeft koffie en een chocolademuffin voor Kaia gehaald en spoort haar aan om vooral de muffin op te eten. Volgens hem kan de zoetigheid ervoor zorgen dat ze zich beter gaat voelen. Hij zet zelf zijn tanden in een zalmwrap.

Kaia kijkt toe als hij kauwt en slikt.

'Ik denk dat ik nog zo'n wrap haal,' zegt Gijs. 'Nu met pittige kip. Even de schrik wegeten.'

Ze kijkt hem na als hij terugloopt naar het buffet waar de wraps liggen. Hij is dikker geworden en zijn haar is te lang. Sinds wanneer let hij niet meer op zijn gewicht? Op tijd naar de kapper gaan was altijd al een discussiepunt. Het zal Kaia niet verbazen als heks ex met de belachelijke naam Wiesje weer eens tegen hem gezegd heeft dat wat langer haar hem sexy maakt. Kaia's beste vriendin Jill heeft de aanduiding heks ex bedacht, als alternatief voor Wiesje. Ze zijn het er al jaren over eens dat iemand die als volwassen vrouw nog de naam wil hebben van een klein meisje een verschrikkelijke aanstelster is.

Jill was degene die over de betekenis van 'heks' begon te praten. Ze vertelde dat ze het woord gegoogeld had en vooral veel had opgestoken over hekserij op Wikipedia. Uit wat ze daar las, had ze begrepen dat de nadruk op kwaadaardig handelen van een heks voortkwam uit volksgeloof en dat hekserij vanuit de geschiedenis bekeken alleen te maken had met het aanroepen van bovennatuurlijke krachten om mensen of situaties te beïnvloeden. Toen besloten Kaia en Jill het volksgeloof te volgen en Wiesje uit te roepen tot heks ex. Die term zal Kaia nooit meer loslaten.

Ze ziet dat de twee vrouwen die schuin tegenover hen zitten Gijs ook nakijken. Ze glimlachen en zeggen iets tegen elkaar. Kaia is eraan gewend dat Gijs belangstelling heeft van vrouwen. Ze schenkt daar doorgaans geen aandacht aan, al vindt ze het soms behoorlijk irritant. De enige met wie ze deze irritatie bespreekt is Jill. Die is in staat om het voor elkaar te krijgen dat Kaia alle ergernis van zich afgooit en trots wordt, omdat zij toch maar de vrouw is die deze mooie man al veertien jaar aan zich weet te binden. Nog een jaar, dan heeft ze de eerste vrouw van Gijs in huwelijksjaren verslagen. Ze zal ervoor zorgen dat dit heks ex niet kan ontgaan. Nu ook nog kinderen baren, dan blijft ze nergens meer in achter.

Wat zal de vrouw die nog steeds de achternaam van Gijs gebruikt zeggen als ze hoort dat een volgens de gynaecologe beperkt levensvatbaar embryo zich in Kaia's baarmoeder heeft genesteld en zo spoedig mogelijk moet worden afgedreven? Ze zal verschrikt en supermeelevend reageren, maar Kaia weet zeker dat ze aan haar hartsvriendin Catherine op triomfantelijke toon zal vertellen dat de tweede leg van Gijs voor altijd een wens zonder uitzicht zal zijn. Ze zullen er samen het glas op heffen en daarna gaan ze iets aardigs voor haar doen. Gijs zal ze prijzend toespreken, Kaia zal er een dankwoord uit persen.

Maar eerst moet het nog zover komen.

*

Ik zal je vertellen wat je mankeert. Je hebt achondroplasie. Dat klinkt misschien interessant, maar onder dat woord versta ik als je moeder heel andere dingen. Ik vind iets interessant als het kansen heeft, tot ontwikkeling of verdieping kan leiden en iets toevoegt. In die zin lijkt achondroplasie me niet bepaald interessant. Deze afwijking is een erfelijke aandoening die de vorming van kraakbeen in de lange pijpbeenderen verstoort. Daardoor is er geen sprake van een normale groeischijf en dat betekent dwerggroei. Mensen die behept zijn met deze afwijking worden gemiddeld maar één meter twintig lang. Ze hebben een normale romp en korte ledematen. Weet je waar ze ook vaak last van hebben? Luister goed, nu komt de clou van het verhaal. Ze hebben vaker last van een waterhoofd en van oorinfecties dan mensen die geen dwerggroei hebben.

Vaker oorinfecties. Ik heb vanaf mijn geboorte al last van chronische oorontsteking. Als zo'n infectie weer toeslaat, ben ik helemaal of bijna doof tot de medicatie die me wordt voorgeschreven aanslaat. Sinds ik volwassen ben laten de infecties me meer met rust dan toen ik een kind was. Toen was ik zó vaak doof of dovig dat ik noodgedwongen leerde liplezen. Dat kwam me vandaag goed van pas, toen ik binnen een uur twee keer tegenover een gynaecologe zat die me zo nodig moest vertellen wat er met jou aan de hand is. En die me nadrukkelijk bekeek toen ze uitlegde dat het hier een autosomaal-dominant erfelijke aandoening betreft en dat dat betekent dat kinderen van een patiënt vijftig procent kans hebben zelf te zijn aangedaan.

Jij bent ontstaan uit een eicel van mij en een zaadcel van je vader. Ik ben niet heel groot, maar ook geen dwerg. En ik heb chronisch last van oorontsteking. Je vader is kerngezond, alleen momenteel te dik. Ben ik dan degene die deze afwijking heeft doorgegeven? Draag ik een gen waaruit een kind met dwerggroei kan ontstaan? Hoeveel van die genen kunnen er in mijn systeem zitten? Heb ik het geluk gehad dat ik alleen last heb van oorinfecties en verder niets? Mijn ledematen zijn niet opvallend kort, mijn wijs-, middel- en ringvinger zijn niet ongeveer even lang. Het afwijkende gen is genadig voor mij geweest. Als er tenminste met mij genetisch iets niet klopt.

Mensen met een kleine gestalte worden vaak aangeduid als 'dwerg', maar in de geneeskunde spreek men liever over 'kleine mensen'.

In de medische wereld wordt de term 'mensen met achondroplasie' als de meest adequate omschrijving gezien.

Je merkt zeker wel dat ik goed naar de woorden van de gynaecologe heb geluisterd. Ze vertelde alles zó uitgebreid dat het leek of we in een hoorcollege terecht waren gekomen. Ze zei nog meer, maar ik ben momenteel niet in staat om dat te herhalen. Het was te erg.

Ik krijg er moordneigingen van.

Laat ik het toch maar tegen je zeggen.

Ze heeft voorgesteld om jou te vermoorden. Dat woord heeft ze natuurlijk niet gebruikt, een dergelijke uitdrukking past niet in het vocabulaire van een academica. Ze sprak over een uitdrijving.

Uitdrijving! Dat is dus een synoniem van moord.

Je vader was het helemaal met deze dokter eens. Hij wilde meteen een datum plannen en toen ben ik opnieuw weggelopen.

Fuck alle partners en gynaecologen!

Luister maar niet te veel naar je moeder. Ik gebruik zelden schuttingtaal, maar nu moest het even.

We wilden een zoon Timor noemen en een dochter Meggy. Ik wil je een naam geven als ik tegen je praat, maar ik weet niet eens of je een jongen of een meisje bent. Zou dat worden vastgesteld na een uitdrijving?

3

Ze hebben de hele terugweg allebei gezwegen. Kaia voelt dat Gijs nu en dan naar haar kijkt, maar ze houdt haar blik strak op de weg gericht. Haar handen liggen beschermend op haar buik.

'Het is een verschrikkelijke situatie,' zegt Gijs om de stilte te verbreken als ze uit de auto stappen. 'Laten we snel naar binnen gaan en met elkaar praten.'

'Waarover?' vraagt Kaia.

'Over de toekomst, over ónze toekomst. Ik heb een paar dagen geleden een besluit genomen en dat wil ik met je bespreken.'

'Ik wil even langsgaan bij Jill,' antwoordt Kaia.

Gijs klemt zijn vingers over het nog openstaande portier aan zijn kant. 'Naar Jill? Waarom?' Aan zijn stem is te horen dat hij geëmotioneerd is.

'Omdat ik nu niet bij jou wil zijn, Gijs. Wat heb ik te zoeken bij de man die nog geen halfuur geleden glashard tegen me heeft gezegd dat ik het kind dat we na zoveel jaren eindelijk hebben kunnen verwekken, moet laten uitdrijven? De term alleen al is te banaal voor woorden. Ik wil met mijn beste vriendin praten.'

Gijs houdt zich nog steeds aan het portier vast. 'Ik gun je dit kind meer dan ik kan zeggen, geloof me alsjeblieft. Ik was zó blij toen je eindelijk zwanger werd. Dit hebben we allebei niet verdiend. Maar we hebben elkaar en volgende week vrijdag...'

Kaia snoert hem de mond met een driftig handgebaar. 'Jij wil dit kind even graag krijgen als ik, maar je wil vooral een erfgenaam die alles zal goedmaken wat je hebt verloren toen je eerste kind stierf. Ik weet dat een volgend kind altijd op de eerste plaats zal staan, maar dat hindert niet. Ik begrijp het belang voor jou en dat respecteer ik. Maar de erfgenaam moet natuurlijk wél gezond zijn en intelligent en toonbaar voor de buitenwereld. Een kind met achondroplasie komt bij jou niet in aanmerking om het levenslicht te zien. Je wil een opvolger, geen sta-in-de-weg met wie je niet voor de dag kunt komen. Bespaar me dus uitspraken als: dit hebben we allebei niet verdiend. Ik ben degene die dit niet verdiend heeft. Mijn toekomst wordt voor altijd anders, mijn kinderwens is van het ene op het andere moment verpletterd. Maar fijn om te weten dat je me dit kind in ieder geval hebt gegund.' Ze loopt op haar eigen auto af. 'Ga maar uithuilen bij je lieve Wiesje, ze zal je met open armen ontvangen. Grote vriendin Catherine zal ook direct opduiken om jou te troosten met je verschrikkelijke lot. Stort je hart uit bij dat potteuze stel, al blijf je tegenspreken dat die twee veel meer zijn dan hartsvriendinnen.' Als ze wegrijdt, ziet ze hem in de achteruitkijkspiegel doodstil staan, met open mond. Ze voelt niets.

*

Ik herken mezelf niet, lief kind. Waar komt die onmetelijke woede opeens vandaan? Hoe is het mogelijk dat ik zomaar kan veranderen in een heks? We hebben al een heks in de familie, ze heet Wiesje en ze is de meest manipulerende en valse persoon die ik ooit ben tegengekomen. En de mooiste, dat geef ik toe. De eerste vrouw van je vader is een schoonheid om te zien en behalve haar uiterlijk heeft ze nóg iets waar iedere vrouw van droomt. Ik gun het haar niet, maar dat zal niets veranderen aan het feit dat ze een prachtig figuur heeft en dat al jaren zonder moeite houdt. Deze vrouw kan eten wat ze wil zonder ook maar een gram aan te komen. Volgens je vader interesseerde uiterlijk en gewicht haar niet tijdens de jaren dat haar kind nog leefde. Hij beweert ook dat ze een aangenaam mens was om mee om te gaan, totdat ze hun kind verloor door een onverwachte en onverklaarbare hartdood. Je vader zegt nog steeds dat ze toen is veranderd. Hij noemt haar geen heks, dat doen Jill en ik.

Heks ex.

Als ik ooit een boek voor volwassenen zal schrijven, wordt dat de titel en dan ga ik los. Je leest weleens dat schrijven een soort therapie kan zijn, dat het mensen kan verlossen van vastzittende emoties en dat ze daardoor met zichzelf in het reine kunnen komen. Grote woorden, vind ik. Voor mij is schrijven gewoon werken en mijn fantasie de ruimte geven. Ik heb al zeven kinderboeken geschreven en ik wil ze allemaal aan je voorlezen. Later. Goed? Als ik dat boek voor volwassenen ga schrijven, zal ik afrekenen met de paria die me al jaren dwarszit en ik zal me op geen enkele manier inhouden of laten corrigeren. Ik laat geen spaan heel van heks ex. Ik krijg iedere minuut meer zin om te beginnen, om de vrolijke meid die kinderen blij maakt even te parkeren en iemand te worden met een zwart randje om haar ziel. Kan een groot verlies een heks van je maken? Ik denk dat ik het antwoord al weet.

Als ik jou verlies, krijgt de heksenclub er een fanatiek lid bij.

Je vader heeft een besluit genomen, zei hij. Je hoeft niet al te slim te zijn om te raden waar hij op doelde. Ik zal je iets vertellen wat strikt geheim is en waar vooral Wiesje niets van mag weten. Zelfs Jill weet het niet, het is dus echt een groot geheim.

Je vader en ik zouden volgende week maandag in het diepste geheim gaan trouwen. De geheimhouding was nodig, omdat zijn ex in alle staten zal raken van het vooruitzicht dat je vader en ik wettelijk aan elkaar verbonden zijn en zij de kans loopt dat je vader dan zijn belofte zal verbreken om mij op geen enkele manier zijn erfgenaam te laten zijn. De sufferd die je vader is, heeft namelijk aan haar beloofd dat het bedrijf waarvan ze samen eigenaar zijn in haar bezit komt als hij overlijdt. Dat ligt niet vast en heks ex laat al jaren geen enkele gelegenheid voorbijgaan om hem aan deze belofte te herinneren. Ze vindt dat ze recht heeft op het totale bezit, omdat het bedrijf oorspronkelijk van haar vader was. Die vader heeft zich teruggetrokken toen heks ex met jouw vader trouwde en toen hebben ze samen besloten dat de zaak op hun beider naam kwam te staan. Als ik het goed begrepen heb, heeft dit besluit tot een enorme familieruzie geleid die pas afnam in heftigheid toen het kleinkind werd geboren naar wie de ouders van Wiesje al jaren reikhalzend uitkeken. Behalve die geboorte bleek je vader een krachtige ondernemer te zijn met een niet te stuiten expansiedrang die het bedrijf in tien jaar tijd op financieel topniveau bracht. Wij wonen nu niet voor niets in een vrijstaande villa met een buiten- en een binnenzwembad, een huisbioscoop, een sportzaal en een sauna. Je vader is een gerespecteerd bestuurder van inmiddels zestien vakantieparken in Nederland, België en Duitsland. Zijn ex doet weinig anders dan een riant salaris ontvangen en kritiek leveren op alles waar kritiek op te leveren valt. Ze is dol op shoppen en ze is altijd bruin, hetzij van de zonnebank, hetzij van echte zon. Als je niet in leven blijft, zal in ieder geval de aanblik van een onnatuurlijk bruine huid je bespaard blijven. Om niet te spreken van de confrontatie met jaloezie, hebzucht en egoïsme.

Zo, ik heb gezegd.

Heks ex zal zich druk maken om niets, want je vader heeft me verteld dat hij zijn belofte over de erfenis van het bedrijf zal nakomen. Als jij niet geboren wordt, gaat dat feest voor misbaksel Wiesje zeker door.

Hij wilde snel met me praten. Ik weet nu al wat hij gaat zeggen. Er wordt volgende week maandag niet getrouwd, ook niet als ik toestem in de uitdrijving. Hij zal voorstellen om op dezelfde manier verder te gaan en er zullen van zijn kant geen pogingen meer worden gedaan om mij nog een keer zwanger te maken. Als troost zal hij me een safarireis naar Afrika aanbieden, of een rondreis door Australië, of een superluxe cruise die minstens vier weken gaat duren. Hij denkt beslist dat ik daarmee te paaien ben.

Mooi niet.

Ik noem je Timé, een samenvoegsel van Timor en Meggy. Het accent aigu is nodig, anders staat er Time, dus tijd. Welke tijd jij ook krijgt, er is één term voor jouw bestaan die in mijn hele wezen van belang zal zijn en blijven.

Altijd.

Of je wel of niet voldragen wordt, je zult altijd bij me zijn.

4

‘Gelukkig dat je alweer terug bent,’ zegt Gijs ter begroeting. ‘Kom mee naar de veranda, ik schenk een glas wijn voor ons in. Of wil je iets sterkers?’

‘Spa rood,’ antwoordt Kaia. ‘Ik ben zwanger, weet je nog? Jill was niet thuis, maar ik heb haar een appje gestuurd. Als ze zich meldt, ga ik meteen naar haar toe.’

Gijs overhandigt haar zwijgend een glas spa.

Kaia drinkt het glas in één teug leeg. ‘Steek maar van wal, het kan maar gezegd zijn.’

Gijs buigt zich naar haar toe. ‘Zullen we eerst proberen om weer lieve partners te worden?’

Kaia zwijgt.

‘Ik wil geen vijandige sfeer, ik wil dit met je delen.’ Gijs lijkt geëmotioneerd. ‘Liefje, ik ga voor jou. Ik wil nog steeds met je trouwen en ik zal elk besluit dat je neemt in deze situatie respecteren.’

Kaia zet het lege glas op de tafel. ‘Bedoel je dat je accepteert dat ik eventueel wil bevallen van een kind met dwerggroei?’

‘Dat bedoel ik. Het is óns kind, Kaia. Wij zullen er samen verantwoordelijk voor zijn. We gaan dit aan als man en vrouw, ongeacht welke drek er over ons zal worden uitgestort. Ik heb Marnix Nijveld al gebeld, hij komt vanavond langs om een nieuw testament op te stellen.’

‘Een nieuw testament? Wat bedoel je daarmee?’

‘Daar bedoel ik mee dat ik besloten heb om me niet langer door de wensen van mijn ex te laten koeioneren en jou aan te wijzen als mijn enige erfgenaam. Dat betekent dat jij, mocht ik onverwacht overlijden, mijn plaats in het bedrijf overneemt, de eigenaar wordt van dit huis, mijn auto's en mijn kapitaal. Aan jou om te beslissen of je mijn functie in het bedrijf zelf invult of iemand aanstelt als directeur. In dat geval zou ik je aanraden om Peter Cassee te kiezen. Hij is de beste manager die ik ken en hij kent het bedrijf vanbinnen en vanbuiten. Maar hij is vooral een integere en loyale man. Ik zou met een gerust hart mijn hoofd neerleggen als ik wist dat je hém benoemt als opvolger. Laten we het daar later uitgebreider over hebben. Voor mij is het belangrijk dat we de urgente zaken, dus huwelijk en nalatenschap, zo snel mogelijk goed en afdoende regelen.'

Kaia wrijft met een wijsvinger over haar lippen. 'Waarom nu opeens? Waarom nu pas?'

'Omdat ik niet eerder zo sterk besefte dat ik je tekortdoe met de vrijblijvendheid die ik altijd vooropstelde. Ik heb fouten gemaakt en die wil ik herstellen. Met kind, zonder kind, ik ga voor jou. Zodra we getrouwd zijn, zal ik Wiesje op de hoogte stellen van mijn besluit en daar ga ik niets meer aan veranderen, welke hel er ook losbreekt.'

'Hel is waarschijnlijk een eufemisme,' zegt Kaia. 'Hoe komt het eigenlijk dat je opeens bezig bent met wie jou zou moeten opvolgen als directeur? Je hebt toch niet een of andere enge ziekte?'

Gijs lacht breed. 'Niet dat ik weet, maar ik ben me er opeens meer dan ooit van bewust hoe belangrijk het is om dergelijke zaken te regelen. En mag ik je nu eindelijk vasthouden?' Hij staat op en strekt zijn armen uit.

'Ik wil wel een paar slokjes witte wijn,' zegt Kaia tien minuten later.

Gijs heeft toast besmeerd met verschillende soorten Franse kaas en het restje Hollandse garnalen in cocktailsaus dat nog in de koelkast stond.

Kaia merkt opeens hoeveel trek ze heeft en ze verorbert vrijwel in haar eentje alles wat op de schaal ligt. Gijs kijkt glimlachend toe.

Het geluid van zijn mobiele telefoon verscheurt opeens de goede sfeer.

Kaia krijgt een wee gevoel in haar maag.

Gijs luistert naar wat degene die belt te zeggen heeft. Zijn gezicht verandert gedurende het gesprek. Hij kijkt weg van Kaia. Zijn stem klinkt schor als hij eindelijk iets zegt. Nadat hij de verbinding heeft verbroken, kijkt hij Kaia aan. 'We moeten terug naar de gynaecologe. Bij de uitslag van het echo-onderzoek was de uitslag van de vlokkentest nog niet binnen. Nu wel en er blijkt meer aan de hand te zijn.'

'Ik wil het niet weten,' zegt Kaia.

Hij trekt haar naar zich toe en houdt haar stevig vast als ze snikt. Pas na een paar minuten merkt ze dat hij ook huilt.

*

Het is nu nacht, lief kind. Je vader slaapt en ik ben ons bed uit geslopen. Nu zit ik aan de keukentafel en ik heb net een tweede glas chablis ingeschonken. De fles is nog halfvol, maar straks is hij leeg. Ik wil zó dronken worden dat niets me meer kan schelen, behalve hoe ik zo snel mogelijk de tweede fles soldaat maak.

Je gaat niet een voldragen foetus worden, lieve Timé. Ik mag jou het leven niet aandoen. Je hoeft niet heel slim te zijn om dat te kunnen begrijpen. Toch wil ik je uitleggen waarom ik je te vroeg geboren laat worden. Luister alsjeblieft goed naar me.

Als je alleen behept zou zijn met een vorm van dwerggroei, had ik serieus nagedacht over de mogelijkheid om je het leven te schenken. Er zijn voorbeelden genoeg van mensen met een geringe lengte die een aangenaam leven kunnen leiden, en je vader en ik zijn financieel in staat om jou van de beste ontwikkeling en hulp te voorzien. Maar toen we hoorden dat er niet alleen sprake is van achondroplasie, is alles anders geworden. Uit de vlokkentekst is gebleken dat je lijdt aan het cri-du-chatsyndroom, een afwijking die veroorzaakt wordt doordat er een gedeelte van chromosoom 5 ontbreekt. Ik wil jou de kenmerken van deze afwijking, zoals voedingsproblemen, een laag geboortegewicht en langzame groei, beperkingen op het gebied van intellect, spraak en motoriek en gedragsproblemen, niet aandoen. Ik wil je behoeden voor hyperactiviteit, agressiviteit, woedeaanvallen, communicatieproblemen en een spraakgebrek. Kortom: hoe heftig mijn hart ook huilt, ik luister naar mijn verstand. Dus ik doe jou het leven niet aan, ik laat je uit me vloeien en ik be-

waar je als een dierbare herinnering. Jij wordt geen baby van wie het huilen lijkt op hoog kattengejank, je gaat niet afhankelijk worden van spraaktherapie en je hoeft geen operaties te ondergaan om hartafwijkingen te verhelpen. Ik schenk je geen leven, ik schenk je rust.

Met een huilend, met een brullend hart.

Ik heb toegestemd in een medische zwangerschapsonderbreking. Overmorgen of eerder gaan je vader en ik naar het ziekenhuis. Morgen moet ik mifepristone-tabletten innemen om rijping van de baarmoederhals te versnellen en contracties mogelijk te maken. Omdat ik nog net geen vierentwintig weken zwanger ben, is een abortus mogelijk zonder wettelijke voorschriften. Je zult die contracties niet overleven en je gaat mijn lichaam verlaten. We zullen je vasthouden, dat beloof ik je. En we wikkelen je in een flanellen doek, zodat je het niet koud zult hebben. Je vader is het met me eens dat je Timé zult heten. We ontvangen je en we laten je gaan. Let maar niet op al mijn tranen. Blijf lekker liggen in je eigen natte warmte. Ik waak over je.

Vergeef me.

5

Jill arriveert een paar minuten nadat Gijs en Kaia zijn thuisgekomen. Ze smoort Kaia bijna in haar omhelzing en snikt het uit. 'Dit is zó oneerlijk, zó godsgruwelijk fout. Jullie verdienden het mooiste kind van de wereld.'

Kaia glimlacht. 'Dat heb jij al, lieverd. Heb je George niet meegenomen?'

'Nee, dat leek me niet verstandig. Hij speelt nu met de andere kindjes op het kinderdagverblijf.' Ze geeft Kaia een dikke kus op haar wang. 'Die moest ik je geven. Kussie voor Kayie en IJssie van Sorsie. Dat was althans wat ik verstond. Ik heb hem verteld dat Kaia en Gijs verdrietig zijn. Hij zette grote ogen op, alsof hij zich dat niet kon voorstellen. Hoe is het gegaan?'

Gijs rommelt in de keuken, terwijl Kaia verslag doet van de gebeurtenissen. Ze voelt zich rustig. 'Het ging gelukkig heel snel. Ik kreeg pillen om de weeën verder op te wekken en drie uur later was ze er.'

'Ze,' herhaalt Jill.

'Ja, het is een meisje. Heeft Gijs dat niet verteld toen hij je belde? Geeft ook niet, hij is in de war.'

Jill slaakt een diepe zucht. 'Wat ben je akelig rustig. Heb je geen zin om de hele boel bij elkaar te schreeuwen? Of om ergens tegenaan te schoppen? Je kunt nu die gruwelijke fruitschaal op de eettafel met een goede reden kapotgooien.'

Kaia moet lachen. 'Ik stoot hem wel een keertje per ongeluk van de tafel en dan zorg ik ervoor dat Gijs niet onverhoeds met een ander afgrijselijk exemplaar komt aanzetten. Maar schreeuwen of schoppen of smijten? Ik voel me er te lam voor. Het ging dan wel snel, maar die weeën waren heftig. Mijn buik doet pijn en ik heb het koud. Wil jij even in de keuken kijken of Gijs opschiet met de koffie?' Ze gaat op de bank liggen en propt een paar kussens in haar rug. Nu even slapen, denkt ze.

Het meisje staat met de rug naar haar toe. Ze heeft een blonde paardenstaart en draagt een blauwe overgooier, een wit bloesje en bruine lage laarsjes met een wit bontrandje. Het kind lijkt te aarzelen om verder te lopen. Vóór haar doemt een zwarte massa op, die dreigend overkomt. Kaia wil haar waarschuwen. Ze probeert iets te roepen, maar er komt alleen een vaag geluid uit haar keel. Ze probeert het nog een keer.

'Kaia, word eens wakker! Heb je een nare droom?' Gijs schudt aan haar arm. 'Meissie toch!'

'Er stond een meisje voor een donker gat,' zegt Kaia. 'Zo dreigend! Ik wilde haar weghalen van die plek.'

'Gelukkig was het maar een droom,' zegt Jill sussend. 'Hoe is de buikpijn nu?'

Kaia strijkt over haar buik. 'Wel uit te houden.' Dan wendt ze zich tot Gijs. 'Ik wil mijn eigen meisje hier in huis hebben.'

Hij streelt haar wang. 'Dat gaat gebeuren als ze haar kunnen vrijgeven. Het is goed dat we toestemming hebben gegeven om nader onderzoek te doen, daar kunnen we misschien andere mensen mee helpen.'

Jill veegt tranen uit haar gezicht. 'Ik vind het dapper van jullie, ik weet niet of ik dat ook zou kunnen. Moeten jullie aangifte doen van de geboorte?'

Gijs gaat naast Kaia zitten en hij slaat een arm om haar heen. 'Het is gelukkig mogelijk om een kindje dat tussen de twintig en zesentwintig weken zwangerschap geboren wordt te laten registreren. Kaia was bijna vierentwintig weken zwanger, we gaan dus de registratie aanvragen. Ze wordt dan ingeschreven met een voornaam.'

'We noemen haar Timé,' vult Kaia aan. 'Samenvoegsel van Timor en Meggy; die namen hadden we uitgekozen voor een jongen of een meisje.'

Het gezicht van Jill vertrekt even.

'Wil je hier liever niet over praten?' vraagt Gijs.

Jill wuift zijn vraag weg. 'Natuurlijk wel, het raakt me alleen zo erg. Ik voel me bijna schuldig met mijn eigen gezonde jongetje en ik vraag me af waarom ik mezelf eigenlijk kwalijk neem dat ik hem geen vader kan bieden. Zo'n vraag slaat toch nergens op als je meemaakt wat jullie voor je kiezen krijgen?'

'Er is niets mis met die vraag, ik kan me goed voorstellen dat zulke gedachten in je opkomen.' Kaia steekt een hand uit naar haar vriendin. 'We gaan jouw George extra verwennen, hè Gijs?'

Gijs zwijgt.

'Ik hoop dat ze snel thuis is,' zegt Jill.

*

Je bent weg uit mijn baarmoeder, maar je zit rotsvast in mijn brein. Wat kwam je snel naar buiten, het leek wel of je geen seconde te laat wilde zijn. Was je misschien opgelucht dat je het leven aan je voorbij kon laten gaan? Ik kan me dat zo goed voorstellen, kindje van me.

Je was niet alleen een foetus van bijna vierentwintig weken, je zag er al uit als een baby. De lichaamsverhoudingen klopten nog niet, je hoofd was nog te groot ten opzichte van je romp en ledematen, maar alles was aanwezig. Armpjes, beentjes, vingertjes, teentjes. Bijna volgroeide oortjes. Je was vierentwintig centimeter lang en je woog driehonderdvijfenzeventig gram. Ik heb gegoogeld op 'foetus van drieëntwintig weken' en las toen dat je in mijn baarmoeder negentig procent van de tijd slapend hebt doorgebracht, al in staat was om te huilen en dat je zelfs kon proeven wat ik at. Waarschijnlijk hoorde je het gerommel van mijn darmen en het kloppen van mijn hart. Nu hoor, voel en proef je niets meer. Je bent een dood meisje, omdat wij hebben besloten dat je beter niet kon leven. Ik moet nog leren om achter dat besluit te staan.

Je mag een paar dagen in ons huis zijn. Je vader heeft al contact opgenomen met een uitvaartondernemer, want we gaan het afscheid van jou op de officiële manier organiseren. We trekken je een hansopje aan dat veel te groot zal zijn, maar dat lekker warm is. We leggen je in een kistje en om het teveel aan ruimte op te vullen zorgen we ervoor dat je bent omringd door knuffels. Je hoeft je niet alleen te voelen.

Wat ik in gedachten allemaal tegen je zeg, blijft tussen ons. Zelfs je vader zou het niet begrijpen.

We hebben besloten dat we je gaan begraven in het graf van mijn moeder. Ze heeft nooit een kleinkind gehad en ze zal blij zijn met jouw komst. Het is een graf voor drie personen en ik zal zelf de laatste zijn die er begraven wordt. Je vader wil geen graf, die wil verbrand en uitgestrooid worden om eeuwig rond te dwarrelen. Maar daar hoef jij je niet druk om te maken, vlij jij je maar rustig in de aarde waar je oma ligt.

Je hebt ook een opa, maar met die man wil ik geen contact meer hebben. Hij heeft jaren geleden besloten dat hij zijn vrouw en kind moest verlaten en met enorme schulden moest achterlaten. Mocht hij niet meer leven en zou je hem tegenkomen, negeer hem dan. Hij hoort niet bij ons, hij is geen enkele vorm van aandacht waard.

Tot zover mijn vader.

Dag lief kind, kom gauw thuis. Ik wil naar je kijken en met mijn ogen een foto van je maken die onuitwisbaar op mijn netvlies zal blijven zitten.

6

‘Ik weet niet wat er aan de hand is met Jill,’ zegt Kaia. ‘Het lijkt wel of ze me ontloopt. Wat denk jij ervan dat ze niet één keer naar Timé is komen kijken? Ze was ook heel snel vertrokken na de begrafenis.’

Gijs rijdt de parkeerplaats van het gemeentehuis op. ‘Daar is een lege plek,’ zegt hij wijzend. ‘Wat een drukte is het hier. Ik denk dat Jill gewoon moeite heeft met ons verlies en dat ze zich geen houding weet te geven. Mensen kunnen heel vreemd reageren bij dit soort situaties.’

Kaia vist haar handtas van de grond. ‘Had ik haar beter tóch kunnen vertellen dat we vandaag gaan trouwen? Dat zou ze leuk gevonden hebben, denk ik. Of zou ze het weten?’

Gijs grijpt haar hand vast. ‘Ik denk van niet, zij heeft toch nooit iets te maken met de huwelijken die gratis gesloten worden? Nog niet zo lang geleden heeft ze me verteld dat er voor de gratis huwelijken een aparte registratie is en dat er een vaste ambtenaar is die dat soort huwelijken op maandagmorgen sluit. En Jill werkt toch nooit op maandag? Nee, zij weet dit niet en het is ook beter dat niemand iets weet, dan kan Wiesje er ook niet snel achter komen. Je weet dat ze kletst met iedereen. Ze kent Jill en je zult net zien dat die elkaar tegenkomen en Jill in haar spontaniteit iets verraadt. Jill kan nu eenmaal zonder kwade bedoelingen gemakkelijk iets zeggen zonder goed na te denken. Het is veiliger, na vandaag mag iedereen het weten.’

‘Ga jij het dan aan Wiesje vertellen?’

Gijs staat abrupt stil. 'Daar wacht ik mee tot zich een geschikt moment voordoet. Ik zit niet te wachten op het theater dat dan volgt. Wat niet weet...' Hij legt beide handen om Kaia's gezicht. 'Er ligt een afschrift van mijn nieuwe testament in de kluis. Mocht er iets met mij gebeuren, laat Marnix dan alles afhandelen. Hij is daar als notaris toe bevoegd. Beloof me dat je hem inschakelt en niemand toestaat om zich ergens in te mengen.'

Kaia pakt een van zijn handen vast en drukt er een kus op. 'Jou overkomt niets.'

'Beloof het,' gebiedt Gijs.

Ze belooft het.

Gijs maakt een uitnodigend gebaar naar de deur van het gemeentehuis. 'Kom, we gaan jou eindelijk mevrouw Grootstal-van Bommel maken.'

Kaia kijkt hem verbaasd aan. 'We hebben het er nooit over gehad dat ik jouw naam zou gaan dragen. Er loopt al iemand rond die zich mevrouw Grootstal noemt, is dat niet genoeg?'

Gijs maakt een afwerend gebaar. 'Genoeg? Te veel zul je bedoelen. Je zou me heel blij maken als je mijn naam gaat gebruiken. Het spijt me dat ik zo lang heb gewacht met het besluit om te trouwen. Dit is voor altijd, twijfel daar nooit aan.'

Kaia vraagt zich af hoe het komt dat ze het opeens zo koud heeft.

*

Ik wil nog niet ophouden met tegen je te praten. Je voelt daardoor nog fijn dichtbij, je hoort nog bij me. Je bent veel meer dan het minimensje dat in een veel te ruim hansopje tussen veel knuffels in een kistje lag. Maar hoe klein je ook was, je was duidelijk te onderscheiden van het pluche om je heen. Ik vond je groots in je minimaliteit. Je zult nooit meer van mijn netvlies verdwijnen.

Ik ben sinds twee dagen een getrouwde vrouw met een dubbele naam. Dat zou ik zelf niet verzonnen hebben, maar ik wilde je vaders wens niet dwarsbomen. En eerlijk is eerlijk, ik vind het een prachtige overwinning op heks ex. Alleen jammer dat ze nog van niets weet en dat je vader dat zo wil laten. Hij denkt dat de hel losbreekt als ze erachter komt dat ik een officiële plaats heb gekregen in zijn leven, en ze zal helemaal in alle staten van razernij raken als ze ontdekt dat ze nooit de enige bestuurder zal zijn van De Beijnes/Grootstal Groep. Ik mag wel even stiekem lachen, hè schatje? Zelfs al voel ik me niet helemaal senang bij die wetenschap. Vraag me niet hoe dat komt, ik begrijp er zelf namelijk ook niets van. Ergens in mijn hoofd waart een gedachte rond waar ik geen verklaring voor kan geven en waar ik ook geen grip op krijg. Het heeft met onraad te maken en ik begrijp er niets van. Toen ik jou verwachtte en nog niets wist van dwerggroei in combinatie met cri-du-chat heb ik geen moment iets gevoeld wat ook maar in de richting kwam van onraad. Geen enkel voorgevoel, geen spoor van onrust, geen twijfel. Alleen blijdschap en perspectief. De plannen die ik bedacht waren optimistisch en grenzeloos. Het is niet bij me opgekomen dat er iets fout kon gaan.

Nu ben jij weg, je zult nooit een voldragen gezonde baby zijn, geen peuter, geen eigenwijze kleuter, geen jong meisje, geen recalcitrante puber, geen studente. Je wordt nooit de bruid, je gaat geen moeder worden en als ik oud ben en verzorging nodig heb, zul jij geen steun bieden. Toch ben ik nergens bang voor geweest vanaf het moment dat ik zwanger bleek te zijn. Maar op dit moment, nu ik niet meer zwanger ben en toch officieel de vrouw van je vader ben geworden, zou ik hetzelfde vertrouwen in de toekomst moeten hebben. In plaats daarvan voel ik me verward en onzeker. Ik kijk op straat steeds achterom, ik schrik me een ongeluk als mijn mobiel begint te zoemen. Ik slaap onrustig, ondanks warme armen om me heen en strelende handen.

Er is ergens iets wat niet klopt.

Zou het beter zijn om niet meer tegen je te praten? Veroorzaak ik mijn eigen onrust door je dicht bij me in de buurt te houden?

Moet ik met een psycholoog of met een psychiater gaan praten? Heb ik last van postnatale gekte?

Ik wil je nog niet kwijt.

7

‘Ik moet weer wat gaan doen,’ zegt Kaia. ‘Ik word onrustig van thuis zijn en de tuinman helpen met snoeien en grasmaaien. Je gaat volgende week toch de locaties in België bezoeken? Dan wil ik mee. Ik wil ook mijn manuscript afmaken. Daarna neem ik kinderboekenschrijfrust.’

‘Weet je het zeker?’ Gijs kijkt haar fronsend aan. ‘Je weet hoe intensief zo’n week is, wil je niet liever wachten tot ik met de Nederlandse vestigingen begin? Er is nogal wat met je gebeurd. Laat me een relaxdag voor je boeken bij onze favoriete sauna. Daar knap je van op, geloof me.’

Kaia aarzelt. Een saunadag lijkt heerlijk en Gijs heeft gelijk: dat zal haar goed doen. ‘Goed, boek jij maar een saunadag. Weet Wiesje eigenlijk al dat we geen kind gaan krijgen?’

Het gezicht van Gijs vertrekt. ‘Ze was gisteren even op kantoor en ik heb haar verteld dat je een miskraam hebt gehad. Ze leek geschokt, maar je weet bij Wiesje natuurlijk nooit of ze iets meent. Ik heb haar wel verteld dat je geen bezoek wilde ontvangen en dat je ook geen prijs stelde op telefonisch of appcontact.’

‘Dat deed je goed. Ook goed dat je het een miskraam hebt genoemd. Ik moet er niet aan denken welke opmerkingen we hadden kunnen krijgen als ze erachter was gekomen waarom de baby niet levensvatbaar was.’

‘Ze vroeg gelukkig geen details, we hoeven geen rekening te houden met opmerkingen, in welke vorm dan ook.’

Kaia meent een lichte trilling in zijn stem te horen. Ze overweegt een paar seconden om hem hierover een vraag te stellen, maar dat doet ze toch niet. Ze raakt met haar vingertoppen even zijn hand aan. 'Ik heb met Jill afgesproken dat we zaterdag samen gaan lunchen. Het heeft me veel moeite gekost om haar over te halen en ik ga aan haar vragen wat er toch met haar aan de hand is. Haar buurvrouw past op George, we kunnen dus rustig praten. Heb jij enig idee wat er kan zijn?'

Gijs begint de tijdschriften op te ruimen die overal in de kamer verspreid liggen. 'Ik denk niet dat er echt iets aan de hand is. Het zal me niet verbazen als Jill last heeft van een schuldgevoel, omdat jij na al die jaren toch je baby verliest en zij zonder problemen een kind op de wereld heeft gezet.'

'Ik denk dat het dieper zit,' antwoordt Kaia.

Gijs haalt zijn mobiel tevoorschijn. 'Zal ik proberen om je voor morgen te boeken?'

De opmerking die Gijs plaatste over het schuldgevoel waar Jill mogelijk last van kan hebben, houdt Kaia bezig. Toen Jill tamelijk onverwacht zwanger werd, heeft ze weleens iets in die richting tegen Kaia gezegd. Ze was al vier maanden zwanger toen ze het pas vertelde, omdat ze niet wist hoe Kaia zou reageren op het feit dat ze niet alleen opeens een kind zou krijgen, maar dat de vader altijd buiten beeld zou blijven, omdat hij al een gezin had. Het ging om iemand met wie ze korte tijd had samengewerkt in het gemeentehuis en er was een tamelijk felle vlam in de pan geslagen die met dezelfde vaart weer was uitgedoofd, omdat de man in kwestie niet van plan was om zijn gezin te verlaten voor Jill. Niemand op kantoor was op de hoogte van hun korte romance en Kaia was de enige aan wie ze wilde vertellen dat het om een leuke, slimme en aantrekkelijke man ging zonder toekomstperspectief. De man in kwestie werd niet op de hoogte gesteld van zijn aanstaand vaderschap. Hij was geen collega meer, het contact was verbroken en dat wilde Jill zo houden. 'Ik ga geen mooi gezinsleven vernielen, omdat ik nu eenmaal een kinderwens heb,' zei ze. 'Ik ga dit kind zelf opvoeden, want dat kan ik. Het voelt aan als een wonder dat dit mij overkomt, hier had ik echt nooit op gerekend. Wat maakt het uit dat ik geen vader in de aanbieding heb? Ik heb jou toch? Geniet maar mee, ik wil dit graag met je delen.'

Gijs was van mening dat Kaia haar vriendin met rust moest laten. Hij zei dat ze Jill, wat hem betrof, beter konden steunen in plaats van bekritiseren. Maar het kwam niet in haar op om kritiek te hebben op het moederschap van haar vriendin. Ze gunde het haar, ondanks het andere gevoel dat onvermijdelijk bleek te zijn: jaloezie. Toch zorgde ze ervoor dat niemand daar iets van merkte.

Zou het kloppen, zou Jill zich schuldig voelen omdat Kaia wéér geen moeder wordt, terwijl zij zonder ook maar ergens last van te hebben gehad een zoon op de wereld heeft gezet? Snelle bevruchting, probleemloze zwangerschap, perfecte bevalling en hoppa, weer verder leven, terwijl je beste vriendin jaar in jaar uit worstelt met haar kinderwens. En als het dan eindelijk lukt om zwanger te worden, blijkt de vrucht een dubbele afwijking te hebben die uitmondt in een uitdrijving. Is het onmogelijk om te troosten als je je schaamt voor je eigen geluk? Houdt ze zich daardoor nu afzijdig?

Kaia zou dat graag willen geloven.

'De afspraak is geregeld,' zegt Gijs. 'Morgenochtend om tien uur kun je beginnen met de totale bodysportmassage. Twee uur later de hamam, daarna een voetreflex-drukpuntmassage en ten slotte de specialistische gezichtsbehandeling. Je krijgt het bijna te druk om in de sauna te zitten.' Hij grijpt Kaia vast en drukt haar tegen zich aan. 'Ik laat de traiteur tegen een uur of zes kerriesoep met de grote dinerplank bezorgen. En champagne. We gaan het leven vieren en we grijpen nieuwe kansen.'

Kaia nestelt zich tegen hem aan. 'Denk je dat het nog een keer lukt?'

Het antwoord is een kus die haar bijna de adem beneemt. Ze wil niet denken dat deze kus aanvoelt als een afleidingsmanoeuvre, maar ze denkt het tóch.

*

Ben ik ondankbaar, lieve Timé? Is het een verwerpelijk idee dat ik allerlei redenen bedenk om de afspraak in de sauna af te zeggen? Het lijkt erop dat ik emotioneel nog niet in orde ben, nadat ik moest toestaan dat jij uit mij verwijderd werd. Mijn verstand zegt tegen me dat ik er trots op moet zijn dat ik jou een gehandicapt leven heb durven besparen. Mijn gevoel verwijt me dat ik te laf was om jou te voldragen en valt me lastig met sensaties van spijt en schuld. Ik probeer op een heldere en nuchtere manier na te denken over alles wat er met me is gebeurd sinds ik ontdekte dat ik zwanger was van jou. De verwondering en de verrukte blijdschap voeren nog steeds de boventoon. Maar in mijn hoofd zit natuurlijk ook een woede die gekend wil worden, een teleurstelling die op de meest onverwachte momenten aandacht eist en een verdriet dat verstikkend en verlammend is. In gedachten tegen je praten en je deelgenoot maken van wat ik doe, en vooral van wat ik voel, is troostend. Ik weet zeker dat je dit begrijpt en ook dat jij de enige bent. Je bent mijn geheime troostknuffel, mijn onzichtbare kind. Van mij alleen en alleen van mij.

Van niemand anders!

Ik ga de afspraak in de sauna niet afzeggen. Ik laat me kneden, wrijven, verwarmen, ontspannen en mooi maken. Het is de buitenkant, ik weet het. Binnen in mij ziet het er minder fraai uit. Binnenin voeren teleurstelling en woede de boventoon. Ze worden vergezeld van een groeiende ambitie om iemand te straffen. Iemand, het maakt niet uit wie. Dat zeg ik niet goed.

Het maakt nóg niet uit wie.

8

'Ik loop even met je mee naar binnen,' zegt Gijs. 'Het is eigenlijk veel te mooi weer om de hele dag in de sauna te zitten. Het lijkt wel lente, vind je ook niet?' Hij vist Kaia's tas van de achterbank. 'Waarom neem je zoveel mee? Je kunt toch gebruikmaken van hun badlakens, badslippers en badjassen?'

Kaia stapt uit de auto. Wat doet hij druk, denkt ze. 'Ik vind het niet prettig om spullen te gebruiken die andere mensen ook gebruikt hebben. Lach niet, ik weet heus wel dat alles goed gewassen wordt.' Ze ziet dat hij toch wil protesteren. 'Laat me maar, dat vind ik nu eenmaal. Het is mijn tic, zo heeft iedereen zijn eigen afwijking. Jij ook, al kun je die goed verbergen. Ik ga na de eerste behandeling Jill bellen.'

'Je hebt toch al met haar afgesproken?'

'Ja, zaterdag. Maar ik wil niet dat ze een smoes verzint om de afspraak af te zeggen, dus ik ga nog een keer duidelijk tegen haar zeggen dat ik me erg verheug op onze meisjesochtend.'

Gijs trekt haar tegen zich aan. 'Vertrouw er maar op dat ze echt wel met je meegaat. We hebben het over je beste vriendin, weet je nog? Ze is eigenlijk je zus, dat heb je al vaak tegen me gezegd. Jullie zouden ook echt zussen kunnen zijn, want jullie lijken op elkaar alsof je uit hetzelfde nest komt. Jouw onzekerheid heeft niets met haar te maken, liefste. Je hebt iets meegemaakt wat je uit balans heeft gebracht en dat is voor iedereen die van je houdt heel goed te begrijpen. Zeker voor Jill.'

'Toch bel ik haar.' Kaia doet een stap naar voren nadat Gijs de deur van de ingang voor haar heeft opengedaan. Ze vraagt zich af waarom ze zo kortaf reageert.

Gijs zet haar tas op de balie. 'Ik heb een arrangement gereserveerd voor mijn vrouw,' zegt hij met een brede lach tegen de receptioniste. 'Mevrouw Grootstal.' Hij geeft Kaia een knipoog.

De receptioniste overhandigt haar een kluissleutel en een geplastificeerd kaartje. 'Hierop staan uw behandelingen vermeld. Ik wens u een fijne dag.' Ze wijst naar rechts. 'De kleedkamer met kluisjes is op de eerste etage. Hebt u verder nog vragen? Dan wens ik u nogmaals een fijne dag.'

Gijs reikt haar tas aan en loopt mee tot de trap. Daar kust hij haar stevig. 'Geniet van je dag, ik sta om halfzes weer voor de deur.' Hij kust haar nog een keer. 'Zo geweldig om te zeggen dat je mevrouw Grootstal bent. Dat hadden we al veel eerder moeten besluiten.'

Ze zwaait hem na en ze denkt: we?

Haar buik doet opeens weer pijn.

Ze had erop gerekend dat de sportmassage te heftig zou kunnen zijn, omdat haar hele lijf nog zo beurs aanvoelt. Ze had zich voorgenomen om de masseur te laten stoppen als het pijn zou doen. Het doet geen pijn, hoewel hij stevig kneedt en kracht zet. Hij vraagt voortdurend of ze de massage kan verdragen en raadt haar aan om iets te zeggen als het voor haar niet goed voelt. Maar het voelt juist wel goed. Ze zou tegen hem willen zeggen dat hij nog wel een tandje hoger mag, omdat het heerlijk is om haar bloed te voelen stromen en het gevoel te hebben dat haar lichaam weer wakker wordt. Maar vooral omdat ze aangeraakt wil worden door een andere man dan Gijs.

'Hebt u het koud?' vraagt de masseur.

*

Ik zit me hier ongelooflijk eenzaam te voelen. Eenzaam en koud, terwijl het overal warm is. Over een kwartier word ik verwacht bij de hamam om gewassen te worden. Afgeboend, geschrobd door stevige handen van stevige vrouwen. Ik ben hier al eens eerder geweest en ik weet dat het een sensationele ervaring zal zijn. Anders dan de sportmassage, maar sensationeel.

Toch voel ik me verwijderd van alles wat goed is, van mijn omgeving, van mijn gevoel. Het lukt me niet om me te herinneren hoe genieten voelt, al stond mijn huid nog geen uur geleden in vuur en vlam. Ik heb geen verbinding met mezelf.

Is het angst? Maar waarvoor? Is het weerstand? Maar waartegen? Is het verwarring? Maar waardoor?

Het vreemde gevoel is er al een tijdje. Het komt en gaat, het laat zich niet duiden. Heeft het met jou te maken? Heb jij invloed vanaf de dimensie waar je nu bent?

Dit voelt niet goed.

Ik probeer de gedachte die zich voortdurend aan me opdringt op afstand te houden, maar het lijkt een zinloos gevecht. Laat ik het maar zeggen en daarna doen.

Ik moet je loslaten, lieve Timé. Ik moet je de ruimte geven om je weg te zoeken ergens waar geen levende stoffelijke wezens zijn. Jij hoort niet bij de levenden, jij hoort bij wat overblijft als een menselijk lichaam niet meer ademt, geen bloedsomloop meer heeft, geen hartslag meer produceert. Jij hoort bij wat er komt na de dood, bij het mysterie dat geen enkel levend wezen kan begrijpen.

Als ik tegen je blijf praten, stagneer ik je reis. Daarom laat ik je nu los. Ik geef me dadelijk over aan het ritueel van de hamam, ik onderga het hele programma dat je vader voor me heeft geregeld, en ik zet alles opzij wat in de buurt komt van vervelend voorgevoel en onbestendige emotie.

Ik zou ontzettend goed voor je gezorgd hebben. Nu zorg ik voor je door je los te laten.

Dag lief kind.

9

Kaia heeft al drie keer geprobeerd om Jill te bellen, maar ze krijgt steeds de voicemail. Ze heeft ook het nummer ingetoetst van het kantoor waar haar vriendin werkt en toen vertelde een collega dat Jill een verlofdag heeft opgenomen.

Verlof. Waarom zou dat vreemd zijn? Waarom zou Kaia daarvan op de hoogte moeten zijn?

Het broodje zalm dat ze als lunch heeft besteld, smaakt nergens naar. Ze schuift het bord van zich af. De verse jus d'orange is te zuur. 'Ik ben misschien zelf zuur,' mompelt ze. Er klopt nergens meer iets van.

Over een uur staat de gezichtsbehandeling gepland en daarna gaat ze direct naar huis. De kerriesoep en de dinerplank die Gijs heeft besteld, zullen vast goed smaken. De champagnefles gaat leeg. Zeker weten. Deze saunadag is geen groot succes; volgende keer beter. Dan vraagt ze Jill mee en dan zal alles weer lekker gaan.

Ze heeft, hoewel ze weet dat het niet is toegestaan, haar mobiele telefoon uit het kluisje gehaald en in de zak van haar badjas gestopt. Andere keren dat ze hier was had ze geen moeite met dat verbod, maar vandaag heeft ze het gevoel dat ze bereikbaar moet zijn.

Ze ziet dat ze een appje heeft en ze opent het bericht. Als ze de naam van de afzender leest, knijpt ze eerst haar ogen dicht.

Wiesje?

Wat kan heks ex op haar lever hebben?

Tip voor jou. Houd je partner in de gaten.

Kaia scrolt naar het nummer van Gijs. Ze merkt dat haar handen trillen als ze de telefoon hoort overgaan.

Voicemail.

Nijdig verbreekt ze de verbinding.

Wat bedoelt die heks met dat berichtje? Ze weet nog steeds niet dat haar ex eindelijk officieel voor zijn geliefde heeft gekozen, anders had ze dat wel duidelijk gemaakt. Maar waarom vindt ze het nodig om een tip te geven? Probeert ze haar op stang te jagen? Moet ze soms denken dat het tussen Wiesje en Gijs nog niet voorbij is? Ze kan een glimlach niet onderdrukken als ze bedenkt dat heks ex misschien een poging heeft gedaan om Gijs in te palmen en bot gevangen heeft. Ze fantaseert nog verder en ziet voor zich dat Wiesje briesend door de kamer loopt, stoom uit de oren, grommend en scheldend. Gijs heeft haar vaak verteld dat zijn eerste vrouw enorm kon uitpakken als ze kwaad werd of haar zin niet kreeg. Dat was volgens hem het gevolg van haar opvoeding. Beter gezegd: van het gebrek aan een opvoeding. Wiesje werd door haar ouders geadoreerd en ze kreeg altijd haar zin, goedschiks of kwaadschiks. Gijs heeft vaak verteld dat hij vanaf het begin van hun relatie strijd met haar leverde over alles waarover te strijden viel. Hij was als het ware de eerste die haar tegensprak en bekritiseerde. Aanvankelijk deinsde hij terug voor de heftige reacties, de woedeaanvallen en de scheldpartijen die hij over zich heen kreeg. Later trok hij zijn schouders op als ze tekeerging, of hij schold terug. 'We waren een lekker stel samen,' zei hij dan.

Wat Kaia betreft kan Wiesje haar gang gaan, binnenkort zal ze vanzelf ontdekken dat haar ex voor altijd ex zal blijven. Wie weet ligt ze intussen snikkend troost te zoeken in de armen van de vrouw met wie ze zogenaamd geen relatie heeft.

Het vreemde voorgevoel heeft plaatsgemaakt voor triomf.

Die gezichtsbehandeling doet ze ook nog, daarna föhnt ze haar haren lekker in de krul, en thuis zal ze Gijs belonen voor zijn jawoord. Dat voelt aan als erkenning. En als gerechtigheid. Maar vooral als goedmaker voor de negatieve gedachten over Gijs die steeds door haar hoofd dwalen.

Ze wil opnieuw zwanger worden en zal zich door niemand laten tegenspreken. Moet ze zich druk maken omdat er toevallig een fout gen meedeed aan de bevruchtingsrace? Waarom moet je rekening gaan houden met één fout gen? In haar eigen familie, en voor zover haar bekend ook in de familie van Gijs, komt geen dwerggroei voor en ook geen cri-du-chat. Dit was een toevalstreffer en niet meer dan dat. Ze gaan opnieuw vrijen voor een baby en mocht Gijs zich terughoudend opstellen, dan weet zij wel op welke manier ze hem gek kan maken. Hij wordt de vader van haar kind. Hij, en niemand anders. Dat is het beste plan voor de beste toekomst. De meest positieve gedachte die alle negativiteit kan laten verdwijnen.

Het is nog steeds heerlijk weer, ook al is de zon verdwenen. Kaia tuurt naar de parkeerplaats, maar de auto van Gijs is daar niet te bekennen. Het is een paar minuten over halfzes; misschien is hij wat verlaat. Dat is ze niet van hem gewend, hij is juist degene die altijd ergens te vroeg verschijnt.

Er staat een bankje in de buurt. Ze gaat zitten en controleert haar mobiel. Hij heeft geen appje gestuurd en niets ingesproken. Ze belt hem.

Voicemail.

Wat is dit? Geen paniek en niet meteen boos worden. Hij is wat later en daar zal hij wel een reden voor hebben. Misschien kwam de traiteur vroeger langs dan hij had verwacht en is hij daardoor opgehouden.

Maar dan zou hij geappt hebben.

Geen paniek! Er is niets aan de hand.

Zou heks ex zijn teruggekomen en laat ze zich nu niet wegsturen? Staat ze alle duivels uit de hel te vloeken? Staat Catherine in de tuin op haar te wachten, zich onbewust van wat haar vriendin nog voelt voor haar ex?

Nu niet op hol slaan, denkt ze. Laat die twee vrouwen lekker doen waar ze zin in hebben en geef ze niet zoveel aandacht. Lach een keer goed hard om je eigen hersenspinsels.

Jill noemt Catherine 'het vetpotje', omdat ze klein is en tonnetjerond. De laatste keer dat Kaia en Jill door de stad liepen, kwamen ze de dames tegen. Catherine had gemillimeterd haar en ze droeg een zwart leren overall waarvan de pijpen zeker vier keer omgeslagen waren. 'Waar koop je zoiets in die maat?' vroeg Jill zich hardop af, toen ze buiten gehoorafstand waren. 'Die draagt toch minstens XXXXL? Dat zwarte geval zat ook nog te strak.'

Het helpt om aan die recente scène te denken. Wiesje en Catherine vormen een belachelijk stel, en het heeft geen zin om die twee een actie toe te dichten die iets te maken heeft met de huidige afwezigheid van Gijs.

Tien over halfzes. Geen enkel bericht. Ze belt hem opnieuw. Wéér die verdomde voicemail.

Ze ziet een taxi aankomen. De auto staat stil bij de voordeur van het saunacomplex. Er komen drie joelende meisjes naar buiten. Ze staat snel op en loopt naar de taxi. De chauffeur opent zijn raam. 'Ik zou worden opgehaald,' legt ze uit. 'Kunt u me thuisbrengen?' Ze noemt het adres.

Ze is kalm als ze naast de chauffeur zit. Heel vreemd kalm. Ze houdt de tegenliggers goed in de gaten. Maar in geen enkele auto die haar tegemoetkomt zit Gijs.

Zijn auto staat voor de garage. De buitenverlichting is net aangesprongen. Er is nergens iets waar te nemen wat wijst op de aanwezigheid van andere personen.

Ze krijgt de sleutel met moeite in het slot. Haar hart bonkt heftig als ze naar binnen stapt en hem roept. Als ze meldt dat ze thuis is. Als ze schreeuwt dat hij moet laten weten waar hij is.

Het antwoord is totale stilte.

Ze schrikt zich suf als de klok in de hal zes keer slaat en direct daarna de bel van de voordeur oorverdovend hard gaat. Ze rukt de deur open.

Het is de traiteur. Hij verontschuldigt zich uitgebreid omdat hij te laat is en biedt aan om de fles champagne en de grote doos op de haltafel te zetten.

Kaia knikt verdwaasd. Ze sluit de voordeur weer en stapt de woonkamer in.

Gijs is nergens. Ze heeft alle kamers gecontroleerd, ook de kelder en de zolder. De paniek is gezakt, er komt steeds meer irritatie bij haar op. Mocht dit onderdeel zijn van een verrassing, dan is de opzet mislukt. Ze staat voor de serredeuren en staart naar de tuin. Klopt het dat de deur van het binnenzwembad openstaat?

'Je bent wel een luxepaard, zeg,' had Jill gezegd toen Kaia haar vertelde dat ze hadden besloten om naast het zwembad in de tuin een soort hal te bouwen met een binnenzwembad. Gijs trekt daar in de koude maanden van het jaar iedere dag zijn baantjes. Soms doet ze met hem mee.

Ze loopt naar de openstaande deur en kijkt naar binnen. Het zwembad is leeg. Ze stapt over de drempel.

10

Er lopen overal mensen en het lijkt of er steeds meer bij komen. Iemand heeft een plaid om de schouders van Kaia geslagen, maar ze blijft toch rillen. Jill zit naast haar, zo dicht mogelijk tegen haar aan. Kaia wil niet vastgehouden worden.

Een bekende stem zegt dat ze een grote pot thee heeft gezet en vraagt of Kaia er suiker in wil. Ze kijkt op en ziet dat ze het goed heeft gehoord. Wiesje heeft theegezet. Een grote pot.

Kaia wil geen thee, ze wil dat iedereen weggaat, en graag een beetje snel. Allemaal weg, vort! Wiesje voorop, graag.

'Geen suiker,' zegt iemand. Ze constateert tot haar grote verbazing dat ze zelf dit antwoord geeft. Zo werkt het dus als je totaal onverwacht je eigen man naast het zwembad vindt. Er lopen opeens mensen in je huis die er niet thuishoren en iedereen is uitermate vriendelijk en voorkomend. Je verzint het toch niet dat een van hen heks ex is en dat die vrouw zomaar theezet in jouw keuken? Zou het dikke mormel met wie ze het doet ook in de buurt zijn?

Ze weet niet hoelang ze naar het stille lichaam heeft staan staren. Er stond opeens iemand naast haar die een ambulanceverpleegkundige bleek te zijn. Hij beweerde dat ze zelf het alarmnummer had gebeld.

Het zal wel. Ze kan misschien maar beter doen of ze alle onzinverhalen gelooft.

Jill snikt onophoudelijk. Klopt dat wel? Zou Kaia zelf niet onbedaarlijk moeten snikken? Daar zijn tranen voor nodig, en droge ogen helpen daar niet bij. Ze vist een papieren zakdoekje uit de zak van haar jasje en biedt het Jill aan. 'Goed je neus snuiten,' adviseert ze. 'En een paar keer diep doorademen.'

Jill snuit en ademt. 'Ik ben er weer. Sorry voor die uitbarsting.'

'Waar is George?'

'Thuis. Mijn buurvrouw past op. Wil je straks met me mee? Het logeerbed is al opgemaakt. Of heb je liever dat ik hier bij je blijf?'

'Geen idee,' zegt Kaia.

Dit gebeurt natuurlijk niet echt. Er is iets gaande in haar brein wat niemand begrijpt, inclusief zijzelf. Het is een soort boze droom en dat zal wel iets te maken hebben met een reactie op de gebeurtenissen van de afgelopen weken. Als na ontelbare bezoeken aan artsen, pijnlijke testen, gênante vragen, onverdraaglijke uitslagen en sympathiebetuigingen waar je braakneigingen van krijgt eindelijk wordt vastgesteld dat het ene zaadje en het ene eitje die je nodig had tot samensmelting zijn overgegaan, is niets meer belangrijk en gaat het alleen nog om het embryo dat gekoesterd, gevoed en ontwikkeld moet worden. Om Het kind, Jouw kind, Jullie kind. De rest van de wereld kan zijn gang gaan, het maakt niet uit. Jij bent uitverkoren om moeder te worden. Alsnog, ondanks alles. Je waagt het om te bedenken dat de ergste pijn voorbij is, dat je alle ellende achter je laat en dat het leven je toelacht. Omdat het je toekomt. De boodschap dat het wezentje in jou dubbelgehandicapt zal zijn en dat geboren worden voor hem of haar een last zal betekenen, is niet alleen maar wreed. Die boodschap is gruwelijk, onmenselijk en onverteerbaar. Je kunt doen alsof je het aanvaardt, je gezonde verstand boven je gevoel plaatst en samen met je partner je rug rechthoudt en je openstelt voor nieuwe kansen, maar diep vanbinnen blijft een smeulend vuur vol woede aanwezig. Het is een veenbrand in je ziel.

Het slaat helemaal nergens op dat je man een paar weken na de klap opeens in zijn zwembroek naast jullie pas geopende binnenbad wordt gevonden en niet meer ademt.

Dat slaat echt helemaal nergens op.

Het kan dus niet gebeurd zijn, en laat nu maar snel iemand langskomen om te vertellen dat het om een boze droom gaat die veroorzaakt wordt door een supergepijnigd brein.

Er staat een man voor haar; hij lijkt op de huisarts. 'Ik had niet verwacht dat dit zou gebeuren, omdat de medicatie die ik heb voorgeschreven voor zijn hartritmestoornissen leek aan te slaan. Het ziet ernaar uit dat meneer een hartstilstand heeft gehad,' zegt hij.

Kaia vraagt of hij dan niet snel naar een ziekenhuis vervoerd moet worden.

Jill begint weer te snikken.

11

Ziet ze het nu goed, staat de huisarts echt met heks ex te praten? Waar bemoeit die zich mee?

Kaia wrikt haar handen los uit de greep van Jill. 'Even iets afhandelen,' zegt ze.

Wiesje probeert haar arm vast te grijpen, maar Kaia duikt opzij. Ze richt zich tot de huisarts. 'Moet u iets met mij bespreken? Ik ben zijn vrouw, maar dat weet u misschien nog niet. We zijn tien dagen geleden getrouwd.'

Ze ziet dat de mond van Wiesje openvalt.

De huisarts kijkt even weg, maar lijkt zich snel te herstellen. 'Dat wist ik niet. Mevrouw hier dringt erop aan om sectie te laten verrichten op het lichaam van uw man. Dat lijkt mij niet nodig, omdat mijns inziens de doodsoorzaak duidelijk is. Maar als u ook van mening bent...'

Kaia maakt een afwerend gebaar. 'Dat betekent dat hij zou worden opengesneden? Als u dat niet nodig vindt, gebeurt het niet.' Ze richt zich tot Wiesje. 'Ik weet niet wie jou heeft ingelicht, maar ik weet wel dat ik je aanwezigheid hier ongepast vind. Nog ongepaster vind ik het dat je onze huisarts zover probeert te krijgen dat hij sectie laat verrichten. Hoe haal je het in je hoofd? Ga alsjeblieft weg.'

Wiesje kijkt haar zwijgend aan. Haar ogen stralen weerstand uit, maar vooral haat. 'Ik ben gebeld door Jill; zij heeft mij dringend verzocht om te komen. Weet je wat ongepast is? Je direct na de dood van je man te gedragen alsof je hier nog iets te zoeken hebt. Dit huis is nu van mij, dus als er iemand moet weggaan ben jij het wel.' Ze bekijkt Kaia van top tot teen. 'Het is toch niet te begrijpen wat mijn man bezielde om met jou in zee te gaan...'

'Hij was niet jóúw man, maar die van mij. Hij is niet alleen met me getrouwd, hij heeft ook zijn testament veranderd.' Ze ziet de ogen van Wiesje groot worden. 'Ik ben nu in mijn eigen huis en vanaf vandaag ben ik mede-eigenaar van het bedrijf. Wen er maar aan. Je komt er zelf wel uit, denk ik?' Ze negeert Wiesje en richt zich opnieuw tot de huisarts. 'Moeten er nog papieren worden ingevuld?'

De huisarts kijkt Wiesje na. Daarna staart hij eerst naar de grond en dan richt hij zijn ogen weer op Kaia.

Hij wijst naar de grote ladekast die in de eetkamer staat. 'De verklaring van overlijden zit in de envelop, u heeft die nodig voor de uitvaartondernemer. Ik heb hem op de kast gelegd. Het spijt me voor u dat u uw man heeft verloren. Ik laat mijn assistente u een dezer dagen bellen, maar als u ons eerder nodig hebt, hoor ik dat graag.' Hij geeft Kaia een hand. 'Veel sterkte.'

Jill komt op Kaia af. 'Wat is er allemaal aan de hand? Ik zag Wiesje weggaan, ze leek niet blij. Heb je ruziegemaakt?'

Kaia zet zich schrap. 'Hoe kwam jij op het idee om haar te bellen en haar te vragen hiernaartoe te komen? Sinds wanneer heb je haar nummer?'

'Ik heb haar nummer niet en ik heb haar niet gebeld,' antwoordt Jill.

De ambulanceverpleegkundige raakt haar arm aan. 'Kunnen we nog iets voor u doen? Lukt het u om contact op te nemen met een uitvaartondernemer?'

'Uitvaartondernemer?' echoot Kaia.

'Gijs kan daar niet bij het zwembad blijven liggen,' legt Jill uit. 'Wil je dat hij hier bij je thuisblijft tot de uitvaart?' Ze wendt zich tot de ambulancebroeder. 'Leggen jullie hem eventueel op bed?'

'Hij blijft natuurlijk thuis,' zegt Kaia. Ze wil eraan toevoegen dat ze champagne zouden drinken en dat ze zouden smullen van de grote dinerplank die de beste traiteur uit de regio heeft gebracht. Maar dat zegt ze toch maar niet.

'Volgens mij komt Marnix Nijveld eraan. Ik doe wel even open.' Jill strijkt snel met een vingertop over Kaia's wang.

'Sinds wanneer ken jij onze notaris?' vraagt Kaia. 'En wie heeft nu eigenlijk Wiesje gebeld?'

Jill staat al bij de deur. 'Weet ik veel? Je denkt toch niet dat we ooit zullen kunnen weten wanneer die vrouw de waarheid spreekt en wanneer ze onzin vertelt?'

'Doe nu maar open,' zegt Kaia.

12

Marnix klemt beide handen om die van Kaia. Ze ziet tranen in zijn ogen, maar ook duidelijk schrik. Heftige schrik.

Ze maakt haar handen zo onopvallend mogelijk los, terwijl ze hem uitnodigt om aan de eettafel te gaan zitten. Vanuit haar ooghoeken ziet ze een brancard voorbijkomen. Er ligt iemand op, het lichaam is bedekt met een wit laken. 'Ze moeten hem in een van de logeerkamers leggen,' zegt ze. 'Niet op ons eigen bed.'

Ze heeft het opeens verschrikkelijk koud.

'Ik zal het even regelen,' belooft Marnix en hij verlaat de kamer.

Kaia loopt naar de deur van de grote serre. Ze ziet dat Jill staat te praten met twee politieagenten. Wie heeft de politie gebeld?

Jill ziet dat Kaia naar hen kijkt, komt snel op de serre af en gebaart dat ze de deur moet openen.

Kaia gehoorzaamt. 'Hoe komt de politie hier?' wil ze weten. 'Heb ik die ook gebeld?'

Jill duwt haar met zachte drang weer in de richting van de woonkamer. 'Je hebt het alarmnummer gebeld. Als er een melding binnenkomt dat iemand een persoon heeft aangetroffen, terwijl op dat moment nog niet duidelijk is of de persoon in kwestie nog leeft, komt de politie ook op de melding af. Ze moeten dan onderzoeken of er sprake zou kunnen zijn van een misdrijf. Je huisarts heeft verklaard dat er sprake is van een natuurlijke doodsoorzaak. Hij vond het niet nodig om sectie te verrichten.'

'Er zit een gat in mijn geheugen,' zegt Kaia.

'Je hebt mij ook gebeld.' Jill legt haar handen op Kaia's schouders en kijkt haar aan. 'Weet je dat ook niet meer? Ik denk dat je in shock was. Bent. Zal ik eerst eens wat te eten voor je maken?'

Kaia duwt de handen weg. 'Gijs had een dinerplank besteld, de traiteur bezorgde die net toen ik thuiskwam. Met een fles champagne. Hij wilde ons huwelijk en het nieuwe testament vieren. Ik hoef geen eten, maar ik wil wél champagne.'

Jill schudt haar hoofd. 'Doe nog maar niet. Laat me een broodje voor je maken en bel eerst een uitvaartonderneming.' Ze wendt zich tot Marnix, die net weer is binnengekomen. 'Kun jij daarbij helpen?'

Kaia kijkt van de een naar de ander. 'Jullie kennen elkaar? Waarvan dan?'

Jill knikt. 'Klopt. Gijs heeft me aan Marnix voorgesteld toen ik aan hem vertelde dat ik iets wilde regelen voor het geval dat mij... Dat ik... Nou ja, je begrijpt het wel.'

'Je wilde iets geregeld hebben voor als jou iets zou overkomen? Waarom besprak je dat met Gijs en niet met mij?'

'Word alsjeblieft niet boos. Ik vroeg het alleen aan Gijs omdat jij zo blij was met je zwangerschap en ik je blijdschap niet wilde verstoren met doemgedachten over mijn toekomst. Ik wilde het je later vertellen, als ik alles geregeld had. We zijn er nog over in gesprek.'

'Ik word niet boos,' zegt Kaia. 'Dan kan ik momenteel wel aan de gang blijven.'

'Zullen we de uitvaart van Gijs nu bespreken?' vraagt Marnix.

Kaia staart hem aan. 'Uitvaart?' *Wat gebeurt hier toch allemaal?*

*

Ik had besloten om niet meer tegen mijn dode kind te praten en nu praat ik tegen mijn dode man. Het zal moeten, ik wil mijn gedachten op orde krijgen. Dat lukt niet als ik geen vluchtweg heb. Dus Gijs, luister. Ik praat tegen jou. In gedachten, zonder geluid. Dit is tussen jou en mij. Het blijft tussen ons. Het staat vast dat jij zult zwijgen en ik verklaar nu plechtig dat ik je hierin volg. Mijn moeder leerde me al toen ik nog een kind was dat het nergens voor nodig is om alles wat je denkt altijd uit te spreken.

Je ligt nu in de grote logeerkamer. De uitvaartondernemer die door Marnix was gebeld, adviseerde me om voor de grote logeerkamer te kiezen, omdat daar de meeste ruimte is om bloemen en bloemstukken een plaats te geven. Twee vrouwen die door de uitvaartondernemer waren gebeld, hebben je gewassen en aangekleed. Ik heb samen met Jill je kleren uitgezocht. We kozen voor de donkere jeans die je vorige week hebt gekocht, het donkerblauwe overhemd dat je zo mooi vond en het blauw-wit gestreepte colbert dat eigenlijk voor de tijd van het jaar al wat te zomers is, maar waar Jill op aandrong.

Je ziet er mooi uit, al lijk je totaal niet meer op jou. Ik herken de levende Gijs niet meer in je dode gezicht. Misschien kan ik de kist waar je nu in ligt beter snel laten sluiten. Dat ga ik doen, ik wil niet dat andere mensen naar een onherkenbare Gijs gaan staan kijken.

Ik had niet verwacht dat het de dames zou lukken om het colbert dicht te krijgen, omdat je dikker bent dan je was toen je het kocht. Maar het sloot perfect.

Jill zei tegen me dat mensen die bij een uitvaartonderneming werken allerlei trucjes weten om een overledene er goed uit te laten zien. Nu probeer ik steeds te bedenken hoe ze het voor elkaar hebben gekregen om dat colbert zo perfect te sluiten.

Ik heb nog niet gehuild, is dat niet vreemd? Vierentwintig uur geleden lagen we nog samen in ons bed en vree je met me zoals je al maanden niet met me gevreeën had. Ik liet de liefde over me heen komen in passief genot. En ik nam me voor om de volgende keer actiever te zijn. Nu lig ik hier te bedenken hoe dat colbert zo goed kon sluiten en besef ik dat er geen volgende keer meer komt.

Ik moet me vergissen, dat kan niet anders. De shock van de vrucht die uitgedreven moest worden, blijkt toch te groot te zijn. Ik ga er rare gedachten van krijgen.

Je ligt niet in een gekoelde kist, er is geen uitvaartondernemer langs geweest, geen rouwtekst opgesteld, geen crematie afgesproken, niet over muziek en sprekers gepraat. Dat heeft allemaal alleen plaatsgevonden in mijn verwarde hoofd.

Je bent al naar de locaties in België vertrokken en morgen ga je me bellen over hoe de eerste dag is verlopen. Als ik een nacht goed geslapen heb, zullen de muizenissen in mijn brein verdwenen zijn. Dan kan ik weer normaal nadenken.

Nu ga ik voor de zekerheid nog wel even controleren of er echt geen dode in de grote logeerkamer ligt.

13

Jill staat hijgend in de deuropening. 'Wat is er gebeurd?' roept ze. 'Ik was net in slaap gevallen en toen hoorde ik je opeens schreeuwen. Schrok me rot. Is er iets gebeurd?'

Kaia staat stokstijf naast het logeerbed en wijst naar de man die er ligt. 'Wie is dat?' Ze hoort dat haar stem een paar octaven gedaald is.

Jill kijkt haar verwonderd aan. 'Dat weet je toch wel? Het is Gijs. Ze hebben hem hier verzorgd en opgebaard. Je vond het goed dat ze daarvoor de grote logeerkamer gebruikten. Vind je dat nu toch niet meer oké? Moet ik voor je regelen dat hij naar een uitvaartcentrum wordt gebracht?' Ze slaat een arm om de schouders van Kaia. 'Kom met me mee naar de woonkamer, ik schenk voor ons allebei een glas in. Een slaapmutsje.' Ze leidt Kaia de kamer uit, maar voordat ze de deur achter hen kan sluiten, draait Kaia zich om. Ze staart naar het lichaam van Gijs en zegt dat het onbegrijpelijk is. Jill trekt haar vriendin stevig tegen zich aan. 'Dat is het, onbegrijpelijk. Eigenlijk te bezopen voor woorden.'

'Ik dacht dat ik het gedroomd had,' legt Kaia uit. 'Geef me maar een stevige bel cognac.'

Kaia heeft de peignoir aangetrokken die Jill haar heeft gegeven en ze zit nu met opgetrokken knieën op de bank. Het eerste glas cognac heeft ze snel leeggedronken, het tweede houdt ze binnen handbereik. Ze kijkt om zich heen. 'Ik denk vreemde dingen,' kondigt ze aan. 'Ik denk: dit is nu mijn woonkamer, ik slaap voortaan in mijn slaapkamer, ik kook in mijn keuken, ik zwem in mijn zwembad. Ons is weg, ik ben alleen over.'

'Dat vind ik niet vreemd gedacht,' zegt Jill. 'Ik vind het logisch en ik kan het me voorstellen. Jullie waren close en liefdevol, jullie hadden nog jaren samen willen zijn. Intussen ook lekker stiekem getrouwd. Daar keek ik wél van op, eerlijk gezegd. Toen ik je dat tegen Wiesje hoorde zeggen, viel ik bijna om van verbazing. Waarom wist ik dat niet?'

Kaia neemt nog een slok cognac. De drank brandt een beetje in haar keel. 'We waren van plan om het de komende week te vertellen. Alleen Marnix wist ervan, omdat hij het testament van Gijs moest veranderen.'

Jill knikt een paar keer. 'Zodat hare hoogheid heks ex jou niet op straat kan zetten als er iets met Gijs zou gebeuren. Dat vind ik briljant. Die heeft geen fijne avond gehad, ze zit nu misschien nog haar wonden te likken.' Ze lacht breed. 'Denk jij bij dat laatste woord ook wat ik denk?'

Kaia drinkt de rest van de cognac op. 'Maak me alsjeblieft niet misselijk. Blijf je de komende dagen? En haal je George dan op? Ik wil hem knuffelen.'

'Ik blijf,' belooft Jill. 'Morgen regel ik nog een paar extra vrije dagen, haal ik wat spullen op en dan neem ik George mee. Maar als het te druk wordt voor je, moet je het eerlijk zeggen. Ik kan hem altijd bij mijn buurvrouw brengen.' Ze schenkt het glas van Kaia nog een keer halfvol. 'Je zei vanavond dat je morgen zelf aan de medewerkers van Gijs wil vertellen wat er is gebeurd. Zou het toch niet beter zijn om dat over te laten aan de manager? Zijn naam is me ontschoten.'

'Hij heet Peter Cassee. Marnix heeft hem gebeld, ik heb hem daarna kort gesproken. Ik wil erbij zijn als de medewerkers worden ingelicht. Gijs heeft me niet voor niets aangewezen als zijn opvolger, ik ga dat serieus aanpakken.'

‘Betekent dit dat je ophoudt met kinderboeken schrijven? Weet je dat zeker?’

Kaia zet het lege glas terug op tafel. ‘Nee, ik ga door met schrijven. Het tweede deel van de nieuwe serie is klaar, en als alle zakelijke dingen zijn afgehandeld, wil ik aan het derde deel beginnen. Ik denk dat ik Peter vraag of hij directeur wil zijn. Gijs heeft me dat geadviseerd toen we over het nieuwe testament spraken. Zou hij toen al iets gevoeld hebben wat aangaf dat zijn gezondheid niet goed was? Er moet iets met hem aan de hand zijn geweest, een gezond mens valt toch niet zomaar dood neer?’

Jill duikt een beetje in elkaar en houdt haar ogen op de grond gericht. ‘Maar de huisarts vertelde toch dat hij medicatie had voorgeschreven voor hartritmestoornissen? Daar wilde Gijs misschien niet over praten, dat moet een hopeloos eenzaam gevoel zijn geweest.’ De laatste woorden fluistert ze.

Kaia kijkt naar haar vriendin. Alles aan haar duidt op verdriet en wanhoop, terwijl ze zelf nauwelijks iets voelt. ‘Ik denk niet dat hij iets in de gaten heeft gehad over risico’s, het zal me zelfs niet verbazen als hij de pillen die hij voorgeschreven kreeg niet heeft ingenomen. Gijs hield niet van ziekte. Hij was heel sterk toen we de baby moesten laten gaan en hij zat vol plannen. En hij was niet eenzaam.’ Ze hoort een geluid en beseft dat het uit haar mobiel komt die op de eettafel ligt. Ze staat op en loopt naar de tafel. ‘Een appje van Wiesje,’ zegt ze. ‘Het is al kwart over twaalf, wat kan die nog te melden hebben?’ Ze opent het bericht.

Ik denk dat je al slaapt, maar ik wil graag een dezer dagen nog iets onder vier ogen met je bespreken. Wil je me bellen als je wakker bent? Ik wil geen ruzie, mijn intenties zijn oprecht. Hoop dat je me belt.

‘Wat schrijft heks ex?’ wil Jill weten.

‘Ze wenst me sterkte en hoopt dat ik vannacht goed kan slapen.’

Kaia staat op. 'Laten we dat dan maar gaan doen.'

Jill staat ook op. 'Blijf op je hoede met die engerd, je weet dat ze niet te vertrouwen is. Roep je me als slapen niet lukt? Ga niet in je eentje liggen piekeren. Beloof je me dat?' Ze geeft Kaia een kus op haar wang. 'Je bent niet alleen, hè?'

14

Kaia heeft net de pendule in de eetkamer drie keer horen slaan. Ze kan zich niet herinneren dat ze die klok ooit eerder heeft gehoord, zeker niet om drie uur 's nachts. De cognac heeft haar behoorlijk dronken gemaakt; als ze haar hoofd beweegt, begint de kamer te draaien. Daarom blijft ze nu zo stil mogelijk liggen en wacht ze op het moment dat de slaap haar zal pakken. Tot het zover is, probeert ze niet diep na te denken. Maar hoeveel pogingen ze daartoe ook doet, ze kan het bericht dat Wiesje haar stuurde toch niet naast zich neerleggen. Wat heeft die te bespreken? Gaat ze haar vertellen dat de inhoud van het testament volgens haar ongeldig is? Ze beweert dat ze goede intenties heeft. Die zijn dan totaal onverwacht ontstaan. Jill heeft gelijk: die vrouw is niet te vertrouwen. Waarom zou Kaia haar bellen? Wat zou Gijs hebben gezegd in dit geval? Zou hij haar hebben afgeraden om gehoor te geven aan dit verzoek of zou hij haar hebben geadviseerd om toch met Wiesje te praten?

Hoe komt het dat ze zich zo bevroren voelt, zo verwijderd van haar eigen gevoel, zo koel, zo kil? Iedere andere vrouw zou de nacht nadat ze haar man heeft verloren het kussen onder haar hoofd kletsnat huilen, zich ontzettend wanhopig voelen, het uitschreeuwen van verdriet.

Waar is haar wanhoop, waar is haar verdriet? Hoe komt het dat ze aan niets anders kan denken dan aan wat Wiesje haar moet vertellen? Waarom denkt ze dat het nieuwe testament toch niet in orde is en dat Gijs haar misschien heeft voorgelogen? Wat is er met haar aan de hand dat ze zulke verschrikkelijke dingen denkt?

Wat is ze voor een monster?

Ze opent voor minstens de tiende keer het bericht dat Wiesje stuurde. Haar ogen zien voortdurend dezelfde woorden staan.

Ik wil geen ruzie, mijn intenties zijn oprecht.

Ze heeft haar hand op het kussen van Gijs gelegd. Vierentwintig uur geleden lagen ze hier samen, vreeën ze, bezorgde hij haar drie orgasmes achter elkaar. Heeft hij geweten dat er iets met hem aan de hand was? Had hij hier iets over willen zeggen? Heeft zijn onverwachte besluit om alsnog met haar te trouwen hier iets mee te maken gehad?

Wat is er gebeurd, wat is er gaande geweest waar ze totaal geen erg in had? Heeft ze wel genoeg opgelet? Is ze te veel bezig geweest met haar eigen sores? Waren er signalen die ze heeft gemist?

De krampen in haar buik verrassen en verlammen haar. Ze klemt beide handen tegen haar mond om te voorkomen dat de geluiden die ze maakt ergens te horen zullen zijn.

De pendule slaat nu één keer. Halfvier.

Haar kussen is toch nat, ze moet het omdraaien.

Maar ze is te verlamd, te geblokkeerd.

Te verdrietig.

15

Kaia probeert te bedenken waar ze het beeld van herkent. Waar heeft ze dit kind eerder zien staan? Had het toen dezelfde kleren aan? Heeft er zo'n soort foto in de krant gestaan?

Ze wil naar het kind toe lopen, maar ze kan geen stap verzetten. De situatie waarin ze zich bevindt is bevroren, verstijfd en beweginglooss.

Waar is ze eigenlijk en hoe is ze hier terechtgekomen?

Is het kind wel een meisje?

Ergens in de verte doemt een figuur op. Kaia tuurt en tuurt. Ze kan niet zien of het een man is of een vrouw. Ze knippert een paar keer met haar ogen en ontdekt dat de figuur verdwenen is. Opgelost in het niets.

Ze heeft het idee dat het iemand was die ze kent. Opeens staat er nog iemand naast haar. Kaia probeert haar hoofd te draaien, maar dat lukt niet. De figuur komt dichterbij. Ze deinst terug en voelt dat ze in een gat valt.

En ze wordt wakker.

Ze is kletsnat en het duurt even tot ze beseft dat ze hevig transpireert. Ze gaat op de rand van het bed zitten en probeert diep adem te halen. Het huis is stil, buiten is het nog donker.

Ze rilt. Hoe laat is het? Voordat ze zich omdraait om op de wekkerradio te kijken, hoort ze de pendule weer slaan. Ze telt de slagen. Het is zes uur. Ze wil verder slapen, maar haar natte nachthemd en het vochtige bed staan haar tegen. Ze sleept zichzelf naar de badkamer en draait de kraan in de douchecabine open. Haar bewegingen zijn traag, alsof haar spieren nog slapen, alsof iets haar tegenhoudt.

Het was weer een vervelende droom, houdt ze zichzelf voor. Ze droomt opeens van kleine kinderen die ergens helemaal alleen lijken te willen zijn. Waarom zouden ze anders de wereld zo nadrukkelijk de rug toekeren? Alleen maar een droom, alleen maar een droom, herhaalt ze in gedachten. Alleen maar een droom, verder niets. Het warme water is heerlijk, ze draait de knop die de warmte regelt verder open. Heter, heter, tot alle kou en onbeweeglijkheid niet alleen uit haar lijf maar ook uit haar hoofd verdwenen is. Tot het gevoel dat er niets klopt van het leven eerst is verbrand en daarna wordt weggespoeld.

Ze staat met gesloten ogen onder de hete straal water en stapt terug in de tijd.

'Gebruik je verstand,' had Jill geadviseerd. 'Nu heb je eindelijk een baan gevonden waar je het naar je zin hebt, een baan met vaste werktijden die niet zoveel van je vergt dat je na elke werkdag uitgeteld op de bank ligt, dus wees daar zuinig op en begin niets met je werkgever. Dat is zó dom, Kaia, dat gaat nóóit goed! Schrijf dat kinderboek waar je het al tijden over hebt en laat je baas achter andere vrouwen aanzitten.'

Kaia wilde tegen haar vriendin zeggen dat ze echt haar verstand zou gebruiken, maar ze had intussen wel met Gijs afgesproken dat hij die avond bij haar zou komen eten.

Ze was nerveus toen ze de spaghettischotel voorbereidde. Gijs had haar verteld dat hij dol was op spaghetti en ze had besloten om het recept op te zoeken dat haar moeder altijd voor haar maakte als ze jarig was. Ze sneed zich twee keer aan het scherpe mes dat ze gebruikte om de champignons in vieren te delen en ze serveerde het gerecht uiteindelijk met twee bepleisterde vingers.

Hij pakte haar hand en drukte kusjes op de pleisters.

Ze is hele stukken kwijt van die eerste avond, maar ze herinnert zich alles van wat er gebeurde vanaf het moment dat ze samen onder de douche stonden. Hij draaide de warmteknop hoger en hoger, het hete water veroorzaakte een seksuele spanning die ze al heel lang niet meer had gevoeld. Het was de eerste van vele douchepartijen die altijd eindigden in heftige seks.

Het water blijft stromen, net als de tranen die onbeheersbaar zijn. Ze wil dat hij nu lachend binnenkomt en tegen haar zegt dat het wat hem betreft nog wel een beetje heter mag.

Als ze zich staat af te drogen, ziet ze dat haar huid tamelijk rood is. Ze schudt een grote hoeveelheid bodycrème op de binnenkant van een hand en strijkt de crème met lange halen over haar armen. Daarna herhaalt ze dit voor haar benen, romp en het gedeelte van haar rug dat ze kan bereiken. Haar huid tintelt. Ze houdt de deur van de badkamer in de gaten, maar Gijs komt niet binnen.

Iemand roept haar naam. Ze snoert haar badjas stevig dicht en opent de deur van de badkamer.

'Ik dacht al dat ik je hoorde,' zegt Jill. 'Kon je ook niet meer slapen? Ik ga koffie voor ons zetten.'

Alles lijkt gewoon, denkt Kaia. Alles lijkt echt gewoon.

*

Ik zeg het tegen niemand hardop, anders gaan ze me natuurlijk aankijken alsof ik onzin uitkraam. Daarom zeg ik het tegen jou.

Ik voel je aanwezigheid in ons huis, je bent overal waar ik ben, je bent om me heen en naast me. Dat is goed.

Ik denk dat het niet is uit te leggen aan mensen die iets dergelijks nog nooit hebben meegemaakt. Als ik eerlijk ben, zou ik zelf glazig zijn gaan kijken als iemand mij vóór gisteren had verteld dat hij of zij een persoon die dood was in de buurt voelde.

Dit is nieuw voor me, dit gebeurde niet toen mijn moeder stierf. Dat was zeker een schok, maar vooral opluchting omdat ik haar de rust en de bevrijding van alle benauwdheid intens gunde. Jij ook, dat zei je tegen me. Je hielp me met het organiseren van de uitvaart, met het opruimen van haar huis, en je hield me stevig vast als het me te veel werd. Maar ik voelde haar niet. Ze was weg vanaf het moment dat ze haar laatste adem uitblies en ik heb nooit de behoefte gehad om nog tegen haar te praten.

Nu is alles anders. Er tuimelen woorden en zinnen door mijn hoofd die me duizelig maken. Ik kan geen touw vastknopen aan alles wat ik denk. Ik zou zo graag hardop tegen je praten, maar ik ben nog niet alleen. Jill heeft vrij genomen en zorgt voor me. Ze kookt, ruimt op, doet de was en drukt George in mijn armen als ze ziet dat ik geëmotioneerd ben. Ik kan enorm genieten van die stralende kinderogen, de natte kusjes, het gebrabbel en de zoete kindergeur. Ik word rustig als ik hem vasthoud en als hij dicht tegen me aan in slaap valt. Hij is het kind dat wij samen hadden moe-

ten krijgen, maar die gedachte maakt me niet verdrietig. Begrijp jij daar iets van?

Ik ben met Peter Cassee meegegaan om de medewerkers van je kantoor op de hoogte te stellen. Iedereen was geschokt, er waren tranen en een totaal verbouwereerde stilte. Peter vertelde me dat hij drie maanden geleden bij zijn vrouw was weggegaan en nu midden in een vechtscheiding was beland.

Jij wist daarvan, maar je hebt er tegen mij niets over gezegd. Dat begrijp ik niet. Wilde je niet dat ik me daar druk over zou maken? Het is goed mogelijk dat wat je van Peter hoorde bij jou herinneringen opriep aan je eigen scheiding en dat je die geen ruimte wilde geven. Ik vind dat ik dit moet begrijpen.

Je ex blijft proberen om met me te praten. Ze heeft een groot bloemstuk gestuurd met veel witte lelies. Ik heb het in de garage laten zetten, want ik kan niet tegen de geur van lelies. Ik vind het ook ongepast groot; ze claimt daarmee een plek waar ze geen recht op heeft, zeker niet na alle ellende die ze heeft veroorzaakt en na dat nooit ophoudende oeverloze gedram over het alleenbestuur van je bedrijf. Ik denk dat ze daar opnieuw over wil beginnen nu ze te horen heeft gekregen dat je mij als erfgenaam hebt aangewezen. Ik wil geen discussie voeren over dit onderwerp, ik wil haar woede niet horen en haar gejank van me afhouden. Je gaf me een goed advies om Peter Cassee als jouw opvolger aan te stellen. Hij heeft toegestemd in deze promotie en daardoor kan ik zijdelings betrokken blijven bij de gang van zaken en verder werken aan de boekenserie over het meisje dat in de jeugdzorg terechtkomt. Ik heb nieuwe aantekeningen gemaakt over een begeleidster die qua uiterlijk op de vriendin van Wiesje lijkt. Dat geeft me de gelegenheid om los te gaan over die engerd, met haar idiote kapsel en haar waterige ogen. Ik weet het, je moet iemand niet op zijn of haar uiterlijk afrekenen, maar ik maak nu graag een uitzondering voor madame Catherine. Ik moet mijn woede over wat er is gebeurd ergens kwijt en ga mijn vingers op het toetsenbord laten dansen.

De Catherine in mijn verhaal wordt de meest foute hulpverlener in de jeugdzorg die ooit zal bestaan. Het gaat verkeerd met haar aflopen. Lees maar mee en blijf dicht in de buurt.

Nog even iets anders. Marnix heeft me geappt dat hij na de crematie graag snel met me wil praten over de afhandeling van het testament. Daar staat toch niets in wat ik niet weet?

Sorry voor deze vraag.

Ik moet je nog iets vertellen. Ik heb de kist waar je in ligt al de dag nadat je bent overleden laten sluiten. Ik kon niet naar je kijken, omdat ik je niet herkende in je dode hoedanigheid. Ik wilde je levend voor me zien en dat lukte toen de kist gesloten was. Ik bewaar alles wat en wie je was in mijn hoofd. Dat vind je goed, hè?

16

De aula is te klein voor het aantal personen dat naar de uitvaartplechtigheid is gekomen. Jill fluistert dat de ontvangsthal ook vol is en er mensen buiten moeten staan.

Kaia luistert naar de mededeling, maar ze reageert niet.

Ze houdt haar ogen onafgebroken op de kist gericht, waarop het bescheiden bloemstuk ligt dat ze heeft uitgezocht. Het gevaarte dat Wiesje liet bezorgen, ligt ergens helemaal achteraan bij de vele bloemstukken die zijn gebracht. De uitvaartbegeleider en de chauffeur van de auto waarin de kist vervoerd werd, zijn bijna een halfuur bezig geweest om ze allemaal in te laden.

Ze was verrast toen Peter Cassee vanmorgen al om tien uur voor haar neus stond. Hij vertelde dat Wiesje hem had opgedragen om Kaia vandaag te begeleiden, maar hij zei er nadrukkelijk bij dat hij dat alleen wilde doen als ze daarmee akkoord ging. Voordat Kaia daarop kon antwoorden, zei Jill dat ze dit een heel attent gebaar vond van Wiesje. Later in de keuken fluisterde ze haar toe dat ze beter geen discussie konden voeren over wat Wiesje verzon, om haar op die manier de gelegenheid te ontnemen om weer ergens de strijd over aan te gaan.

Nu zit ze tussen Peter en Jill op de voorste rij en luistert niet naar wat alle sprekers zeggen. Ze heeft de uitvaartleider op het hart gedrukt dat hij Wiesje geen ruimte mag geven om ook het woord te voeren, maar het lijkt er niet op dat ze dit van plan is. Kaia weet niet eens of ze wel aanwezig is. Ze ziet dat Peter opstaat. Hij is de laatste spreker en nu luistert ze wel.

Hij is aangeslagen en moet steeds even stoppen om te slikken. Ze weet dat Gijs bijzonder op hem gesteld was en uit de woorden die Peter gebruikt, is duidelijk te merken dat dit wederzijds was. Hij noemt Gijs een werkgever die altijd aandacht had voor de persoonlijke zaken van zijn medewerkers en iemand die heel erg gemist zal worden. Daarna belooft hij hem dat hij zijn werkwijze als werkgever op dezelfde manier zal voortzetten. De laatste woorden die hij uitspreekt zijn nauwelijks te verstaan. Kaia hoort achter zich gesnik. Jill strijkt over haar handen.

Ze is kalm en koel en ze vraagt zich af wat er met haar aan de hand is. Is ze in shock? Begrijpt ze niet wat hier gebeurt?

Sluit ze zich af?

Ze is de weg kwijt, het leven verloopt niet meer in een rechte lijn, het is veranderd in een kronkelpad zonder routeplanner.

De uitvaartbegeleider nodigt de aanwezigen uit om rij voor rij naar voren te komen en een laatste groet te brengen. Kaia kijkt recht voor zich uit als de stoet waar geen eind aan lijkt te komen voorbijtrekt. Jill buigt zich naar haar toe en fluistert dat heks ex en haar vriendin er nu aankomen.

Kaia sluit haar ogen.

Ze wordt gekust, er klemmen zich handen om haar handen, de ene wens voor sterkte volgt op de andere, opeens houdt ze een kop koffie vast en even later neemt ze een hap van een saucijzenbroodje. Dat is zowaar lekker. Er is ook rode wijn, en ze moet opletten dat ze niet te gulzig drinkt.

Ze heeft haar niet zien aankomen en ze kan geen kant op. De ogen van Wiesje staan hard en dreigend. Hun neuzen raken elkaar bijna, Kaia ruikt aan haar adem dat ze wijn gedronken heeft.

Wiesje knijpt haar ogen tot spleetjes. 'Maak jezelf niet langer wijs dat alles klopte in je leven. Negeer me niet en zorg ervoor dat ik je de waarheid kan vertellen over je huwelijk.'

Kaia kijkt haar na als ze wegloopt.

Iemand raakt haar arm aan. Het is Jill. 'Je hebt je glas laten vallen, kijk nou toch, je hele rok zit onder de wijn. Zullen we gaan?'

Ze laat zich meenemen, in de auto zetten, vasthouden. Er wordt tegen haar gepraat, maar ze hoort niet wat er wordt gezegd. Ze hoort alleen de woorden die in haar oren galmen.

Maak jezelf niet langer wijs dat alles klopte in je leven.

Ze beseft opeens dat ze dit al heel lang weet.

17

Jill heeft Surinaamse kip gemaakt en Kaia eet meer dan ze van plan was. Ze vindt dat niet correct; ze is van mening dat je niet twee keer je bord kunt volscheppen op de dag dat je man is gecremeerd. Maar ze kan er toch niets aan doen dat ze enorme trek heeft en dat het eten haar goed smaakt?

Jill prijst haar eetlust en ze zegt dat goed eten haar overeind kan houden en dat Gijs dit zou toejuichen. Op het moment dat die naam wordt genoemd, voelt Kaia eerst een stekende pijn in haar maag en daarna kan ze net op tijd het toilet in de gang bereiken.

Ze leunt tegen de muur van het toilet en spoelt voor de derde keer door. Het lijkt of ze minstens vier borden met Surinaamse kip naar binnen heeft gewerkt. De misselijkheid zakt weg, de maagpijn is al verdwenen.

Ze wil tegen Jill zeggen dat ze naar huis moet gaan en haar alleen moet laten, maar tegelijkertijd bespringt haar een enorme angst om alleen in huis te zijn. Hier is elke ruimte verbonden met Gijs, hier zal ze hem altijd zien rondlopen en hier zal ze hem altijd missen. Moet ze wel in dit huis blijven wonen? Maar waarom denkt ze dit? Hoelang gaat het duren voordat ze zichzelf weer wordt?

Jill is bezorgd en vraagt of Kaia misschien iets anders wil eten. Een sneetje geroosterd brood met smeerkaas? Een witte boterham met een zachtgekookt eitje?

Kaia drukt beide handen tegen haar maag. 'Niet over eten praten. Ik hoef voorlopig niets. Zet maar een pot thee, als je wil.'

Jill loopt snel naar de keuken en wijst naar Kaia's mobiel die op de eettafel ligt. 'Er werd net gebeld, maar ik heb niet opgenomen. Misschien is er een bericht ingesproken.'

Kaia kijkt op het toestel en ziet dat Marnix heeft gebeld. Die zal een afspraak willen maken voor de afhandeling van het testament van Gijs. Ze besluit het bericht dat hij heeft ingesproken nog niet te beluisteren.

'Was het een positief bericht?' vraagt Jill, terwijl ze twee dampende theeglazen op tafel zet. 'Ik heb zoethoutthee genomen, vind je dat goed?'

Kaia vouwt haar handen om het hete theeglas, maar trekt ze snel terug. 'Had je een negatief bericht verwacht?'

Jill knippert met haar ogen. 'Negatief? Nee, hoezo?'

'Omdat je zo nadrukkelijk vraagt of het een positief bericht was. Ik vraag me daardoor af wat je met die vraag bedoelde.'

'Waar heb ik zulke achterdocht aan verdiend? Ik zal maar denken dat je een beetje de weg kwijt bent,' stelt Jill vast.

Kaia pakt haar mobiel. 'Het was een bericht van Marnix, ik zal het even afluisteren.' Ze richt haar ogen op de foto van Gijs en haar, die genomen is tijdens de meest recente wintersportvakantie. Ze staan samen te glunderen op hun ski's, met hun gezichten naar de zon gekeerd en met hun zonnebrillen op hun voorhoofd geschoven.

Jill volgt haar blik. 'Soms was ik best een beetje jaloers op je,' bekent ze.

Kaia luistert naar het bericht van Marnix. Hij wil graag dat ze hem snel belt voor een afspraak, omdat hij haar iets wil overhandigen. Het is belangrijk dat ze naar zijn kantoor komt en niemand meeneemt. Hij wil haar ook dringend adviseren om met niemand te praten over de afspraak, omdat het over een gevoelige kwestie gaat.

Jill buigt zich voorover. 'En?'

Kaia haalt haar schouders op. 'Ik moet een paar formulieren

tekenen, ik ga morgen wel even naar hem toe. Misschien is het een goed idee als jij en George morgen ook teruggaan naar huis. Ik denk dat ik daarna een tijdje alleen wil zijn.' Er valt een diepe stilte, die een onheilspellende lading heeft. Kaia staat op. 'Ik maak toch maar iets klaar, die lege maag voelt niet goed.'

Jills mond vertrekt. 'Ik begrijp echt helemaal niets van jou,' zegt ze.

*

Ik kan me goed voorstellen dat mijn beste vriendin niets van me begrijpt, want ik begrijp op dit moment ook niet veel van mezelf. Ik vind het onbegrijpelijk dat mijn maag om eten vraagt, terwijl ik eerst mijn kind en korte tijd later mijn man ben kwijtgeraakt. Het zou volgens mij aannemelijker zijn als ik dagenlang geen hap door mijn keel kreeg en me te buiten zou gaan aan alcohol en drugs. De roes opzoeken en omarmen, de sores omzeilen, de pijn verdoven. Daar zou niemand van opkijken, ik zou het zelf een normale reactie vinden.

Zeg eens eerlijk, Gijs, ben jij het ermee eens dat alles wat ik eet me goed smaakt, dat ik totaal geen behoefte heb aan verdoving en dat ik de ene na de andere notitie maak over het verloop van de serie waar ik mee bezig ben? Ik wil er verder aan werken, mijn handen hangen voortdurend boven het toetsenbord, maar eerst moet ik mezelf ervan overtuigen dat ik de afspraak met onze notaris niet steeds zou moeten verzetten. Ik begrijp mijn weerstand niet, ik vraag me af waar ik voor wegloop. Want ik loop weg, ik wil iets niet weten wat ik te weten zal komen als ik naar het kantoor van Marnix ga. Hij begint steeds meer aan te dringen op contact en nu lijkt ook het geduld van Wiesje op te raken. Ze bestookt me met berichten over iets wat ik zo snel mogelijk hoor te weten.

Wat moeten die mensen van me? Kun jij er niet voor zorgen dat ze me met rust laten?

Ik praat veel hardop tegen je, ik vind het fijn om naar mijn eigen stem te luisteren. Het is niet erg dat je niets terugzegt, ik weet dat je me hoort. Dat vertel ik aan niemand, zelfs niet aan Jill. Niet dat er veel aan haar te vertellen valt, mevrouw hult zich in stilzwijgen en afwezigheid sinds ik aan haar heb gevraagd om weer naar huis te gaan. Ik zit er niet mee; ook weer zo'n idiote reactie. De enige met wie ik dagelijks contact heb is Peter Cassee. Hij heeft jouw werk overgenomen en hij houdt me telefonisch op de hoogte van alles wat er speelt in het bedrijf. Ik vind het fijn om zijn stem te horen. Hij onderhoudt ook contact met Wiesje, die opeens weer vaak op kantoor verschijnt en zelfs haar diensten aanbiedt. Ik houd haar gedrag in de gaten, want ik vertrouw haar niet. Zou het verstandig zijn om haar toch te laten vertellen wat ze zo nodig kwijt moet? Dan kan ik het aanhoren en het naast me neerleggen. Het zal wel over de misgelopen erfenis gaan en over de belofte die jij hebt verbroken. Ik beloof je dat ik snel een afspraak met haar maak.

Eigenlijk kan ik beter ophouden met Marnix te ontlopen en onder ogen zien wat mij blijkbaar toch verteld moet worden. Daar heb jij niets mee te maken, hè?

Stel me gerust, dat heb ik nodig. Ik zou hieraan moeten toevoegen dat ik jou ook nodig heb, maar ik laat me niet verleiden tot theatrale uitspraken. Jij bent dood, jij bent weg.

Misschien ben je in de buurt van Timé. Dat wil ik hopen, maar als ik iets in die richting denk, zou ik te maken kunnen krijgen met een slot op mijn maag en trek in drank en drugs.

Ik hoop dus niets.

Fijn om tegen je te praten. Ik ga nu Marnix bellen om te zeggen dat ik morgen kom.

Blijf je in de buurt?

Ik heb een afspraak gemaakt, ik zie Marnix morgenochtend. Ik ga hem niet opnieuw afbellen, ook al heb ik daar nog zoveel zin in. Zo vreemd, Gijs. Het lijkt of ik de regie ben kwijtgeraakt over mijn eigen wil. Dat maakt me angstig en weerloos, daardoor verlang ik naar een sterke schouder en naar iemand die woorden kent om me gerust te stellen. Hoe is het mogelijk dat ik nooit eerder zo intens besefte dat ik zo'n schouder had? Waarom is dat voor mij altijd zo vanzelfsprekend geweest?

Ik verlang ernaar om door jou gerustgesteld te worden.

Blijf alsjeblieft om me heen.

18

Marnix verwelkomt haar met een warme handdruk. 'Fijn dat je er bent; ik begrijp dat je even tijd nodig had. Hoe gaat het?'

Kaia antwoordt dat alles goed is en ze ploft neer in de stoel die hij haar aanbiedt. Ze voelt zich rustig. Dit moet even worden afgehandeld, wat ze ook te horen krijgt. In het ergste geval komt ze er nu achter dat Gijs haar niet de waarheid heeft verteld over zijn nieuwe testament en strijkt heks ex toch al het geld op. Als dat zo is, zal ze met opgeheven hoofd haar huis verlaten en vraagt ze aan Jill of ze een tijdje bij haar mag wonen. Ze zijn en blijven beste vriendinnen, ook al is er nu een afstand tussen hen. Jill zal haar heus niet voor de deur laten staan als ze onderdak nodig heeft.

Marnix gaat tegenover haar zitten en biedt haar iets te drinken aan. Kaia weigert met een glimlach. 'Laten we maar ter zake komen,' stelt ze voor. 'Is het heel ernstig wat je te vertellen hebt? Sta ik vanavond op straat?'

Marnix heft zijn handen op. 'Nee, natuurlijk niet. Gijs heeft je toch verteld hoe zijn nieuwe testament eruit zou zien?'

'Dat klopt, maar ik heb het niet gelezen. Ik weet dus niet...' Kaia voelt zich opeens bezwaard door haar twijfel. Wat bezielt haar toch? Waar heeft Gijs het aan verdiend dat ze hem ondanks de liefde die nog steeds aanwezig is toch niet honderd procent vertrouwt? Ze voelt schaamte en weerstand.

Marnix vraagt nog een keer of ze misschien iets te drinken wil.

Kaia besluit dat ze zijn aanbod beter kan aannemen en zegt dat ze wel een glas witte wijn lust, al is het nog ochtend. De twijfel in haar stem wordt weggewuifd en even later zet Marnix twee glazen witte wijn op het bureau. Ze proosten op Gijs.

'Ik heb een kopie gemaakt van het hele testament,' zegt Marnix. 'Als je daar vragen over hebt, stel die dan gerust. Lees het eerst op je gemak thuis goed door. Hij heeft je beslist niet onbemiddeld achtergelaten. Maar er is iets wat je ook moet weten. Gijs heeft me een verzegelde envelop overhandigd die ik in de kluis moest bewaren en aan jou moest overhandigen als hij zou overlijden.'

'Een envelop,' herhaalt Kaia.

Gijs opent een lade van zijn bureau. 'Ik laat je even alleen, neem rustig de tijd om te lezen.'

19

Jill rijdt achter haar, ziet Kaia als ze de oprit nadert. Ze parkeert haar auto voor de garage en stapt uit. 'Kon je zomaar weg van kantoor?' vraagt ze als Jill naar haar toe komt lopen.

Ze ziet dat Jill ongerust is. 'Blijkbaar wel, dus. Ik moet met iemand praten.'

Jill omhelst haar. 'Daar heb je nog altijd een beste vriendin voor. Zullen we eerst naar binnen gaan? Wat zie je bleek!'

Kaia vindt het fijn dat ze wordt vastgehouden. Ze zou zich willen verontschuldigen, omdat ze haar vriendin op zo'n botte manier heeft laten weten dat ze beter naar huis kon gaan.

Maar Jill neemt het voortouw. 'No hard feelings over wat er allemaal gebeurde. Ik begrijp heel goed dat je jezelf niet was, ik vind je eerlijk gezegd ongelooflijk sterk en ik vraag me af of ik je dit na zou doen.' Ze drukt Kaia nog een keer stevig tegen zich aan. 'Zal ik even koffiezetten, of wil je aan de drank?'

'Koffie is beter,' zegt Kaia.

Ze zitten tegenover elkaar aan de grote keukentafel. Kaia opent haar tas, pakt de envelop eruit en overhandigt hem aan Jill. 'Ik was bij Marnix om het testament van Gijs te bespreken. Hij gaf me deze brief van Gijs, die verzegeld in zijn kluis lag. Ik mocht hem pas lezen als Gijs zou zijn overleden.'

Jill lijkt een beetje terug te deinzen.

'Lees maar,' dringt Kaia aan. 'Ik moet dit met iemand delen en jij bent echt de enige die daarvoor in aanmerking komt.'

Jill pakt de envelop aan en haalt de brief eruit. 'Je maakt me bang,' bekent ze. Daarna begint ze te lezen. Eerst leunt ze nog wat achterover, maar al snel buigt ze zich dieper over de tekst heen. Ze spert haar ogen open, haar mond valt open. Ze kijkt Kaia aan. 'Allemachtig!' zegt ze.

De brief zit weer in de envelop, ze zijn inmiddels aan de derde kop koffie toe. De stilte die gevallen is, geeft ruimte aan allebei om na te denken.

Jill is de eerste die weer iets zegt. 'Er is dus een kind en dat is geboren tijdens je relatie. En jij hebt er nooit iets van gemerkt. Je wist totaal niets van een meisje van vijf voor wie Gijs in zijn nalatenschap een bedrag heeft laten vastzetten ter ondersteuning van de kosten voor haar opvoeding. Zo staat het er toch?'

Kaia glimlacht. 'Klopt. Jij lijkt erger geschrokken te zijn dan ik.'

Jill zet grote ogen op. 'Echt? Heb je dan toch wél iets in de gaten gehad? Ik heb je daar nooit iets over horen zeggen. Ben je niet boos? Voel je je niet enorm bedrogen? Ik zou razend worden, denk ik.'

Kaia drinkt haar kopje leeg. 'Razend? Nee, dus. Waarom zou ik boos worden? Ik weet dat Gijs het erg moeilijk heeft gehad met de dood van zijn eerste kind. Ook al kon hij daar niet goed over praten, ik weet het. Dat voelde ik. En dan kreeg hij ook nog het gedrag van Wiesje over zich heen, die alleen aan zichzelf kon denken en hem aan de kant schoof. Daarna probeerde hij met mij een nieuwe start te maken, maar we kregen geen kind. De teleurstelling speelde mij vaak parten, ik wees hem na elke mislukte poging wekenlang af en hij heeft waarschijnlijk in zo'n periode iemand ontmoet die zomaar zwanger van hem werd.'

'Ik kan me niet voorstellen dat je dit allemaal zo logisch vindt,' zegt Jill. 'Ik vind het een vorm van ontrouw die dicht bij verraad ligt.'

Kaia staat op. 'Genoeg koffiegedronken, ik ga aan de drank.

Doe je mee? O nee, je moet nog rijden. Heb je er bezwaar tegen als ik een glaasje witte wijn neem? En wat je opmerking over verraad betreft: dat klopt. Ik weet het heus wel, maar ik wil het nog even niet voelen.'

'Ik drink één glas mee,' besluit Jill.

*

Er bestaat dus een meisje van vijf en ze is jouw dochter. Ben je ooit van plan geweest om het aan me te vertellen? Heb je er spijt van dat ze is geboren of heeft ze je juist blij gemaakt?

Jill noemt het verraad, maar hoe meer ik erover nadenk, hoe sterker ik besef dat ik wist dat er tussen jou en mij iets niet klopte. Ik heb gewoon gereageerd op de struisvogelmanier, daardoor was ons leven voor mij beter te overzien.

Verraad, lieve Gijs, is een klinkklaar eufemisme in dit geval. Mij lijkt een term als 'gewetenloos bedrog' of 'respectloos egoïsme' meer van toepassing. En voor mijn gedrag kun je rustig stellen dat ik geen slecht figuur zou slaan als ik werd weggezet als een stompzinnige, naïeve huppelkut.

Weet je wat ik vooral heel erg vind, Gijs? Weet je waar ik met name van baal en waar mijn maag voortdurend van omdraait? Dat is van de wetenschap dat het kind dat ik van jou had willen krijgen ergens op de wereld wordt opgevoed, verzorgd en gekoesterd door een andere vrouw. Want dat kind had ík verdiend! En jij had het niet bij een andere vrouw moeten verwekken. Maar ik slik liever mijn tong in dan dit allemaal toe te geven als ik met Jill of met wie dan ook praat.

Toen ik zelf nog een kind was, berispte mijn moeder me regelmatig voor wat zij 'veel te eigenwijze woorden' noemde. Ik herinner me een vrouw die bij ons in de straat woonde met wie mijn moeder vriendschap sloot. Die vrouw had een dochter die even oud was als ik en dat meisje was niet al te snugger. Ik vond haar uitgesproken dom en als ze bij ons kwam spelen, verveelde ik me al na vijf minuten. Mijn moeder hield me voor dat dit meisje er niets aan kon doen dat ze traag van begrip was, en ze zei dat ze van me verwachtte dat ik vriendelijk en voorkomend was. Ik deed mijn best, maar ik was na elk bezoek blij als ze weer naar huis gingen. De buurvrouw had altijd veel te vertellen. Ik mocht niet naar gesprekken tussen grote mensen luisteren, maar dat deed ik natuurlijk tóch en ik had vanaf het begin het gevoel dat de verhalen van deze buurvrouw niet klopten. Op een dag vroeg ze of mijn moeder haar geld wilde lenen. Toen ik die avond naar bed werd gebracht, zei ik tegen mijn moeder dat de buurvrouw niet te vertrouwen was. Mijn moeder las me die avond niet voor.

Opeens kwamen buurvrouw en dochter niet meer langs en later hoorde ik, bij een gesprek dat niet voor mijn oren bestemd was, mijn moeder tegen een van haar vriendinnen zeggen dat ze iemand geld had geleend en dat die iemand ontkende dat er sprake was geweest van een lening. Ik zei niets.

Er waren meer situaties waarin ik zonder het te kunnen verklaren wist dat iets niet goed zou aflopen, dat er gelogen werd, dat ik zou moeten waarschuwen. Soms waagde ik het iets te zeggen, maar steeds opnieuw werd me de mond gesnoerd en beweerde mijn moeder dat ik te eigenwijze woorden sprak. Pas toen ik al volwassen was, heeft ze een keer tegen me gezegd dat ik als kind soms opmerkingen maakte waardoor zij zich ongemakkelijk voelde en die later altijd raak bleken te zijn.

Het extra zintuig dat ik mezelf had toegedacht, heeft te zwak gefunctioneerd toen ik samenleefde met jou. Geen enkel woord van jou, geen enkele houding, geen vraag, geen antwoord heeft bij mij de gedachte opgewekt dat er iets gaande zou kunnen zijn met een andere vrouw. Het mogelijk bestaan van een kind is absoluut nooit in me opgekomen. Ik heb niets aan je gezien, niets geroken, niets gesignaleerd. Helemaal niets. Er was alleen een vaag gevoel van onrust, en dat nam ik mezelf ook nog kwalijk.

Je had het aan me moeten vertellen, Gijs.

20

Kaia weet dat ze droomt, maar ze weigert wakker te worden. De droom is te mooi, ze voelt zich er te gelukkig door.

Dit is Timé, denkt ze. Zo zou ze er hebben uitgezien als ze nu vijf was geweest. Een stralend kind met lang blond haar dat ze bij voorkeur in twee vlechten gedragen zou hebben. Volle lippen, donkerbruine ogen, zwarte wenkbrauwen. Iedereen zou zeggen dat ze sprekend op haar moeder leek.

Ze loopt met het huppelende kind aan haar hand door een weiland vol sneeuwklokjes. Het kind roept verrukt dat ze de bloemen allemaal wil plukken. Heel ver weg, nauwelijks te zien, loopt een figuur en het is waarschijnlijk een man. Kaia weet dat ze hem niet moet inhalen, het is belangrijk dat ze samen met het kind blijft lopen en niemand moet toestaan om dichtbij te komen.

Opeens ziet ze dat de figuur zich heeft omgedraaid en naar hen toe komt. Ze probeert het kind mee te trekken, de andere kant op. Maar het kind begint enthousiast te zwaaien.

Kaia tuurt naar de figuur, die nu beter te onderscheiden is. Dit is geen man. Ze knijpt haar ogen tot spleetjes en spert ze daarna open.

Ziet ze het goed?

Dit kan niet kloppen.

Ze wordt met een schok wakker.

Je hoort weleens dat een stilte oorverdovend kan zijn. Dat vond Kaia eerder in haar leven een vreemde voorstelling van zaken, een vergezochte uitdrukking die in de buurt kwam van aanstellerij. Nu zit ze in de keuken met een dampende kop thee voor haar neus en realiseert ze zich dat het woord 'aanstellerij' in dit verband niet van háár afkomstig was, maar van Gijs. Het was een mening die ze klakkeloos heeft overgenomen, net als zijn mening over gesluierde vrouwen, mannen met bierbuiken, mensen die in de bijstand zaten en jongeren die werkeloos waren. Het paste allemaal niet in hun leven, het werd veroordeeld en buitengesloten. Ze beseft hier, aan deze tafel, midden in de nacht, dat ze het kritische deel van haar gedachten heeft ingeleverd om lid te worden van een koppel dat bij voorkeur discussies van zich afhield. Ze is een volger geworden, omdat de weg van de minste weerstand bij uitstek een comfortabel pad was.

Maar ze is toch waanzinnig verliefd geweest op Gijs? Ze heeft toch met hem de sterren van de hemel gevreeën? Het was toch haar diepste wens om een kind van hem te krijgen?

Speelt nu een soort verdoving haar parten? Denkt ze op deze manier om de pijn van het verlies niet te hoeven voelen?

Ze is van mening dat ze te weinig huilt en dat ze het normale leven veel te snel weer oppakt. Je hoort totaal ontredderd en lamgeslagen te zijn als je je partner plotseling verliest. Je moet niet kunnen nadenken, geen beslissingen kunnen nemen, je hoort hulp nodig te hebben. Het klopt niet dat ze geen wanhoop voelt, geen machteloosheid, geen razernij, geen verbijstering.

Wat voelt ze eigenlijk wél?

Ze drinkt de thee met kleine slokjes. De warmte in haar maag is aangenaam, zelfs troostend.

Met gesloten ogen denkt ze aan een meisje van vijf dat de genen heeft van Gijs. Het kost nauwelijks moeite om het kind te zien en zelfs haar nabijheid te voelen. Het beeld voor haar ogen is niet vreemd, niet onbekend. Iets in haar brein herkent het kind, alsof het altijd al ergens op de achtergrond aanwezig is geweest, maar in een andere gedaante. Ze opent haar ogen en ze is blij dat het meisje daardoor van haar netvlies verdwijnt. Ze wil zich niet bezighouden met een kind dat iemand anders heeft gebaard, ze wil zich niet bewust zijn van de connectie tussen een meisje van vijf en Gijs. Ze wil niet geloven dat hij een dochter heeft. Ze wil nu alleen aan vier woorden denken, de woorden die ze eerder losliet maar die zich momenteel nadrukkelijk op de voorgrond plaatsen. Die zijn veel belangrijker dan de wetenschap dat ergens een kind woont dat zij had moeten krijgen. Ze sluit opnieuw haar ogen en laat de woorden opstaan, rondcirkelen, dichterbij komen en zich in haar brein nestelen.

Aan deze woorden moet ze zich vasthouden.

Ik wil moeder zijn.

21

George komt met een glimlach van oor tot oor op Kaia's gespreide armen afgerend. Ze vangt hem op en krijgt natte kusjes op haar mond.

'Hij bleef maar proberen om me duidelijk te maken dat hij naar Kaia wilde en volgens mij wil hij ook penne met kip en tomatensaus eten,' legt Jill uit. 'Dat bedoelde je toch, George?'

Het kind juicht.

'Die ogen,' zegt Kaia, 'je verdrinkt er bijna in. Kun je er ooit genoeg van krijgen om erin te kijken?'

Jill strijkt met een vinger over George' wang. 'Nooit. Soms vind ik het jammer dat hij de hele nacht slaapt. Ik heb zijn nieuwe blokkendoos meegenomen, bereid je maar voor op een bouwproject.' Ze lijkt even na te denken voordat ze verdergaat. 'Straks wil ik graag met je praten over het testament dat Marnix voor mij heeft opgesteld.'

Kaia zet George op de grond. 'Je bent toch niet ziek?'

'Niet dat ik weet, maar toen Gijs zo onverwacht... Nou ja, je weet wel. Ik had je toch verteld dat ik contact had met Marnix?'

'We praten later,' beslist Kaia.

Kaia geniet. Ze is zo dicht mogelijk naast George gaan zitten en ze steekt haar neus regelmatig in zijn haardos. Wat ruikt zo'n kindje lekker, wat zacht zijn die blonde krullen, en ook de huid van zijn wangen lijkt op fluweel. Ze bouwen een kasteel met een echte toren, en George vindt dat alle blokken gebruikt moeten worden. Want een kasteel is gloot, volgens hem.

'Hij heeft nog moeite met de r,' legt Jill uit. Ze knuffelt haar zoon en zegt tegen hem dat Kaia volgens haar ook al verliefd op hem is.

George steekt zijn armen uit naar Kaia en joelt: 'Lief, lief, lief!'

Jill gaat ook op de grond zitten. Ze kijkt ernstig. 'Weet je wat ik heb bedacht? Ik vind het niet eerlijk dat jij geen moeder wordt en dat het moederschap voor mij gewoon kwam aanwaaien. Ik wil graag delen. George is dol op jou en jij op hem. Laten we nadenken over een manier om jou ook een beetje zijn moeder te laten zijn.'

Kaia trekt het jongetje op schoot. 'Nu wil ik een extra dikke kus, de dikste die je kunt bedenken.' Ze snuift opnieuw de geur van het kind op en ze besluit haar tranen niet tegen te houden.

'Ik probeer eigenlijk te zeggen dat ik testamentair heb laten vastleggen dat George bij jou moet blijven als mij iets zou overkomen,' zegt Jill. Haar stem hapert. 'Ik heb jou aangewezen als zijn voogd en ik heb ook laten vastleggen dat jij bevoegd bent om voor mij beslissingen te nemen, mocht ik daar zelf niet meer toe in staat zijn. Maar ik had natuurlijk eerst aan jou moeten vragen of jij dat ook wil.'

Kaia steekt haar armen uit. 'Kom samen knuffelen. Ik heb liever dat je blijft leven, maar mocht er iets met je gebeuren, dan hoef je je geen zorgen te maken over dit mooie mannetje. Ik zal altijd voor hem zorgen. En mocht jij een ongeluk krijgen of een ernstige ziekte, dan zal ik niet toestaan dat je als een kasplant verder moet leven. Dat bedoel je toch?'

George begint zonder duidelijke aanleiding te schateren.

Jill heeft verse jus d'orange gemaakt. 'Wat heerlijk dat het weer langer licht is, hè? Ik heb gisteren mijn zomerkleding van zolder gehaald en vandaag al een deel gewassen. Waarom ligt het zeil nog over het buitenbad? Volgens mij kunnen we best al een keer zwemmen als het een zonnige dag is.'

'Het bad moet eerst worden schoongemaakt,' zegt Kaia. 'Als je graag wil zwemmen, moet je nog even het binnenbad gebruiken.'

'Wat een luxe, hè?' Jill maakt een weids gebaar. 'Je hebt een heerlijk groot huis, een prachtige tuin, een binnen- en buitenbad, een eigen sauna en sportkamer. Is het niet te groot voor je? Wil je hier wel blijven wonen nu je alleen bent?'

Kaia haalt haar schouders op. 'Daar heb ik nog niet over nagedacht, eigenlijk.'

Jill raakt haar even aan. 'Dat is ook nergens voor nodig. Sorry voor mijn vragen, ik begrijp echt wel dat je daar nu nog niet mee bezig bent.' Ze wijst naar George. 'Geniet maar van ons mooie mannetje.'

George maait met één beweging het kasteel van blokken omver. 'Wég!'

Kaia kijkt naar het jongetje. Het verlangen naar een kind komt onverwacht heftig naar boven. Ze veegt snel de tranen van haar wangen.

Jill heeft haar slapende zoon voorzichtig in het autostoeltje gezet. Hij maakt wat knorrende geluidjes, maar slaapt gewoon verder. 'Ik moet twee dagen werken, daarna ben ik drie dagen vrij. Zal ik dan naar je toe komen met George en een paar nachten blijven slapen?'

'Graag,' zegt Kaia.

Als ze de voordeur op het nachtslot draait, hoort ze haar mobiel gaan. Ze ziet dat ze wordt gebeld door Wiesje. Die spreekt maar in wat ze te melden heeft. Het zal wel weer een bericht zijn over de noodzaak om elkaar te spreken. De mobiel valt stil. Kaia wacht, maar er volgt geen signaal dat er iets is ingesproken.

Opeens voelt de stilte in huis dreigend aan, zelfs angstaanjagend. Ze controleert bij alle deuren of ze goed op slot zitten.

*

Ik kan natuurlijk boze dingen blijven denken en je in gedachten uitfoeteren, maar het lijkt me verstandiger om mijn energie te richten op zaken die ertoe doen. Ik ben dus niet meer boos op je, Gijs. Wat ik dan wél ben, is me nog niet duidelijk.

Ik ben zomaar, zonder enige voorbereiding, aan een nieuw manuscript begonnen. De werktitel is: 'Kind zonder vader'. Ik denk dat het geen kinderboek wordt, maar het genre young adult. Het gaat over een meisje dat niet weet wie haar vader is, omdat ze is verwekt met donorzaad, maar dat tegen de tijd dat ze zestien is wél wil weten van wie ze afstamt. Ze is door haar alleenstaande moeder opgevoed en ik ben van plan om die moeder niet aan de zoektocht van de dochter te laten meewerken.

Het jeugdzorgverhaal met de foute hulpverlener heb ik geparkeerd. Het kind dat wil weten wie haar vader is, valt niet te negeren.

Ik weet precies hoe het meisje en haar moeder eruitzien. Het meisje lijkt op mij, dat ging vanzelf. Voor de moeder heb ik vanaf de eerste zin Wiesje voor ogen gehad. Maar niet alleen haar uiterlijk, ik beschrijf ook haar streken.

De vader die gevonden wordt, zal in alle opzichten op jou lijken. Dat betekent: een man met een driedubbele agenda. Terwijl ik dit zeg, vraag ik me af of ik écht niet meer boos ben.

Ik werk iedere dag minstens vijf uur aan dit manuscript en de woorden komen vanzelf tevoorschijn. Als ik 's avonds een paar glazen witte wijn heb gedronken, word ik het meisje dat wil weten hoe haar biologische vader eruitziet en dat haar fantasie voedt met hoopvolle gedachten over halfbroers en halfzussen. Het houdt me van de straat, zou jij zeggen. Ik zeg zelf: het houdt mijn gedachten in balans.

Er hangt onraad in de lucht en ik ram de woorden uit het toetsenbord om wat ik niet wil weten, zien of horen tegen te houden. Er kan niets meer bij, Gijs, na de brief die jij achterliet.

Ik ga me niet verzetten tegen je verzoek om mee te werken aan een maandelijkse financiële bijdrage aan de moeder van je dochter tot het kind meerderjarig is. Marnix heeft gezegd dat ik daar zelf niets van hoef te merken, omdat de toelage wordt overgemaakt vanuit een fonds dat jij al gereserveerd had. Verder kon hij me niets vertellen, omdat hij als notaris een zwijgplicht heeft. Ik hoef niets te weten, Gijs, ik verwerk mijn schrik en zeker ook mijn boosheid in het verhaal over een zaaddonor van wie ik nu nog niet weet of het voor hem uiteindelijk goed of slecht afloopt.

Ik laat me verrassen.

En ik blijf proberen om niet boos te zijn.

22

Ze schrikt wakker van de bel. Iemand moet blijkbaar erg dringend met haar praten. Kaia trekt snel kleren aan en loopt mopperend naar de voordeur. Ze kijkt toch maar eerst even wie er voor de deur staat. Dit had ze kunnen weten, natuurlijk. Heks ex is op oorlogspad. Het moet maar, anders blijft ze achter Kaia aanzitten.

Ze snuift een lading lucht op en ontgrendelt de deur.

'Ik heb nu lang genoeg gewacht op een teken van leven, dus hier ben ik. Je laat me toch wel binnen?' De stem van Wiesje is koel, er is geen sprake van opwinding. Ze wacht een antwoord niet af en stapt de gang in. 'Wij moeten echt praten, dat zul je met me eens zijn als ik je heb verteld wat je volgens mij moet weten.'

Kaia controleert of er niemand is meegekomen en sluit daarna de deur. 'Zullen we in de keuken gaan zitten? Ik ben net wakker en heb trek in koffie.' Ze hoort tot haar eigen verbazing dat ze vriendelijk klinkt. Dat wil ze volhouden. Geen geruzie, wat heks ex ook gaat brallen. Ze zal rustig blijven en zich niet laten verleiden tot onoverzichtelijke discussies. Dit zal wel over een misgelopen erfenis gaan, over het nakomen van afspraken en over een oplossing die vooral voor Wiesje gunstig uitpakt. Kaia gaat luisteren, eventueel begrip faken, maar geen enkele afspraak maken of iets toezeggen. De ex van Gijs is een ex, haar zaken met Gijs zijn afgehandeld, ze heeft alleen recht op wat beschreven staat. Dit is haar eerste en laatste kans op een gesprek. Na vandaag is ze definitief exit op privéterrein en zullen zakelijke contacten plaatsvinden in het bedrijf.

'Er is iets wat jij niet weet en wat je wel zou moeten weten,' begint Wiesje. 'Ik zou het je ook verteld hebben als Gijs was blijven leven en ik er op een andere manier achter was gekomen dat hij met je was getrouwd.'

Kaia zet een kop koffie voor haar op tafel. 'Zwart, toch? Wil je een havermoutkoek? Die zijn lekker, niet zoet.'

Wiesje bedankt.

Kaia gaat tegenover haar zitten en zet haar tanden in een koek. 'Vertel!'

Wiesje neemt eerst een slok koffie. 'Dit is niet grappig, ook al denk je dat misschien.' Wiesje kijkt Kaia streng aan. 'Ik krijg de indruk dat je me niet erg serieus neemt. Ik ben hier om je te vertellen dat Gijs een kind heeft bij een andere vrouw.'

Nu neemt Kaia eerst een slok. Daarna zegt ze: 'Dat weet ik, er is een dochter van vijf. Hij heeft bij testament een regeling vastgelegd om financieel bij te dragen aan haar opvoeding tot ze achttien is.' Ze verwacht dat Wiesje met stomheid geslagen zal zijn, maar daar lijkt het niet op.

Wiesje kijkt haar eerst met een verachtelijke blik in haar ogen aan. Of is het medelijden? Of schrik? Ze lijkt te moeten nadenken over haar volgende tekst. 'Hoe weet jij dat?'

'Hij heeft bij de notaris een brief achtergelaten en die heeft Marnix me overhandigd.'

'En in die brief stond dat hij een dochter had van vijf? Dat klopt niet, maar het verbaast me niets. Gijs kon nu eenmaal liegen alsof het gedrukt stond.'

'Wat klopt er dan niet?' vraagt Kaia koeltjes.

'Het is geen dochter, het is een zoon, en hij is drie.'

Kaia zucht diep. 'Zullen we stoppen met dit gesprek? Dit gaat jou niets aan en ik wil het niet met je bespreken.'

Wiesje opent haar tas en haalt er iets uit. Ze legt een foto voor Kaia op tafel.

Kaia kijkt naar de foto. 'Dat is George, de zoon van Jill. Hoe kom jij aan een foto van hem?'

Wiesje schuift de foto weer naar zich toe. 'Als je beter zou kijken, kon je zien dat dit een oude foto is. Hij komt uit het familiealbum dat de moeder van Gijs meegaf toen wij trouwden. Ik heb het gehouden toen we gingen scheiden; hij hoefde het toen niet te hebben. Hij keek er nooit in, en ik denk dat hij zich deze foto niet herinnerde. Dit is geen foto van George, dit is een foto van Gijs toen hij drie was.' Ze laat de foto weer in haar tas glijden, knipt hem dicht en staat op. 'Mijn advies: denk eens goed na. Verder bekijk je het maar.' Ze loopt de keuken uit en even later slaat de voordeur achter haar dicht.

23

De klok in de woonkamer slaat twaalf keer. Twaalf keer? Zit ze dan al ruim twee uur hier in de keuken alleen maar te zitten, zonder zich te bewegen, zonder geluid, zonder gedachten?

Zit ze hier echt al meer dan twee uur?

Ze moet die foto nog een keer zien, ze moet zichzelf ervan overtuigen dat het kind op de foto wel een beetje op George lijkt, maar dat je, als je goed kijkt, beslist meer verschillen dan overeenkomsten ziet.

Hoe is het mogelijk dat heks ex iets wist over een kind? Heeft zij ook een brief ontvangen uit de nalatenschap?

Kaia scrolt naar het nummer van Marnix.

Hij neemt snel op en is verrast als hij haar stem hoort.

Kaia stelt haar vraag.

Marnix antwoordt dat hij helaas geen mededelingen kan doen over afspraken tussen Gijs en hem, omdat dit onder de geheimhoudingsplicht valt.

Kaia vertelt dat Wiesje haar een foto heeft laten zien en dat ze heeft verteld dat Gijs een kind heeft bij een andere vrouw, maar dat het geen meisje van vijf is, maar een jongen van drie. Ze wacht even af wat Marnix hierop te zeggen heeft, maar hij zwijgt. Daarna vertelt ze dat het kind op de foto die ze zag een kleuterfoto van Gijs bleek te zijn, terwijl zij dacht dat het George was.

Aan de andere kant blijft het stil.

Ze merkt dat ze geïrriteerd is. 'Wat weet jij precies?'

Marnix vraagt of ze alleen is. Als ze dat bevestigt, belooft hij dat hij over maximaal een uur bij haar zal zijn.

Het kan niet, haar gedachten zijn de weg kwijt, omdat het brein van iemand die recent een groot verlies heeft geleden nooit direct weer optimaal kan functioneren. Dat is bekend, je kunt het overal lezen.

Het brein van Kaia is overbelast, ze gaat er vreemde conclusies door trekken en gedachten creëren die niets met de werkelijkheid te maken hebben. Zo is het, en niet anders.

Maar ze dacht écht dat heks ex haar een foto liet zien van George.

De lawine aan herinneringen veroorzaakt een vreemde pijn tussen haar borsten die haar ademhaling belemmert. Er flitsen beelden voor haar ogen die nooit eerder argwaan wekten maar nu stuk voor stuk discutabel zijn.

Gijs bracht Jill vaak naar huis als ze bij hen had gegeten. Soms bleef hij dan uren weg en later vertelde hij dat die vriendin van haar nog eens een prijs zou krijgen voor mitrailleurkletsen. Hij voegde daar meestal aan toe dat hij zoveel tijd aan haar had besteed, omdat hij het sneu voor haar vond dat ze zo alleen was en dat hij haar een leuke vriend gunde in plaats van de onmogelijke vrijers die ze steeds binnenliet. Kaia was het altijd met hem eens. Toen Jill zwanger bleek te zijn van een getrouwde collega, veroordeelde hij haar besluit om het kind te houden. Hij adviseerde Kaia om het contact met haar te verbreken, maar Kaia weigerde. Als Jill tijdens de maanden van haar zwangerschap langskwam, was Gijs nooit thuis. Pas na de geboorte van George werd hij toeschietelijker en kwam de oude gezelligheid tussen hen weer terug.

Dit is geen foto van George, dit is een foto van Gijs toen hij drie was.

Het kan niet waar zijn, Marnix gaat haar natuurlijk vertellen dat ze zich vergist.

*

Dat er een andere vrouw in je leven was toen wij al samen waren, beschouwde ik als een belediging. Toch was ik bereid om eroverheen te stappen, te accepteren dat je financieel verantwoordelijk wilde zijn en verder te gaan met mijn leven. Nu is alles anders. Je hebt een kind verwekt bij mijn beste vriendin en dat heb je voor me verzwegen.

Dat hebben júllie voor me verzwegen.

Je bent mijn tranen niet waard, Gijs. Je bent mijn rouw niet waard, niet mijn schrik, niet mijn gevoel van afgewezen zijn, niet mijn verlangen, niet mijn ontreddering, je bent niets waard wat gerelateerd zou kunnen zijn aan liefde.

Niets!

Marnix was ontredderd en geëmotioneerd toen hij me vertelde dat zijn beroepsgeheim hem dwarszat, maar desondanks van toepassing bleef. Hij adviseerde me om de vragen die ik had over George, over Jill en over jou te stellen aan degene die in staat was om de waarheid bekend te maken. Hij voegde eraan toe dat het hem verschrikkelijk speet dat hij niet degene was die deze vragen kon beantwoorden en dat mijn schrik en mijn verbijstering hem diep raakten. Dat is aardig van Marnix, maar daar schiet ik niets mee op.

Er is, voordat ik me richt op Jill, nog een zijweg mogelijk. Ik kan een gesprek aangaan met Wiesje, want ik heb sterk de indruk dat zij veel meer weet van jou, van jullie, dan ik eerder in de gaten had. Ik begin me steeds sterker af te vragen waarom je altijd zo voor-

zichtig was met je ex en waarom je plotseling besloot om met mij te trouwen en je testament te wijzigen. Je had waarschijnlijk een grote verborgen agenda, Gijs. Ik ben van plan om die agenda te leren kennen, om je geheime leven in te zien, om je leugens te ontdekken en om daarna te beslissen wat ik ga doen met wat ik te weten ben gekomen.

Weet je nog dat ik mijn eerste serie kinderboeken schreef over het mannetje dat geluk kon brengen? Het was een serie voor kleuters, er werd een theatervoorstelling van gemaakt, ik won er de Griffel mee voor het meest positieve kinderboek. Ik moest jou eruit voorlezen, omdat je blij werd van het mannetje dat overal een oplossing voor had en iedereen aan het lachen kon maken. Je zei toen tegen me dat in mij de meest vredelievende geest huisde die volgens jou ooit had bestaan.

Dat zei je mooi en het klopte.

Maar die meest vredelievende geest woont niet meer als enige in mij. Er huist nog iets anders in mijn brein waar jij nooit van op de hoogte was. Dat kon ook niet, want ik had het zelf niet eerder in de gaten. Nu weet ik het.

Er schuilt een heks in mij.

24

Wiesje overhandigt Kaia een fles rode wijn. 'Voor in de slaapkamer.'

Kaia klemt haar handen om de fles. 'Dat zei Gijs altijd.'

Wiesje glimlacht. 'Ik weet het.'

Wiesje is vriendelijk en ze maakt een ontspannen indruk. Toen Kaia haar belde en vroeg of ze nog een keer met elkaar konden praten, was er geen spoor van verwondering en zeker niet van afweer. Ze stelde ook geen vragen, maar maakte snel plaats in haar agenda. Nu zit ze tegenover Kaia op de bank en wacht af wat er gaat gebeuren.

Kaia besluit direct ter zake te komen. 'Je hebt de foto van Gijs als kleuter niet zonder reden aan mij laten zien. Hoelang vermoed je al dat Gijs iets te maken heeft met George?'

Wiesje hoeft niet na te denken over een antwoord. 'Dat is geen vermoeden, dat is een wetenschap.'

'Wetenschap? Hoezo?'

'Ik wist vanaf het begin dat Jill zwanger was van Gijs.'

'Heeft hij je dat verteld?'

'Laat ik het zó zeggen: hij heeft het niet ontkend.'

Kaia weet niet hoe ze hierop moet reageren.

Wiesje kijkt ernstig. 'Ik zou niet graag in jouw schoenen staan, Kaia. Toen het fout ging tussen Gijs en mij, dacht ik dat me na eerst het verlies van mijn kind en daarna ook van mijn man het ergste was overkomen dat een vrouw overkomen kan. Nu denk ik dat wat jou overkomt nog net iets erger is. Ik heb alles wat ik moest weten in ieder geval ontdekt toen Gijs nog leefde. Alle leugens, alle uitvluchten, alle schijnbewegingen waren me bekend. Geloof me, ik meen het als ik zeg dat het me erger lijkt om te ontdekken wie hij was terwijl je hem nergens meer voor kunt straffen.'

Kaia laat vooral de laatste zin even tot zich doordringen. 'Dus jouw gedrag na de scheiding was bedoeld om hem te straffen?'

Wiesje lacht breed. 'Reken maar! Maar het ging zeker niet alleen om straffen. Het deed me goed om hem te zien worstelen met de situatie waarin hij zichzelf had gemanoeuvreerd, en om zijn jaloezie te zien.'

'Welke jaloezie?'

'De jaloezie op mijn zogenaamde relatie met Catherine.'

'Zogenaamde relatie of echte relatie?'

Wiesje grijnst nu een beetje. 'Catherine is honderd procent lesbisch en zeer geïnteresseerd in mij. Ik ben honderd procent hetero en haar fantasieën over mij zullen dus altijd fantasieën blijven. Dat weet ze en dat accepteert ze. We zijn beste vriendinnen zonder seks. Gelukkig heeft Catherine sinds kort contact met een vrouw die wél op die manier in haar is geïnteresseerd.'

'O. Nou, fijn voor haar.'

'Dat meen je niet, doe maar niet alsof. Je vindt haar niks, toch? Veel te onaantrekkelijk.'

'Hoe weet jij dat?'

'Van Gijs, lieve kind. Wij spraken overal over, hij was ondanks onze scheiding aan me verknocht.'

'Hij trouwde met mij.'

Wiesje knikt. 'Ja, hij trouwde met jou. Hij gaf om je, maar jullie huwelijk werd vooral gesloten omdat hij niet opgewassen was tegen de aanhoudende pressie van jouw vriendin Jill. Voor Gijs was met jou trouwen de enige uitweg die hij kon bedenken om van die druk verlost te zijn.'

Kaia zwijgt. Ze zou nu willen zeggen dat Wiesje moet ophouden met dingen te zeggen die niet kloppen, want dit kan allemaal niet mogelijk zijn. Ze heeft gewoon geen zin om te erkennen dat ze het doet met een superonaantrekkelijke vrouw en ze heeft blijkbaar niet in de gaten dat het Kaia geen mallemoer interesseert met wie ze het bed deelt. Het bestaat ook niet dat Gijs nog altijd met haar sprak over privézaken, hij hield juist alles ver bij haar uit de buurt. Wiesje is een fantast, een gestoorde vrouw en vooral een slechte verliezer. 'Jij kunt onmogelijk weten waarom Gijs met mij trouwde, je kwam er pas achter dat we waren getrouwd toen hij al dood was.'

'Dat klopt, en de rapen waren gaar geweest als ik had geweten dat hij zijn testament zou veranderen. Maar verder wist ik overal van, en zeker van de ellende die jouw vriendin veroorzaakte.'

Kaia kan het niet nalaten om schamper te lachen. 'En wanneer vertelde hij je dat allemaal? Jullie zagen elkaar alleen als het hoogstnoodzakelijk was.'

'We bespraken het meeste in bed. Het zal voor jou niet fijn zijn om dit te horen, maar ik kan er niets anders van maken. Zoals ik al zei, was hij ondanks onze scheiding aan me verknocht. En ik aan hem, al wist ik dat hij niet te vertrouwen was. De seks was iets wat ons bleef verbinden.'

'Ik wil dat je weggaat,' zegt Kaia.

25

Ze werkt al drie dagen achter elkaar twee keer vier uur per dag aan het verhaal van het meisje dat wil weten wie haar biologische vader is. Het kost haar geen enkele moeite om de wanhoop te beschrijven die het meisje parten speelt omdat ze wordt tegengewerkt door haar moeder. In het vorige hoofdstuk heeft ze een gesprekscoach opgevoerd die probeert om de relatie tussen de moeder en de dochter te verbeteren. Het is een vrouw die op de moeder van Kaia lijkt. Bij alles wat ze de vrouw laat ondernemen, ziet ze haar moeder voor zich en hoort ze haar stem. Ze laat de vrouw opmerkingen maken die haar eigen moeder altijd gebruikte, ze laat haar op dezelfde manier lachen en dezelfde mimiek tonen. Ze merkt daardoor dat ze haar moeder mist, dat ze haar zou willen vragen wat ze moet doen en aan haar wil vertellen hoe geraakt en beschadigd ze zich voelt. Vandaag gaat ze bloemen op haar graf leggen en ze is van plan om dan ook een knuffeltje mee te nemen voor Timé. Ze wil het niet denken, want het lost niets op. Toch denkt ze het voortdurend. Haar dochter had geboren moeten worden, ook met dwerggroei en cri-du-chat. Want Gijs had het verdiend om een dubbelgehandicapt kind te krijgen. Steeds als ze dit denkt bekruipt haar een schaamtegevoel, en toch blijft ze het denken.

Ze wil het niet, maar er valt niet aan te ontkomen. De teleurstelling vermengd met woede en verdriet heeft bezit van haar genomen. Ze heeft alle spullen van Gijs die in de badkamer stonden in een grijze vuilniszak gekieperd en in de bak voor restafval gesmeten. Zijn kleren moeten ook weg, maar die gaat ze aan niemand schenken. Ze zal alles wat in de kasten hangt kapot knippen of scheuren en ook als restafval laten afvoeren. Als de bak over een paar dagen geleegd is, gaat ze hem vullen met alle schoenen van Gijs en met alles wat er nog van hem te vinden is. Ze ruimt hem op. Dat is een begin, want ze moet nog goed nadenken over hoe ze het opruimen dat daarna nodig zal zijn gaat organiseren. Ze heeft nog geen idee van wanneer en op welke manier.

Ze weet alleen dat er moet worden opgeruimd.

Ze probeert er niet aan te denken, maar het lukt nog niet om alles wat Wiesje tegen haar zei uit haar hoofd te verbannen.

Jullie huwelijk werd vooral gesloten omdat hij niet opgewassen was tegen de aanhoudende pressie van jouw vriendin Jill.

Welke pressie? Betekent dit dat Jill haar geheim aan Kaia bekend wilde maken, tenzij… Tenzij wat? Wilde ze Gijs hebben? Dat had Kaia toch moeten merken? Er zullen in dat geval toch signalen zijn geweest die ze had kunnen opvangen? Ze is toch niet gek?

We bespraken het meeste in bed. De seks was iets wat ons bleef verbinden.

Gijs heeft iedere nacht van de jaren dat ze samen waren bij Kaia geslapen, tenzij hij een paar dagen locaties in het buitenland bezocht. Wanneer lagen die twee dan in bed? Tijdens werktijd? Op dagen dat Gijs ging zeevissen? Ging hij wel zeevissen?

Ik wist vanaf het begin dat Jill zwanger was van Gijs.

Als Kaia zich deze woorden herinnert, trekt haar maag zich samen. Ze heeft Jill een appje gestuurd en gemeld dat ze een migraineaanval heeft gehad en voorlopig rust nodig heeft. Ze houdt de gordijnen gesloten en valt voortdurend het toetsenbord van haar computer aan. Huilen helpt niet, denkt ze steeds. Dat blijft ze denken, al stromen er tranen over haar wangen.

Opeens weet ze wat ze in ieder geval moet doen. Ze moet Wiesje bellen en tegen haar zeggen dat ze de kleuterfoto van Gijs wil hebben. Die foto hoort hier, in haar huis.

Pas als de foto er is, kunnen de messen geslepen worden.

DEEL TWEE: HET VERHAAL VAN JILL

1

Ze heeft altijd haar neus opgetrokken voor termen als 'liefde op het eerste gezicht' en 'niet met maar ook niet zonder elkaar kunnen', tot het haar zelf overkwam. Toch zou ze liever haar tong afbijten dan dit te erkennen.

Sinds Gijs dood is, heeft Jill een bijna niet te stuiten behoefte om getroost te worden door haar moeder en haar twee zussen. Maar wat moet ze tegen hen zeggen? Hun contact was al uitermate broos voordat ze zwanger werd en nadat ze vertelde dat ze een kind kreeg, maar dat het onmogelijk was om met de vader te trouwen, is ze definitief een persona non grata geworden voor haar familie. 'Satan heeft je in zijn macht,' zei haar moeder. 'Zo heb ik je niet opgevoed. We willen hier niets mee te maken hebben.'

Voor haar familie is satan een afschrikwekkend element in het leven, maar Jill heeft zelfs toen ze nog een kind was nooit angst gevoeld voor de dreiging die deze figuur op iedereen in haar omgeving uitoefende. Ze voelde ook de warmte en de liefde niet van de Here God waar iedereen gelukzalig om kon glimlachen. Ze voelde niets en als kind dacht ze dat er iets niet in orde was met haar. Hoe was het anders te verklaren dat noch de Here God noch satan iets in haar losmaakte wat met gevoel te maken had? Ze was veertien toen ze bekendmaakte dat ze haar levensloop zelf wilde uitvogelen en niet beïnvloed wilde worden door elementen als de Here God en satan. Ze zal nooit vergeten hoe haar moeder haar bekeek toen ze dit zei. Daarna mocht ze niet meer naar de gymvereniging en moest ze stoppen met zangles. Haar moeder was ervan overtuigd dat de gymjuf en de zanglerares een verkeerde invloed op haar jongste dochter hadden. Er kwamen ouderlingen langs om te praten over de kracht van het geloof. Jill luisterde gehoorzaam en beloofde dat ze over hun woorden zou nadenken.

Ze zocht naar een manier om iedereen uit haar omgeving gerust te stellen zonder concessies te hoeven doen. Daarom verzette ze zich lange tijd niet tegen bidden, voorlezen uit de Bijbel en kerkbezoek. Maar de uitdagingen die toch op haar pad kwamen, werden te sterk om te negeren. Ze hield de gehoorzaamheid aan de rituelen van het geloof nog vol toen ze op de middelbare school zat. Maar vanaf het moment dat ze haar eerste baan kreeg, als intercedente bij een uitzendbureau, werd de drang om deel te nemen aan het leven in volle omvang in plaats van zich beperken tot dogmatisch denken en handelen te groot en te overheersend. Haar eerste vriendje was niet van de kerk, en de muren van haar ouderlijk huis trilden van weerstand en afkeuring. Ze maakte het uit en sprak met zichzelf af dat ze vanaf dat moment niet meer aan haar familie zou vertellen wat haar daadwerkelijk bezighield.

Soms vraagt ze zich af of ze er toch niet verstandig aan had gedaan als ze bij de familiekudde was gebleven. Je kunt natuurlijk altijd veinzen dat je in God gelooft, je kunt liegen of het gedrukt staat, als je er maar voor zorgt dat niemand precies te weten komt met wie je omgaat en hoe je je buitenshuis gedraagt. Dat soort gedachten komt vooral in haar op vlak voordat ze ongesteld moet worden.

Maar ook sinds ze Gijs verloor.

2

Iedereen heeft gelijk als men haar veroordeelt. Wat zij heeft uitgehaald tart alle grenzen van fatsoen, van vriendschap en van beschaving. Ze zal zeker niet de eerste vrouw zijn die verliefd is geworden op de partner van haar beste vriendin. Ze zal ook niet de eerste zijn die daardoor in verwarring is geraakt, en er zullen beslist vrouwen bestaan die zich net zoals zij weerloos hebben gevoeld door flirtende opmerkingen en uitnodigende bewegingen. Het spel van aantrekken en afstoten is zo oud als de mensheid en zal nooit verloren gaan. Maar dat spel heeft grenzen en die horen niet overschreden te worden.

Jill weet heel goed dat ze grenzen heeft overschreden.

De woorden hebben op haar lippen gebrand, ze heeft zo vaak op het punt gestaan om aan Kaia te vertellen wat er gaande was, en vooral hoezeer dit haar speet. Ze heeft gefantaseerd over het bereiken van een soort driemanschap dat de zorg voor George zou delen. Een drie-ouderschap dat bestond uit twee moeders en één vader. Ze wilde haar beste vriendin de gelegenheid geven om de hoop op een eigen kind te verlaten en de aanwezigheid van de zoon van haar man te omarmen. Daar had ze een soort co-ouderschap voor overgehad, daar zou ze als moeder een stap voor terug hebben willen doen.

Allemaal irreële wensgedachten, dat wist ze en dat weet ze.

En toen werd Kaia tegen alle verwachtingen in toch zwanger en leek opening van zaken geven opeens minder logisch dan ooit. Gijs was verbijsterd en tegelijkertijd blij voor Kaia. Zijn schuldgevoel over het dubbelleven dat hij geleid had, verdween naar de achtergrond. Er kwam trots voor in de plaats, omdat het hem tóch was gelukt haar zwanger te maken en hij definitief kon afrekenen met de gedachte dat hij als man iets te maken kon hebben met haar gemiste moederschap.

Er was niets mis met hem, vertelde hij blij en opgelucht. Kaia zou het kind krijgen waar ze intens naar verlangde en hij kon op termijn kiezen voor Jill en George.

Ze begreep niets van zijn opluchting, omdat hij toch moest weten dat het niet aan hém kon liggen dat Kaia eerder niet zwanger werd. Hij had immers al een dochter verwekt bij zijn eerste vrouw en een zoon bij Jill. Diep in haar hart vond ze zijn reactie belachelijk en zelfs een beetje dom. Maar dat zei ze niet tegen hem. Ze veinsde blijdschap bij het heugelijke nieuws en ze overlaadde Kaia met aandacht en adviezen. Mijn tijd komt nog wel, dacht ze. Gijs komt nog wel.

Nu is hij dood. Weg. Voorgoed voorbij.

Eigen schuld.

Ze zou dat verdomde schuldgevoel van zich af willen werpen. Ze raast en tiert in gedachten tegen haar moeder en de rest van haar familie over wat ze haar allemaal hebben aangedaan met hun krankzinnige overtuigingen over zonde en schuld, en vooral over straf. Ze wil niet denken dat ze nu wordt gestraft en ze kan aan niets anders denken.

Ze verlangt naar zijn geur, naar zijn sterke armen, naar zijn gulzige lippen en naar zijn fluisterende stem. Ze wil hem horen zeggen dat alles in orde komt als ze geduld heeft. Dat zei hij in het begin, maar later ontkende hij dit.

Hij had haar niet mogen afdanken.

3

Er is iets gaande met Kaia waar Jill zich onbehaaglijk bij voelt. Ze houdt elke vorm van contact tegen, neemt niet op als Jill haar belt en reageert niet op ingesproken boodschappen of mailberichten.

Wat kan er aan de hand zijn, wat kan ze te weten zijn gekomen? En van wie?

Gijs en Jill hebben vanaf het begin van hun relatie heel nadrukkelijk afgesproken dat ze aan niemand, maar ook echt aan niemand iets zouden vertellen. Toen Jill zwanger werd, vertelde ze op zijn advies dat ze korte tijd iets had gehad met een collega die weer buiten beeld was en zou blijven.

De zwangerschap was een eenzaam avontuur, omdat Gijs weigerde om aanwezig te zijn toen er echo's werden gemaakt, nooit meeging om babyspullen te kopen, niet werd vermeld op de geboorteaangifte en op geen enkele foto te zien wilde zijn. Hij liet haar keer op keer beloven dat ze aan niemand iets zou vertellen en verzekerde haar ervan dat hij ook met niemand zou praten over wat tussen hen gaande was.

Heeft hij zich wel aan die belofte gehouden? Is het mogelijk dat Kaia allang weet dat George zijn zoon is?

Onmogelijk, dat zou Jill aan haar hebben gemerkt. Die wetenschap zou hun vriendschap vernield hebben.

Onmogelijk! Maar wat is er dan wél aan de hand?

Het is een wonderlijke situatie, denkt ze minstens tien keer per dag. Ze is de liefde van haar leven kwijt en ze kan niet rouwen zoals ze zou willen. Ze is een goede vriendin van zijn vrouw, meer niet. Dat geeft haar het recht om geschokt te zijn, maar de diepe rouw is voorbehouden aan de vriendin, die geen idee heeft van wat zich al jaren onder haar ogen afspeelt en het ook niet zou bedenken. De leugen die haar heeft omringd, zal blijven bestaan en er zal een levend bewijs van die leugen rondlopen in hun vriendschap zonder de kans op ontdekking, tenzij Jill besluit om haar zoon te vertellen wie zijn vader was. Ze heeft gezworen dat nooit te doen, maar dat deed ze tegen een levende Gijs. Blijft een eed bestaan als degene aan wie je een heilige belofte deed niet meer leeft?

Die vraag houdt haar bezig. Maar meer nog dan over die vraag piekert Jill over wat er aan de hand kan zijn met Kaia.

Het voelt fout en dat is logisch. Het was en is fout wat er is gebeurd; Gijs en Jill hadden eerlijk moeten zijn, ongeacht de consequenties. Ze hadden een keuze moeten maken voordat het Gijs lukte om Kaia alsnog zwanger te maken.

Jill had meer eisen moeten stellen, of zelf een besluit moeten nemen.

Dan zou hij misschien nog leven.

Ze heeft al een paar keer op het punt gestaan om haar moeder te bellen. Maar waarom zou ze dat doen? Hoe is het mogelijk dat ze blijft hopen op vergeving, op begrip en op liefde? Dringt het dan nooit tot haar door dat goddeloosheid veel zwaarder weegt dan zwanger worden zonder een man te hebben? Ze zouden haar allemaal omarmen en opvangen als ze terugkeert in het geloof. Als ze spijt betuigt over het slechte pad dat ze heeft gekozen, als ze letterlijk op haar knieën gaat en smeekt om erbarmen. Maar dat is precies wat ze niet kan doen, omdat ze het niet wil. Ze wil alleen maar het kind van haar ouders zijn, zonder geloofsleer en zonder dogmatische gijzeling. Ze wil opgevangen en omhelsd worden door sterke onbevooroordeelde armen en zich warm voelen door troostende begripvolle woorden.

Ze moet ophouden met in sprookjes geloven.

Er is zoveel dat ze anders had moeten aanpakken, maar zou ze zijn armen, zijn lippen, zijn hele lijf hebben kunnen weerstaan als ze beter had nagedacht? Had ze kunnen besluiten om niet te gaan liefhebben van haar kruin tot haar tenen, was het mogelijk geweest het zelfs maar te overwegen? Had ze nee kunnen zeggen tegen het verlangen dat haar beheerste vanaf het moment dat ze aan elkaar werden voorgesteld?

Ze weigert al jaren om te denken in christelijke termen, en toch is en blijft ze ervan overtuigd dat Gijs was voorbestemd.

En dat hun liefde klopte.

*

Lieve mama,

Ik heb besloten om in gedachten met je te praten, omdat een andere manier voor contact niet lukt en nooit zal lukken als ik niet voldoe aan wat jij van me verlangt. Misschien ben je mij al lang vergeten. Ik jou niet. Ik heb een kind van drie jaar en ik zou zo graag even weer jouw kind van drie willen zijn. Niet dat ik me veel herinner van mijn leven als driejarige, maar ik herinner me wél jouw zachte handen en je mooie stem, die samen voor mij de basis vormden van mijn jeugd. Die basis was en is nog steeds veiligheid en erkenning van mij als weerloos kind. Als jij in de buurt was, kon er niets misgaan. Als jij me aanraakte, wist ik dat ik gewenst was. En wat er later ook gebeurde, hoe ver we ook van elkaar af kwamen te staan, welke misverstanden en tegengestelde meningen er ook tevoorschijn kwamen, mijn basis was goed en daar ben ik je dankbaar voor.

Mijn man is dood, mama. Niet zeggen dat hij mijn man niet was, niet verwijten dat ik zondig leefde, niet ontkennen dat ik recht heb op verdriet. Vergeving, mama, dat is wat ik vraag.

Vergeving voor mijn besluit om een andere koers te varen dan jij, vergeving voor mijn vastberadenheid om het geloof te weigeren, vergeving voor wat dat met jou deed.

Maar vooral vergeving voor wat ik heb gedaan met de man die ik liefhad. Ik was mezelf niet meer, mama.

Hou toch alsjeblieft nog een beetje van me, nu de liefde me zo nadrukkelijk verlaten heeft.

4

Jill heeft zich ziek gemeld en als reden een totale uitputting opgegeven. Er hebben zich het afgelopen halfjaar al twee collega's van haar afdeling ziek gemeld met burn-outklachten en ze rekent erop dat ze via de bedrijfsarts op een paar maanden rust kan rekenen als ze burn-outverschijnselen gaat noemen.

Met wie je ook praat of wat je ook leest, het lijkt erop dat overal iedereen bezig is met bezuinigingen, en daar vormt de Burgerlijke Stand geen uitzondering op. Toen Jill werd aangesteld als leidinggevende van de stadhuisbodes, maakte ze nog deel uit van een team dat uit dertien medewerkers bestond die in totaal negen functieplaatsen innamen. Dat team was destijds nog verantwoordelijk voor de organisatie van de catering bij raadsvergaderingen, evenementen als werkbezoeken en jubilea, jaarfeesten, postbezorging en begeleiding van huwelijkssluitingen, inclusief de organisatie van trouwakten en de zorg voor de digitale borging. Tegenwoordig bestaat het team uit acht personen en tijdens het meest recente groot overleg hebben haar collega's en zij van een senior ambtenaar te horen gekregen dat de groep verder zal worden gesaneerd tot vier fulltime functieplaatsen en dat ze daarna zullen worden aangestuurd door een manager van het stadskantoor. Jill heeft later van de senior ambtenaar gehoord dat haar salaris hetzelfde blijft, maar wel op het maximum van een lagere functiegroep. Ze had de indruk dat ze hem hiervoor moest bedanken. Het moet allemaal mogelijk worden, omdat inmiddels veel werkzaamheden zijn overgenomen door externe bedrijven en het werk dat nu moet worden uitgevoerd niet meer personele inzet vergt dan vier functieplaatsen. Niemand schijnt in de gaten te hebben dat de mensen die in het team werken iedere werkdag opnieuw in tijdnood komen, dus je kunt wachten op nog meer ziekmeldingen.

Jill heeft uitgebreid gegoogeld op 'burn-out' en gelezen dat te veel stress op het werk, maar ook in de privésituatie hiertoe kunnen leiden. Als ze stress door haar werk als reden opgeeft, loopt ze zeker de kans dat er een traject wordt bedacht om haar permanent arbeidsongeschikt te laten verklaren. Het lijkt haar beslist een beter idee om als reden de stress van het alleenstaand moederschap op te voeren.

Ze heeft nog nooit tegen haar collega's gezegd dat het een probleem was om in haar eentje een kind op te voeden en iedereen zal steil achteroverslaan als ze dit aandraagt als reden voor haar oververmoeidheid. Toch zal ze dit moeten volhouden als ze zich moet verantwoorden voor een paar maanden afwezigheid op het werk. Maar lukt het haar om overtuigend over te komen? Kan ze volhouden dat ze altijd te trots was om toe te geven dat ze het allemaal niet trok? Loopt ze niet de kans dat de kinderbescherming zich met haar gaat bemoeien en dat George uit huis wordt geplaatst? Ze moet ervoor zorgen dat ze geen te onstabiele indruk maakt, zodat niemand op het idee komt dat ze haar kind tekortdoet. Als ze ook George zou verliezen, stort ze echt in. Alleen de gedachte aan die mogelijkheid veroorzaakt een benauwd gevoel op haar borst.

Nu ophouden, denkt ze. Niet jezelf gek maken, niet doordraven, maar juist geloven in je eigen verhaal. Er gebeurt te veel om op een goede manier aan het werk te kunnen blijven. Ze heeft recht op rouw en ze zal ruimte nodig hebben om te herstellen. Gijs is dood, hij komt nooit meer terug en dat zal ze moeten verwerken. Haar kind heeft geen vader meer en zij heeft niets gedaan om dit te voorkomen.

Het is te veel om al te kunnen overzien. Maar wat haar vooral dwarszit is de wetenschap dat ze geen recht heeft op openlijk rouwen, omdat ze heeft toegestaan dat haar relatie met Gijs verborgen bleef voor de buitenwereld. Ze heeft vaak gedacht: ik kan niet zijn officiële partner zijn, maar daar valt mee te leven. Nu denkt ze: ik kan niet zijn officiële weduwe zijn en daar valt totaal niet mee te leven. Ze heeft behoefte aan troost voor het verlies dat bedekt is door illegaliteit, maar ze kan daarvoor bij niemand aankloppen. Het is dus niet vreemd dat ze opeens zo heftig naar haar familie verlangt, zelfs al weet ze dat ze van die kant geen enkele vorm van medeleven kan verwachten. Eigenlijk is Kaia de enige persoon met wie ze haar gevoel zou kunnen delen, maar haar beste vriendin is juist degene met wie in dit geval niets te delen valt.

Jill heeft een puinhoop van haar leven gemaakt en ze wil terug naar de tijd toen veiligheid en geborgenheid nog vanzelfsprekendheden waren.

Het helpt niet om te denken dat het allemaal haar eigen schuld is. Het verlangen naar de man met wie ze samen oud had willen worden is te groot, te intens en te pijnlijk. Hoe illegaal hun relatie ook geweest mag zijn, Jill is er nog steeds van overtuigd dat het oprechte liefde was van beide kanten. En op hetzelfde moment weet ze dat ze altijd heeft beseft dat Gijs nooit voor haar zou vechten. Gijs was niet van vechten voor geluk, hij was van pakken wat hij pakken kon en de kuierlatten nemen als het moeilijk werd. Dat drong nog niet tot Jill door toen ze George verwachtte, want toen was de hoop dat hij voor haar zou kiezen nog groot genoeg om niet in paniek te raken. Toen leefde ze nog te zeer op een verliefde roze wolk en toen kon ze haar ogen nog sluiten voor de werkelijkheid. Nu is alles anders en nu verlangt ze in toenemende mate terug naar de tijd toen ze dacht dat het goed voor haar zou aflopen.

Er dringt zich voortdurend een prangende vraag aan haar op. Zou ze het allemaal anders aanpakken, als ze het over mocht doen? Die vraag voelt aan als een postume belediging.

5

De bedrijfsarts is een vrouw met spierwit haar en een enorme boezem. Jill wil niet nadrukkelijk naar die borsten kijken en ze dwingt zichzelf om zich te concentreren op het vriendelijke gezicht van de arts. En op haar ogen, vooral op haar ogen. Ze kijken haar recht aan en ze stellen haar gerust.

'Ik heb gelezen dat je een alleenstaande moeder bent,' zegt de arts. 'Dat ben ik ook geweest, ik heb mijn eerste kind in mijn eentje gekregen en alleen opgevoed tot ze dertien was. Ik weet dus wat het betekent om alle perikelen die nu eenmaal bij het moederschap horen solo op te lossen. Is er nergens een vader in beeld?'

Het lukt Jill nog om te zeggen dat de vader van haar kind recent is overleden en daarna verdrinkt ze bijna in haar eigen tranen.

Dit voelt goed en ook superbevrijdend. Behalve tranen komen er woorden naar boven die Jill wel ergens in haar vermoedde, maar die ze tot nu toe geen ruimte durfde te geven. Het is tekst die hartverscheurend kwaad en tegelijkertijd verdrietig is, tekst die niets en niemand ontziet, die afwijst, veroordeelt, koestert en bemint.

Die grenzeloos liefheeft en heftig haat.

Ze ziet de arts niet meer, ze ziet Gijs zitten en ze stort haar woordenvloed over hem uit. De tranen blijven stromen, haar stem is schor als het haar eindelijk lukt om te stoppen te praten.

'Ik begrijp wat je bedoelt,' zegt de arts. 'Ik kan je doorverwijzen naar een goede psycholoog die gespecialiseerd is in rouwbegeleiding. Daar hoef je niet direct op te reageren, denk er eerst goed over na. Maar praat hierover, zoek een manier om je emoties kwijt te raken en te verwerken. Zullen we over vier weken een nieuwe afspraak plannen?'

Jill wil vragen of ze de komende tijd thuis kan blijven.

'Voorlopig ga je niet aan het werk,' beslist de arts.

Het is gaan regenen en Jill heeft een hekel aan regen. Vandaag is alles anders. Het is niet koud, alleen nat. Haar krullen veranderen in slierten haar, er hangen druppels aan haar neus, er loopt vocht langs de kraag van haar jack dat haar rug weet te bereiken, maar het dondert niet. Ze blijft in gedachten het woord richten tot Gijs, ze blijft foeteren, vragen, verwijten en smeken om vergeving. Want het is nodig dat hij haar vergeeft.

Ze weet nog goed wat ze deed toen ze door haar moeder werd weggestuurd met de mededeling dat de deur van haar ouderlijk huis voor haar gesloten zou blijven tot het moment dat ze de Here God weer in haar leven zou toelaten en haar zondige leven de rug zou toekeren. Ze stapte toen in haar auto en reed naar de coffeeshop waar Gijs regelmatig een zakje wiet haalde. Daar kon je ook één joint kopen en dat deed ze. Ze rookten de joint 's avonds samen op en hadden geweldige seks, die ze goddelijk noemde.

'En dat uit jouw mond,' had Gijs lachend gezegd.

Geen joint, vandaag. Er wacht een kind op haar en er is nergens een man met wie ze goddelijke seks kan hebben. Toch wil ze ergens heel erg van genieten, iets proeven wat verschrikkelijk lekker is, maar waar ze niet high van zal worden.

Ze parkeert haar auto voor de luxe en ook belachelijk dure banketbakker waar Gijs vaak slagroomsoesjes voor haar kocht. Een half pond moet genoeg zijn.

Als ze in de winkel staat te wachten tot ze aan de beurt is, draait ze zich opeens om. Ze heeft het gevoel dat er iemand buiten naar haar staat te kijken en ze speurt met haar ogen de omgeving af. Er is niemand die te betrappen valt op gluren of bespieden.

Iemand stoot haar aan. 'U mag het zeggen.'

Jill bestelt een pond soesjes en ze verlaat even later de winkel met twee grote zakken in haar handen. Ze voelt dat ze wordt nagekeken. Waarom heeft ze niet gewoon een hálf pond genomen?

Er is hier niemand in de buurt die haar in de gaten houdt, stelt ze vast. Toch blijft ze om zich heen kijken, terwijl ze de eerste drie soesjes achter elkaar naar binnen werkt.

*

Lieve mama,

Vandaag had ik een goed gesprek met de bedrijfsarts en zij adviseerde me om op zoek te gaan naar een uitlaatklep voor mijn gevoel. Ik denk dat jij daarvoor in aanmerking komt, al zou je geen medewerking verlenen als ik het je vroeg. Het maakt niet uit wat jij wel of niet wil, ik bepaal dat ik jou gebruik als uitlaatklep.

Er gebeuren dingen in mijn leven die ik niet goed kan overzien. Ik ben mijn man kwijt en ik kan niet geloven dat hij werkelijk dood is. Mijn ogen zoeken hem, mijn oren luisteren heel scherp of ik zijn stem hoor, mijn neus snuift alle geuren op die iets met hem te maken kunnen hebben.

Het kan niet waar zijn dat hij weg is en nooit meer terugkomt.

Het kan niet!

Waag het niet om tegen me te zeggen dat dit de straf is voor mijn zondige gedrag, haal het niet in je hoofd om te beweren dat Gods wegen ondoorgrondelijk zijn. Laat je Bijbelteksten achterwege. Luister naar me als een moeder die openstaat voor een andere moeder. Je hebt me jarenlang voorgehouden wat de Bijbel zei over het christelijk moederschap. Herhaald, herhaald, herhaald dat het moederschap de belangrijkste rol is die de Heer aan vrouwen kan geven en dat ze volgens De Brief van Paulus aan Titus 2: 3-5 goede raad moeten geven, jonge vrouwen moeten voorhouden dat ze hun man en kinderen moeten liefhebben, dat ze ingetogen en kuis moeten leven, dat ze zorgzaam moeten zijn en dat ze het gezag van hun man moeten erkennen.

Totale onzin, mama! Bullshit! Gelul van een dronken aardbei, gezwam met een grote hoofdletter G. Het is taal die vrouwen weerhoudt van emancipatie, van zelfrespect, van ontwikkeling en van authenticiteit. Zoek dat laatste woord maar eens op, je zult er jezelf zeker niet in herkennen.

Ik ben boos, mocht je dat nog niet gemerkt hebben. Niet zomaar boos, razend. Wars van helder denken, afgedwaald van zorgvuldig formuleren, ontdaan van relativeren. Ik lijk wel een christen.

Nu zou Gijs tegen me zeggen dat het wel een tandje minder kan, dat zei hij namelijk als ik aan het mopperen sloeg over geloof of moddervette vrouwen. Die twee verschijnselen maken iets in mij wakker wat ik beter onbenoemd kan laten, maar juist confrontaties met gelovigheid of uitgezakte lijven laten de vrouw ontsnappen die ik zelf ook liever niet ken en die ik beter uit de weg kan gaan. Maar vandaag even niet, de woede is te groot, de teleurstelling te onoverzichtelijk en het verdriet te schrijnend pijnlijk. Mijn hart is veel te heftig aangetast om evenwichtig te zijn, om genuanceerd te denken of om balans aan te brengen in wat ik denk en wat ik zeg.

Weet je waar ik me momenteel vooral druk over maak? Dat zijn de teksten die ik jou voortdurend weer hoor uitspreken, de woorden waarmee je me om de oren mepte en waarmee je me het zwijgen oplegde. Ik hoor je volzinnen uit de Bijbel opdreunen over het moederschap. Dat deed je: je dreunde ze op. Ergens in jou zat een knop en als daarop gedrukt werd, spoog je woorden. En als je niet sprak, dan was je niet te beroerd om te zingen. Ik moet toegeven dat je een mooie stem had, een warme mezzosopraan met een geweldig volume. Als ik jouw gezang niet meer kon aanhoren en mijn handen tegen mijn oren klemde, verdween de warmte en citeerde je op schrille toon met opgestoken wijsvinger wat er in Exodus 20:12 stond: eert uw vader en moeder, opdat uw dagen verlengd worden in het land dat de Here God u geeft. En als ik daarop niet reageerde, was je nooit te beroerd om ook nog even Leviticus 20:9 te noemen: ja, iedereen die zijn vader of zijn moeder vervloekt, moet zeker gedood worden.

Lekker boek is dat toch, die Bijbel.

Ik wil je niet vervloeken en ik wil je niet haten. Haat is een vorm van energieverspilling. Jij hebt recht op je geloof, zoals ik het recht heb op mijn ongeloof. Maar dat zal je niet met me eens zijn.

Sinds ik moeder ben, begin ik je steeds meer te missen. Het moederschap zou ons verbonden kunnen hebben, omdat het emoties toevoegt die iedere moeder herkent. Ook jij, mama.

Zelfs jij.

Ik herinner me jouw beschermende armen, je gulle lach om mijn kinderpraat en de talloze kusjes op mijn hoofd toch niet voor niets? Onze basis was en is liefde, dat weet jij ook. Het was goed tussen ons toen ik een kind was en jij volwassen. Er was ruimte voor genegenheid en trots, mits jouw voorwaarden werden nageleefd. Als kind volgde ik je blindelings, zoals kinderen dat doen.

Je mag echt trots op me zijn, mama. Ik ben financieel onafhankelijk, ik heb een eigen huis met een kleine hypotheek en een vaste baan. Ik zorg goed voor mijn kind.

Waar ik naar verlang is troost, en die wil ik krijgen van mijn moeder. Ik wil zo ontzettend graag door jou getroost worden. Wat maakt het uit dat we niet dezelfde koers varen in het leven? Dat maakt ons toch niet minder moeder en dochter?

Maar je troost me niet. Ik ben en blijf voor jou een persona non grata. Je kunt niet weten wat ik denk of wat ik nodig heb of waar ik intens naar verlang.

Ik ben nog steeds niet gelovig en toch hoop ik nog altijd op een wonder.

Vandaag wil ik weer het kleine meisje zijn dat alles gelooft wat er tegen haar wordt gezegd en dat voortdurend wegkruipt in beschermende armen. Ik zou willen uitsluiten dat er ooit kritische gedachten in me kunnen opkomen, ik zou willen kunnen voorkomen dat ik ooit ongewenste vragen kan bedenken. Ik zou minder slim willen zijn en bij de simpelen van geest willen horen.

Ik zou me weer gerustgesteld willen voelen door jouw woorden, jouw warme armen, jouw vederlichte kusjes op mijn wangen. Ja, ik verlang hevig naar een wonder.

6

Petra, de leidster van het kinderdagverblijf, vertelt dat George uit het niets een hele zin heeft uitgesproken. Ze schrok er wel een beetje van, omdat er voor haar gevoel geen enkele aanleiding was voor wat hij zei.

Jill merkt dat ze om een onduidelijke reden niet wil weten wat haar zoon heeft gezegd, maar Petra is niet te stuiten.

'Hij zei zomaar, terwijl we samen een toren van blokken bouwden, dat zijn vader een sterretje was.'

Jill staart haar aan.

'Mijn papa is een sterretje,' citeert Petra. 'Dat heb je waarschijnlijk zelf tegen hem gezegd.'

Jill maakt met een hoofdbeweging duidelijk dat dit niet het geval is.

'Dan was het iemand anders,' constateert Petra.

Jill wil hier weg, ze ergert zich plotseling hevig aan de leidster.

Wat is er zo bijzonder aan een zin die een driejarige peuter uitspreekt? Het werd eens tijd dat George meer begint te zeggen dan: mammmma, boot, giechtuiggg, lekkcj, oooootooo. De laatste keer dat Jill tegen Gijs zei dat ze zich bezorgd maakte omdat George weigerde zinnen die ze uitsprak na te zeggen, lachte hij die bezorgdheid weg. 'Hij liep snel, dat praten komt ook nog wel. Dat kind bepaalt zijn eigen tempo. Láát hem, dring hem niets op. Hij begrijpt toch precies wat je tegen hem zegt?'

Mijn papa is een sterretje.

Hoe komt hij daarbij? Dat zal Kaia wel tegen hem gezegd hebben. Dat gaat ze aan haar vragen, ze laat zich niet langer opzijzetten. Er moet gepraat worden.

George is in zijn kinderzitje in slaap gevallen en hij snurkt een beetje. Jill wordt overvallen door een adembenemend gevoel van affectie. Wat er ook gebeurt, ze zal het wonder dat haar is overkomen alle liefde geven die in haar zit en ze zal hem altijd beschermen. Ze wil op dit moment niet denken aan de schrik die haar overviel toen Gijs voorstelde om haar zwangerschap af te breken. Later verontschuldigde hij zich steeds opnieuw en ze heeft tot nu toe gedacht dat ze het hem had vergeven. Maar waarom wordt ze dan boos als ze denkt aan dat moment? Gijs trok zich terug toen ze zwanger was, maar ze rekende erop dat hij weer tevoorschijn zou komen als de baby er eenmaal was. Dat gebeurde. Later bekende hij dat hij bang was geweest dat het kind een meisje zou zijn en dat hij daardoor de dood van zijn dochter nog slechter had kunnen verdragen. Toen ze daar een paar weken later nog eens met hem over wilde praten, weigerde hij antwoord te geven op de vragen die ze stelde. De dood van zijn dochter was een afgesloten hoofdstuk dat niet meer opgerakeld mocht worden. Hij voegde daar nog aan toe dat de geboorte van zijn zoon veel had goedgemaakt. Op dat moment besloot Jill dat ze moeite zou gaan doen om hem zover te krijgen dat hij voor haar en George koos.

Wat wordt haar jochie zwaar! Hij viel vrijwel meteen in slaap in zijn autostoeltje en het lukt haar niet om hem wakker te krijgen. Ze zal hem naar binnen moeten dragen. Als het slot van de voordeur nu maar geen kuren vertoont, want ze wil hem zo snel mogelijk op de bank in de woonkamer leggen.

Het slot werkt mee, de deur zwaait open. Hoe kan dat? Ze weet zeker dat ze de sleutel twee keer heeft omgedraaid toen ze hem sloot. Ze stapt binnen en staat stil. Is er iemand in huis? Zou Kaia de sleutel aan de sleutelbos van Gijs hebben gevonden? Kan ze iets vermoeden?

Jill loopt snel naar de woonkamer. Er is niemand. Ze legt George op de bank en schuift een kussen onder zijn blonde krullen. Daarna kijkt ze in de keuken, het toilet, de bijkeuken, de tuin en ten slotte controleert ze de slaapkamers en de badkamer. Er is verder niemand in huis. Vergist ze zich, heeft ze het slot toch niet twee keer omgedraaid?

In de keuken vult ze een glas met water en ze loopt de woonkamer weer in. Zodra ze binnenkomt, ziet ze wat haar net is ontgaan. Er staat een grote witte envelop tegen de vaas op de eettafel. Ze pakt hem vast en draait hem om. Geen naam, geen afzender. Ze scheurt hem open en haalt een kaart tevoorschijn waarop klaprozen zijn afgebeeld. Haar adem stokt, ze moet gaan zitten. Klaprozen waren de lievelingsbloemen van Gijs.

Er zit een getypte brief in de kaart.

Ze begint te lezen.

7

Dit kan niet kloppen. Deze brief kan niet door Gijs geschreven zijn, het is onmogelijk dat hij hem hier tegen de vaas op de eettafel heeft gezet. Het kan niet, het kan niet, het kan niet!

Gijs is dood en dode mensen zetten geen brieven tegen vazen. Ze lopen ook niet rond en dringen je huis niet binnen.

Wie kan hierachter zitten?

Ze leest de brief nu voor de zesde keer en haar mond valt opnieuw open van verbazing. Er dringen zich flarden van gesprekken aan haar op en ze hebben allemaal te maken met irritatie en een ruzieachtige sfeer. Gijs verweet haar vaak dat ze geen respect had voor het feit dat hij niet wilde praten over zijn verleden. Het enige wat hij kwijt wilde, was dat zijn moeder hem in haar eentje had opgevoed nadat zijn vader hen toen Gijs vier maanden oud was had verlaten voor een andere vrouw met wie hij naar Amerika was geëmigreerd. Over zijn moeder had hij weinig meer te melden dan dat ze een harde werker was met een simpele geest en dat ze een paar maanden voordat hij Wiesje leerde kennen was overleden aan alvleesklierkanker. Hij heeft nooit gerept over een halfbroer die anderhalf jaar nadat zijn vader het gezin had verlaten werd geboren, en ook nooit iets verteld over een eventuele tweede relatie van zijn moeder.

Nu staat zwart-op-wit dat die broer er was en dat ze vaak voor een tweeling werden aangezien. Nu vertelt hij dat de broer al heel jong het ouderlijk huis verliet, later terecht bleek te zijn gekomen in de heroïnehandel en niet meer door zijn moeder werd binnengelaten toen hij om hulp kwam vragen. Daarna werd er nooit meer iets van hem vernomen, totdat hij op de dag dat Kaia naar de sauna was opeens opdook en geld van Gijs eiste. Gijs probeerde hem te kalmeren en af te leiden met een lunch en de uitnodiging om samen te zwemmen. Daardoor lukte het om weer gewoon met elkaar te praten, maar dat hield de broer niet lang vol. Eenmaal weer uit het water viel hij Gijs aan en bij het gevecht dat toen plaatsvond gleed hij uit, knalde met zijn hoofd op de rand van het zwembad en bleef doodstil liggen. Gijs wachtte tien minuten en realiseerde zich toen dat zijn broer niet meer te redden was. Hij raakte in paniek en rende naar binnen. In de kleding van zijn broer vond hij zijn paspoort, autosleutels en portefeuille. Zijn auto bleek op de oprit te staan.

Het was een paniekreactie, staat er in de brief. Gijs was bang dat hij aansprakelijk gesteld zou worden voor de dood van zijn broer. Niemand wist van zijn bestaan, en omdat Gijs altijd over hem gezwegen had, zou hij de schijn tegen zich krijgen. Het gebeurde in een vlaag van heftige emotie. Hij wist niets anders te bedenken dan de kleding van zijn broer aan te trekken en te vluchten. Het is hem gelukt om onder de radar te blijven en hij zorgt steeds voor een goede vermomming als hij naar buiten gaat.

Er is geen weg terug, denkt hij. Dit valt ten opzichte van geen enkele justitiële macht aannemelijk te maken. Nu heeft hij geld nodig en hij vraagt dringend om hulp. Zou Jill het bedrag dat ze ontvangt voor George tot nader order willen overmaken naar het bankrekeningnummer dat onderaan de brief staat vermeld? De rekening staat op naam van iemand die zij niet kent, maar ze kan erop vertrouwen dat deze persoon ervoor zal zorgen dat hij het geld krijgt. Hij smeekt Jill om hulp.

Ze staart voor zich uit.

Dit klopt niet, denkt ze. Hier klopt absoluut helemaal niets van.

*

Lieve mama,

Jij bent de enige aan wie ik dit kan vertellen, al is er geen sprake van echt iets vertellen. Een kniesoor die daarop let. Ik moet dit kwijt en jij bent veilig.

Dus ik vertel en stel me voor dat jij luistert.

Er is iets gaande en het klopt niet. Iemand is mijn huis binnengedrongen en heeft een brief achtergelaten waaruit valt op te maken dat Gijs niet dood is.

Zou jij dat geloven, mama?

Ik niet.

Vraag me niet waarom ik hiervan overtuigd ben, want dat kan ik niet uitleggen.

Gijs is dood, dat weet ik zeker, zelfs al bleef Kaia maar herhalen dat hij er zo vreemd uitzag. Niemand ziet eruit als zichzelf als hij dood is, je oogt per definitie anders als je niet meer leeft.

Nee, er lag niemand anders in die kist en ik laat me niet wijsmaken dat hij nu ergens ondergedoken is, omdat niemand zal geloven dat hij de dood van zijn broer niet heeft kunnen voorkomen.

De wereld is gek geworden, mama. Knetterknots, stapelmesjogge. Dat mag ik wel zeggen, hè? Knetterknots en stapelmesjogge zijn niet godslasterlijk noch de Here God ontkennend. Het zijn gewone woorden, hooguit een beetje volks. Jij zou ze nooit hebben uitgesproken.

Zou jij geloven dat Gijs nog leefde als je zo'n brief kreeg? Het is een vreemd idee dat ik niet kan inschatten welk antwoord jij op die vraag zou geven. Hoewel, vreemd... Armoedig is een beter woord. Ik ken je al jaren, ik heb twintig jaar bij je gewoond, en toch kan ik niet bedenken hoe je zou reageren op deze vraag. Ik moet en zal voorkomen dat mijn eigen kind later hetzelfde voelt en denkt als ik nu doe. Hij mag mij kennen.

Ik denk veel aan jou. Vaak vraag ik me af in hoeverre de nadrukkelijk statische manier van geloven je eigen keuze was. Je kreeg het met de paplepel ingegoten, maar dat kreeg ik ook. Waarom ontworstelde ik me wél aan de verstikkende terreur en jij niet? Is het antwoord simpel, luidt het: omdat je erbij wilde blijven horen? Of omdat collectief denken eenvoudiger was dan persoonlijk redeneren? Mijn vragen hebben geen enkel nut, ik weet het. Toch houden ze me bezig. Ik denk dat dit iets te maken heeft met vluchten, denk je ook niet?

Nee, jij denkt niet. Van denken kunnen vragen komen en vragen hebben antwoorden nodig. Veel te ingewikkeld, hè mama?

Ik blijf maar vragen aan je stellen, terwijl ik weet dat er nooit een antwoord komt. Dat is hardleers, ik weet het. Ook ontkennend en misschien een beetje dom. Het deert me niet, ik maak me er dus niet druk over. Voor mij is het belangrijk dat ik een goede moeder ben en blijf voor mijn kind. Maar ik zou ook graag een moeder zijn die een moeder heeft.

Ik ga het geld dat in een fonds is vastgelegd voor George en dat ik maandelijks krijg uitgekeerd niet terugstorten. De persoon die denkt dat ik te manipuleren ben met rare teksten kan in de klei zakken. Ik druk me nu netjes uit.

Dat heb ik van jou geleerd.

8

Als ze haar buurvrouw Joke belt, krijgt ze de voicemail. Met een nijdig gebaar verbreekt ze de verbinding. Joke is natuurlijk niet thuis, haar auto staat niet op de oprit. Waarom moet Jill dan zo nijdig worden?

Het is het idee dat er iemand in haar huis is geweest, nota bene op klaarlichte dag. Zou een van de andere buren iets gezien hebben? De mensen die aan de overkant wonen werken overdag, maar de bewoners van de twee-onder-een-kaphuizen links en rechts van Jill hebben misschien iemand langs zien komen. George ligt diep te slapen, kan ze het wagen om daar even aan te bellen? Ze besluit snel te handelen en trekt de voordeur zachtjes achter zich dicht. De buren rechts zijn net thuis, en hún buren zijn een weekje weg, weten ze te melden. Dus niets gezien. De buren links hebben de hele dag thuisgewerkt en niets gemerkt van wat er buiten gebeurde. Hun buren hebben hetzelfde antwoord. Ze informeren bezorgd of er iets vervelends is gebeurd. Jill ontkent en verzint een smoes voor de reden dat ze heeft aangebeld. Ze rent terug naar huis en treft George nog diep slapend aan.

Het is kwart voor zes. Zou de timmerman die een jaar geleden haar nieuwe voordeur heeft geplaatst thuis zijn? Ze weet nog dat hij ook sloten levert. Ze zoekt zijn nummer op.

Hij kent haar nog, zegt hij. Natuurlijk kan hij het slot vervangen, is er haast bij? Geen punt, hij is er over een uurtje.

Jill voelt zich opgelucht.

De timmerman stelt gelukkig geen lastige vragen, maar hij attendeert haar wel op de mogelijkheid om haar huis extra te beveiligen. Jill belooft hem hierover te zullen nadenken. Ze zou dit graag bespreken met Kaia, maar ze aarzelt. Is haar vriendin de aangewezen persoon om advies aan te vragen?

Jill wil het niet denken, en toch denkt ze het. Stel je voor dat Kaia iets te maken heeft met de brief die hier opdook? Iemand heeft die brief gebracht en dat was iemand die een sleutel had van de voordeur. Gijs had een sleutel, en zijn sleutelbos is in het huis waar Kaia nu alleen woont. Het kan bijna niet anders dan dat zij het was, tenzij Gijs de sleutel heeft gekopieerd en doorgegeven. Maar waarom en aan wie? Dit is om stapelgek van te worden.

Maar wie er ook nog meer een sleutel had, er zit nu een nieuw slot op de deur, dus zie maar eens binnen te komen. Het nieuwe slot voelt veilig, ook al blijft er spanning aanwezig en blijft Jill zich afvragen wat hier precies aan de hand is. Ze heeft de brief nu al zó vaak gelezen dat ze de tekst uit haar hoofd kan opdreunen. Ze is er nog steeds van overtuigd dat de brief nep is, dus waarom zou ze dan twijfelen? Waarom zou ze zich dan toch een heel klein beetje afvragen of het waar kan zijn dat niet Gijs, maar zijn tot nu toe onbekende broer in de oven van het crematorium terecht is gekomen? Waarom negeert ze het feit dat de man die in de kist lag geen wond op zijn hoofd had, wat zeker het geval zou zijn geweest als hij met een klap op de rand van het zwembad terecht was gekomen? Waar hoopt ze op? Nergens op, wijst ze zichzelf in gedachten terecht. Haar hoop heeft te maken met ontkenning en met verdriet.

En met verlangen naar de tijd toen het nog mogelijk was dat hij voor háár zou kiezen.

Ze zit met gesloten ogen op de bank en probeert opnieuw te voelen hoe het was om toe te geven aan de liefde en zich niets aan te trekken van de bezwaren die in haar gedachten vochten om aandacht. Gijs was zeker niet de eerste man op wie ze verliefd werd, maar hij was met afstand degene aan wie niet te ontkomen viel. Jill heeft vanaf het allereerste begin geweten dat hij de vader van haar kinderen moest worden en die gedachte bleef standhouden, ondanks haar eigen tegenwerpingen en pogingen tot verzet. Ondanks het regelmatig opduikende gezonde verstand.

Hun liefde was echt en groots, en werd extra benadrukt door de geboorte van hun zoon. Aan die liefde heeft ze nooit willen twijfelen, ook niet toen die werd aangevuld met irritatie en ten slotte overging in woede. Toch wil ze nu voelen hoe het was om heftig lief te hebben en intenser dan intens van een man te houden.

Toch wil ze verlangen naar wat ooit was.

9

Jill wil slapen en dromen van Gijs. Mooi dromen, lief dromen, stout dromen. Stouter dan het in werkelijkheid was.

Ze wil niet dat hij dood is, ze weigert het te aanvaarden. Het zou heerlijk zijn als hij degene was die haar huis is binnengedrongen en dat krankzinnige verhaal heeft achtergelaten. Het zou geweldig zijn.

Maar het klopt niet, en dat weet ze.

Gijs is niet aan het vechten geslagen met een halfbroer van wie nog nooit iemand heeft gehoord, hij heeft niemand geduwd en is niet schuldig aan doodslag of dood door schuld, of hoe het ook mag heten. De tekst van de brief is wat hij zelf een broodjeaapverhaal zou noemen. De idioot die dit heeft verzonnen, kletst uit haar nek. Of is het zijn nek?

Voor Jill staat vast dat de man die bij het zwembad lag haar minnaar was, de vader van haar kind, de man met wie ze samen oud had willen worden. Het lichaam dat ze hebben gevonden was niet van een andere man, ook al beweerde Kaia dat hij er vreemd uitzag. Laat niemand haar lastigvallen met leugens of absurde insinuaties.

Ze is woedend, en niet alleen door de brief. Ze is woedend op de hele wereld, op iedereen die beweegt en iets tegen haar zegt. Ze verwenst, ze vernietigt en ze verwijdert. Deze gedachten leiden lekker af. Banale gedachten, sinistere doodswensen, macabere fantasieën. Het kan niet erg genoeg, niets is te gek. Of te erg, of te onfatsoenlijk. Ze kan denken wat ze wil, niemand ziet of hoort haar gedachten. Die wetenschap is al jaren haar baken, haar troost en haar geheim. Niemand weet wat ze denkt.

Zelfs Gijs wist dat niet.

Er is een geluid in huis dat ze niet meteen kan duiden. Jill komt een beetje overeind en luistert scherp.

Stilte. De wekker op het nachtkastje geeft aan dat het halfvier is. Ergens in de straat wordt een auto gestart. Klopt dat? Nee, nog steeds stilte. Dat geluid zit dus in haar hoofd.

Ze gaat op de rand van haar bed zitten en vraagt zich af wat ze hier nu zit te doen. Het is een beter idee om verder te slapen, want over een paar uur zal het mannetje met de blonde krullenkop zich melden. Maar ze is klaarwakker en pakt haar ochtendjas. Misschien helpt een kop thee om weer slaap te krijgen.

Ze luistert even aan de deur van George' kamer en sluipt daarna de trap af. Als ze bijna beneden is, ziet ze een witte envelop op de deurmat liggen. Ze grijpt de trapleuning vast.

Het is weer een kaart met een afbeelding van klaprozen. In de kaart zit ook nu weer een in vieren gevouwen A4'tje met een getypte tekst gestoken. Een korte tekst, die Jill leest en herleest. Ze trekt de ceintuur van haar ochtendjas wat steviger aan en drukt haar knieën tegen elkaar. De klok die in de voorkamer hangt slaat vier keer. Ze schrikt zich lam van het geluid.

Met wie kan ze hierover praten? Of kan ze zich beter afvragen met wie ze hierover móét praten? Ze weet één ding zeker: ze moet hier niet over praten met Kaia.

Maar ze gaat haar wél bellen.

10

Gelukkig kan George vandaag de hele dag op het kinderdagverblijf zijn en heeft Jill haar handen vrij. Het lijkt haar beter om de kleine jongen buiten beeld te houden als ze op Kaia af stapt. Er hangt iets in de lucht wat haar onzeker en tegelijkertijd strijdvaardig maakt. Het is nooit eerder gebeurd dat ze elkaar ruim twee weken niet zagen zonder bericht.

Natuurlijk vraagt Jill zich af of Kaia iets te maken heeft met de kaarten die ze kreeg. Het is heel aannemelijk dat zij een onbekende sleutel heeft ontdekt toen ze de sleutelbos van Gijs controleerde. Het is ook mogelijk dat ze al vermoed heeft dat er iets gaande was tussen Gijs en Jill, en al eerder heeft geprobeerd of de onbekende sleutel op het voordeurslot van haar vriendin paste. Zou ze daarover iets zeggen als Jill tevoorschijn komt? Is het wijsheid om daar een vraag over te stellen?

Het is natuurlijk mogelijk dat Kaia bij de afhandeling van het testament heeft ontdekt dat Gijs bij een andere vrouw een kind heeft verwekt en daar een financiële regeling voor heeft getroffen. Maar Gijs heeft met de hand op zijn hart benadrukt dat alleen de notaris volledig op de hoogte zou zijn. Jill heeft dat tot nu toe graag willen geloven en daarom heeft ze haar achterdocht geen ruimte gegeven. Maar ze weet natuurlijk heel goed dat haar minnaar niet betrouwbaar was als het aankwam op beloften en het vertellen van de waarheid. Desondanks heeft ze alles geloofd wat hij tegen haar zei, inclusief de toezegging dat hij met háár samen oud zou worden. Ze heeft ook geloofd dat er tussen hem en Kaia geen sprake meer was van seks en dat haar zwangerschap het gevolg was geweest van een uitglijertje nadat hij een keer te veel gedronken had.

Maar nu zijn er twee brieven die zogenaamd door hém zijn geschreven. Jill leest de tekst van de tweede brief opnieuw, alsof het mogelijk zou zijn dat ze toch iets over het hoofd heeft gezien. Geen aanhef, alleen zijn naam.

> *Een ander slot op de deur zal niet helpen, en mocht je van plan zijn om je brievenbus af te sluiten, wees dan gewaarschuwd voor acties die je de stuipen op het lijf zullen jagen.*
> *Stort dat geld terug! Snel!*
> *Gijs*

Acties die haar de stuipen op het lijf zullen jagen. Wat wordt daarmee bedoeld? Brand? Vernielingen? Beschamende foto's via internet?

Ze had hem nooit moeten toestaan om naaktfoto's van haar te maken en zich niet moeten laten verleiden tot poses waar ze zich voor schaamde. Ze had nooit moeten zwichten voor teksten als: 'Ik wil elk moment van de dag je kale doos kunnen zien.' Ze had tegen hem moeten zeggen dat ze dit een walgelijke tekst vond en dat hij bepaalde opnamen moest wissen. Ze had niet zo bang moeten zijn voor de mogelijkheid dat hij haar zou verlaten. Ze had zuiniger op haar eigen wil moeten zijn. Ze had zijn banale fantasieën een halt moeten toeroepen.

Diep ademhalen, straks maar een maagzuurremmer innemen. Ze heeft die tabletten al een hele tijd niet nodig gehad, misschien is de houdbaarheidsdatum al verstreken, maar toch gaat ze er een paar slikken. Ze moet overeind blijven, voor haar kind zorgen en zaken afhandelen. Dit heeft te maken met spanning, ze weet het. En met ongeloof.

En met verdriet.

Ze heeft twee tabletten ingenomen en twee grote glazen water gedronken. Ze belt Kaia niet, ze gaat naar haar toe. Er moet gepraat worden.

*

Lieve mama,

Ik ben nu op weg naar Kaia en ik spreek mezelf moed in. Vreemd idee om dit te willen delen met iemand die de lafheid heeft uitgevonden en verbeterd. Je hoort het goed: ik vind jou laf. En niet alleen jou, maar met jou alle kwezels uit jouw omgeving die voor alles wat er gebeurt in hun leven de verantwoordelijkheid neerleggen bij een hogere macht van wie ze het bestaan niet kunnen aantonen. Ik noem dat de weg van de minste weerstand, een eenrichtinglevenspad waar met name tegenspraak vermeden wordt. Het pad waarbij je altijd iemand de schuld kunt geven die geen weerwoord heeft. Maar vooral het pad dat je vrijwaart van kritisch nadenken over jezelf.

Jouw pad.

Mijn hele lijf voelt gespannen aan. Pijn tussen mijn schouderbladen, onder in mijn rug, in mijn vingers en tenen. Spanning en angst. Ik denk daardoor opeens aan tante Truusje, jouw oudste zus. Ik zie haar voor me en ik voel de harde klap in mijn gezicht die jij me gaf toen ik zei dat tante Truusje op een aangeklede bezemsteel leek. En ik voel ook weer hoe het was om honger en dorst te hebben tijdens de uren die je me daarna opsloot in mijn slaapkamer met de opdracht om diep na te denken over mijn zonden.

Wat deed ik toch fout in jouw ogen, mama?

Tante Truusje was volgens jou een voorbeeld voor de hele mensheid, omdat zij het lot dat het leven haar oplegde met opgeheven hoofd tegemoet trad. Dat lot bestond uit het verlies van haar echtgenoot op jonge leeftijd en vervolgens de dood van haar drie zonen, die werden aangereden door een dronken automobilist. Tijdens de uitvaart zongen alle mensen in de kerk vol overtuiging het favoriete lied bij uitvaarten: 'Veilig in Jezus' armen'. Ik was waarschijnlijk de enige die niet meezong, want ik kon alleen maar naar de drie kisten kijken die zonder bloemen naast elkaar stonden. Bloemen hoorden er niet bij, opsmuk was des duivels. Tante Truusje stond kaarsrecht in haar zwarte kleding bij het graf en liet geen traan. Later hoorde ik haar zeggen dat ze zich vereerd voelde, omdat God haar zo'n zware last op haar schouders toevertrouwde. Ik vind nog steeds dat ze alle duivels uit de hel had moeten vloeken.

Nu denk ik: wat zal tante Truusje gedacht hebben? Ik kan me niet voorstellen dat ze de pijn van dit enorme verlies heeft kunnen bedekken met de woorden die ze uitsprak. Ze was dol op haar kinderen, ze sprak altijd vol trots over hen. Die jongens waren na de dood van hun vader haar alles, haar hoop voor de toekomst, haar doel in het leven. En dan opeens worden ze weggemaaid, want dat werden ze. In de kreukels, aan gort gereden door een zuipschuit die alleen een taakstraf kreeg, omdat het de eerste keer was dat hij onder invloed een auto bestuurde en omdat hij zelf net zijn vrouw had verloren. Volgens jou had de Heer ook die automobilist zwaar op de proef gesteld. Wat een onmogelijk laf gelul vind ik dit nog steeds. Ik word er op dit moment opnieuw woedend door, ik haat dat zalvende ontkennen van je eigen emoties nu meer dan ooit.

Tante Truusje is niet oud geworden. Ze kreeg kanker, en uiteraard beschouwde ze haar ziekte weer als een test voor haar geloof. Ze stierf nog uitgemergelder dan ze al was en in grote pijn, want ze dacht dat ze de beker van haar lijden tot de laatste druppel leeg moest drinken. En ze keek uit naar de beloning die haar wachtte na het leven. Jij was het natuurlijk met haar eens, jij prees haar moed en haar uithoudingsvermogen, jij steunde haar in het verzet tegen hulpmiddelen als morfine.

Je moet je schamen, mama, want je hebt je zusje als geen ander in de steek gelaten.

Ik ben nu bijna bij Kaia en ik merk dat wat ik net in gedachten tegen je heb gezegd me heeft opgelucht. Je bent me daardoor toch tot steun, omdat je me de gelegenheid geeft om me af te zetten en een deel van mijn woede te kanaliseren. Daardoor ben ik beter voorbereid op het gesprek dat ik zal moeten voeren met mijn beste vriendin. Als ik erachter kom dat ze niets weet van mijn relatie met haar man, ga ik haar beslist niet wijzer maken. Dan sluit ik het boek Gijs en blijf ik het geld dat ik postuum van hem krijg incasseren. Dat komt me toe, mama. Dat komt mijn kind toe. Ons kind, dat in liefde is verwekt. Want er was liefde, al heb ik de bedoelingen van zijn kant waarschijnlijk overschat. Nu is er niets meer, omdat mijn eigen liefde bleek te kunnen omslaan in haat.

Liefde en haat liggen dicht bij elkaar, mama. Kijk maar naar ons.

11

De auto van Kaia staat op de oprit, dus ze is thuis. Jill voelt dat haar knieën trillen als ze de klopper op de voordeur laat vallen. Het is goed mogelijk dat Kaia haar heeft zien aankomen en dat ze haar voor een gesloten deur laat staan. Op het moment dat ze haar hand uitsteekt om de klopper nog een keer vast te pakken, zwaait de voordeur open.

'O, ben jij het,' zegt Kaia.

Jill trekt snel haar hand terug. 'Ik ben het. Mag ik binnenkomen?' Ze ziet dat haar vriendin aarzelt. 'Ik wil graag even met je praten. Ik blijf niet lang.'

Kaia doet een stap naar achteren. 'Goed. Waar is George? En moet jij niet werken?'

Jill stapt naar binnen. 'George is op het kinderdagverblijf en ik heb ziekteverlof.'

Kaia loopt voor haar uit naar de woonkamer. Ze vraagt niet wat Jill mankeert. In de woonkamer wijst ze naar de eettafel. 'Koffie? Ik heb alleen cafeïnevrije cups, de nieuwe voorraad van Nespresso kan elk moment worden bezorgd.'

Jill antwoordt dat cafeïnevrij prima is. Ze kijkt om zich heen. Er is van alles veranderd. De oude leunstoel van Gijs is vervangen door een strakke relaxstoel van zwart leer met een grijze, metalen voet. De crèmekleurige leren tweezits- en driezitsbanken zijn vervangen door een hoekbank van jeanskleurige stof waar verschillende crème-blauw gestreepte kussens op liggen. De televisie staat niet meer op een tafel, maar hangt in de hoek en heeft duidelijk een groter beeldscherm dan de vorige. En overal staan bloemen.

Kaia komt binnen met een dienblad waarop twee mokken en een koektrommel staan.

'Je hebt nieuwe eetstoelen en een andere bank,' stelt Jill vast. 'Heel mooi. Had je genoeg van de oude?'

'Ik heb van veel meer genoeg,' antwoordt Kaia.

Er was een tijd dat ze niet uitgepraat raakten en ze geen moeite hoefden te doen om een gesprek gaande te houden. De stiltes die nu steeds vallen terwijl ze beleefdheden uitwisselen maken Jill nerveus. Toch durft ze de vraag te stellen die op haar lippen brandt. 'Waarom lukt het me niet meer om contact met je te krijgen?'

Kaia neemt eerst een slok koffie, staat dan op en loopt naar de ladekast die tegen de muur tussen de keukendeur en de dubbele deuren naar de tuin staat. Er stond altijd een grote foto van Gijs en Kaia op de kast. Nu staat er een vetplant die vol knoppen zit.

Kaia haalt iets uit een van de laden en legt het voor Jill op tafel. Het is een foto.

Jill buigt zich voorover. 'Dat lijkt George wel, maar het is hem niet. Wat… Wie…'

'Het is een peuterfoto van Gijs,' zegt Kaia.

Er valt een diepe stilte.

Kaia schuift de foto opzij. 'Volgens mij heb je me iets uit te leggen. Ik luister.'

12

Jill heeft weleens nagedacht over wat ze tegen Kaia zou zeggen als haar vriendin haar ter verantwoording zou roepen voor haar relatie met Gijs. Het is haar nooit gelukt om daar een coherent verhaal voor te verzinnen.

Misschien is ze zelf het meest verbaasd over de woorden die als vanzelfsprekend over haar lippen komen. Van de rust in haar stem, van het ontbreken van ook maar de geringste trilling, van alle eerlijkheid.

Ze verontschuldigt zich niet, maar benadrukt wel dat het geen vooropgezet plan van haar en Gijs was. Ze vertelt dat ze allebei veel moeite hebben gedaan om hun gevoelens te onderdrukken en keer op keer afspraken dat het afgelopen moest zijn. Ze vertelt ook dat Gijs zich terugtrok toen ze zwanger werd en weigerde zich te laten aborteren, ook al drong hij daar nog zo sterk op aan. Ze legt uit dat Kaia en zij waarschijnlijk zulke goede vriendinnen waren omdat ze hun diepgewortelde verlangen naar het moederschap konden delen. En dat ze, toen ze onverwacht zwanger bleek te zijn, het niet over haar hart kon krijgen om de enige kans die zich misschien in haar leven zou voordoen niet te grijpen. Ze smeekt Kaia bijna om begrip voor dit besluit.

Kaia zit kaarsrecht op haar stoel en kijkt strak voor zich uit.

Ze reageert nergens op.

'Ik wist dat het fout was om van Gijs te gaan houden,' gaat Jill verder. 'Ik wist het en toch liet ik het gevoel toe. Want het was geen bevlieging, geen geintje, geen vergissing, niet van mij en niet van hem. Ik begrijp dat jij niet op deze woorden zit te wachten, maar nu ik eenmaal ben begonnen, wil ik alles open en eerlijk vertellen. Het was liefde.'

'Voor jou, misschien,' zegt Kaia. 'Voor hem was het een van zijn geile spelletjes. Je was niet de enige vrouw met wie hij me bedroog. Geloof je dat niet? Neem maar rustig van me aan dat ik geen onzin uitkraam.' Ze slikt een paar keer zichtbaar. 'Ik ben zo vriendelijk geweest om de foto's te wissen die hij op zijn mobiel had opgeslagen. Dat je je daarvoor leende, zeg!'

'Toch was het liefde,' herhaalt Jill koppig. 'En het was wederzijds.'

Ze weet dat ze liegt, of in ieder geval de waarheid naar haar hand zet. Het is onmogelijk om toe te geven dat de liefde vooral bij háár een rol speelde en dat ze zichzelf heeft vervloekt om dit onbezonnen en stompzinnige gedrag. Het was een droom, meer niet. Ze wrong zich in allerlei bochten om hem gunstig te stemmen, om hem afhankelijk te maken van haar aandacht en passie, en om hem ervan te overtuigen dat zij de vrouw was met wie hij het best oud kon worden.

Soms wist ze zeker dat ze hem had overtuigd, maar toch bleef de twijfel zich aandienen en vloog de angst om hem te verliezen haar aan. Hij gedroeg zich afwisselend gelaten en opstandig, ook nadat George was geboren. Aanvankelijk vermeed hij contact, maar nadat het haar was gelukt om het kind aan hem te laten zien, werd hij toeschietelijker.

Hun zoon leek op zijn overleden dochter Emmy, en iedere keer als hij George zag, waren er tranen en eindeloze uiteenzettingen over hoe mooi Emmy was, hoe lief, hoe slim en hoe sterk ze op hem leek. Jill stond erbij en keek ernaar toen hij George in zijn hart begon te sluiten en toegaf dat hij na de dood van zijn dochter eerst zijn vaderschap had vervloekt, maar inmiddels bereid was het te omarmen.

Toen kwam de dag dat Kaia haar vertelde dat ze zwanger was en aan haar vroeg waarom ze huilde.

Het lukte haar om een luchtig klinkend antwoord te geven, maar inwendig schreeuwde ze. Hoezo, Kaia was zwanger? Gijs had toch al tijden geen seks meer met zijn vrouw?

Was dat kind dan wel van Gijs?

Ze veinsde blijdschap en ging extra vaak op bezoek bij Kaia en Gijs, samen met George. Ze wilde dat hij zijn zoon veel zag, ze moest ervoor zorgen dat hij zich meer dan ooit aan het kind ging hechten. Ze bood zich aan voor fotosessies waar ze nog steeds liever niet aan terugdenkt.

Dus Kaia heeft de platvloerse en ordinaire foto's gezien, maar ook gewist? Jill merkt dat ze misselijk wordt. Ze haalt een paar keer achter elkaar diep adem. 'Dank je wel voor het wissen', zegt ze.

Kaia wijst naar de tas van Jill, die op de hoek van de tafel staat. 'Hoor ik jouw mobiel?'

Jill vist de mobiel uit haar tas en kijkt op de display. 'Het kinderdagverblijf belt.' Ze neemt op en luistert. 'Dat kan niet,' schreeuwt ze bijna.

Kaia buigt zich naar haar toe. 'Wat kan niet? Is er iets met George?'

Jill moet een paar keer slikken voordat ze verder kan praten. 'De leidster van het kinderdagverblijf zegt dat de vader van George heeft gebeld, omdat hij hem vandaag wil komen ophalen.'

Kaia staat op en ze grijpt Jill bij haar arm. 'Zeg maar dat we eraan komen.'

13

Kaia rijdt in Jills auto, en dat is goed. Jill zit in elkaar gedoken naast haar. Ze probeert haar trillende handen in bedwang te houden door haar vingers strak in elkaar te klemmen. Ze probeert ook om de stem in haar oren niet te horen, maar dat lukt niet. De stem blijft voortdurend melden dat de vader van George zijn zoon graag wil komen ophalen.

Welke idioot heeft er gebeld en wat is hij van plan?

Kaia negeert alle verkeersregels, waardoor ze al binnen tien minuten arriveren bij het kinderdagverblijf. Ze belooft dat zij de bekeuring zal betalen, mocht Jill er een krijgen. Daarna trekt ze Jill uit de auto en rent samen met haar naar de deur.

George zit midden in een groep peuters op de grond met blokken te spelen. De leidster vertelt lachend dat de kinderen nog geen minuut geleden een prachtig gebouwde toren onderuit hebben gehaald.

'Heb je het nummer van de man die belde?' vraagt Kaia.

De leidster schudt haar hoofd. 'Dat heb ik natuurlijk meteen gecheckt, maar het bleek een afgeschermd nummer te zijn. Het leek me wel verstandig om George' moeder meteen in te lichten, al hoeven jullie echt niet bang te zijn dat ik hem aan iemand anders zou meegeven, tenzij Jill daar van tevoren toestemming voor had gegeven. Wij kennen George' vader niet, iedereen kan wel beweren dat hij dat is.'

'De vader van George is dood,' zegt Jill.

De leidster staart haar aan. 'Wie belde ons dan? Moet ik de politie inschakelen?'

'Daar gaan Jill en ik het eerst samen over hebben,' beslist Kaia. 'We praten er buiten over.'

George maait een paar gestapelde blokken omver en begint te schateren. 'Tolen is weg,' roept hij.

'Die r blijft een probleem,' constateert Kaia.

Ze zitten samen op de bank die vlak bij de voordeur van het kinderdagverblijf staat, zodat ze de ingang goed in de gaten kunnen houden.

Jill is de eerste die iets zegt. 'Toen Gijs was overleden, zei jij voortdurend dat hij er anders uitzag.'

Kaia beaamt dat. 'Dat schijnt normaal te zijn, ik hoorde het van Peter, de nieuwe manager van ons bedrijf. Peter Cassee, je weet toch dat hij Gijs vervangt?'

Jill haalt haar schouders op. 'Het zal wel, ik kan me niet herinneren dat je me daarover iets hebt verteld. Jij praat dus met die Peter over hoe dode mensen eruitzien?'

Het schijnt Kaia te ontgaan dat deze vraag van Jill cynisch bedoeld is. 'Ja, daar praten we over. De ex van Peter werkt in een uitvaartcentrum en zij heeft vaak aan hem verteld dat zich rondom opgebaarde mensen de meest vreemde taferelen afspeelden, zoals verhitte discussies over de vraag of een overleden persoon in een kist wel de man of vrouw was voor wie mensen kwamen. Om terug te komen op Gijs: ik zag natuurlijk wel dat hij het was, maar ik kon het verschil tussen de levende en de dode man niet bevatten. Waarom hebben we het hier nu over?'

Jill aarzelt.

'Zeg het maar, we zijn nu toch bezig om alle kaarten op tafel te leggen.' Door de glimlach die nu op haar gezicht verschijnt, lijkt Kaia opeens weer op de oude en vertrouwde vriendin.

'Weet jij of Gijs een halfbroer had?'

'Een halfbroer? Welnee, waar zou die uitgehangen moeten hebben? Zeker weten van niet. Waarom vraag je dat?'

'Er zijn twee kaarten gekomen. De eerste stond bij me in de woonkamer in een envelop tegen een vaas op de eettafel. Toen ik thuiskwam, vond ik het al vreemd dat ik de sleutel van het slot in de voordeur niet eerst twee keer hoefde om te draaien. Ik hield er rekening mee dat ik de deur die ochtend alleen had dichtgetrokken, maar toen vond ik in de woonkamer dus die envelop en begreep ik dat er iemand binnen was geweest die een sleutel moest hebben.'

Kaia knikt. 'Dat moet dan wel. En verder?'

Jill vertelt dat ze het slot in de voordeur direct heeft laten vervangen en dat er daarna een tweede witte envelop kwam, die door de brievenbus was geschoven. 'De brieven zaten in kaarten waarop klaprozen stonden. Ze waren geschreven door Gijs, of dat werd in elk geval beweerd. Er stond in dat hij een halfbroer had die sprekend op hem leek. Om een lang verhaal kort te maken: het zou de halfbroer zijn geweest die bij het zwembad lag, het zou een ongeluk zijn geweest en Gijs was gevlucht om te voorkomen dat hij zou worden aangeklaagd.'

Kaia kijkt haar aan met een meewarige blik in haar ogen. 'En waarom zou hij jou dan kaarten sturen?'

Jill heeft nu al spijt van haar verhaal. Het is duidelijk dat haar vriendin niets gelooft van wat ze net gehoord heeft. 'Hij wil dat ik het geld dat is gereserveerd voor George terugstort, omdat hij ondergedoken moet blijven en in geldnood zit.'

'Wat een belachelijk verhaal,' schampert Kaia. 'Een halfbroer? Echt idioot. Weet je wat we doen? We bellen heks ex. Die weet alles van Gijs, ik ben erachter gekomen dat ze elkaar nooit hebben losgelaten. Als er een halfbroer was, weet zij het zeker.' Ze haalt haar mobiel tevoorschijn en zoekt het nummer van Wiesje op.

'Ik loop even naar binnen, want ik moet naar het toilet,' zegt Jill. Als ze terugkomt, treft ze een verbijsterde Kaia aan.

'Volgens Wiesje klopt het dat Gijs een halfbroer had,' stamelt ze.

*

Lieve mama,

De wereld is gek geworden. Ik waande me een weduwe, al dan niet legaal, maar nu probeert iemand me wijs te maken dat mijn minnaar niet dood is. Dat kan niet, denk ik voortdurend. Maar ik denk net zo vaak: is het tóch mogelijk? Ik denk ook: ik zou zo graag nog een toekomst met hem hebben. Ik denk te veel.

Ik probeer mijn gedachten in bedwang te houden. Op dit moment zit ik naast Kaia en achter me roept mijn enthousiaste kind elke minuut dat hij weer een auto ziet. Wat moet het heerlijk zijn om nog in opperste staat van verrukking te kunnen raken als je auto's ziet rijden. We zijn nu op weg naar mijn huis, want Kaia vindt het geen goed idee dat ik vanavond alleen ben. Ze is opeens weer helemaal de vrouw die ik al jaren ken en die ik leek te zijn kwijtgeraakt. Heel bizar dat ik hier niet blij van word.

Wat is er mis met mij?

Kaia heeft net tegen me gezegd dat ze 'het gedoe' met Gijs tot op de bodem wil uitpraten, maar niet vanavond. Ze zei ook dat ze onze vriendschap niet kwijt wil.

Vind je het raar, mama, dat ik deze uitspraak niet helemaal vertrouw? En vind je het niet supervreemd dat ik voortdurend naar jou zit te verlangen? Want wat valt er te verlangen? Wat zou het opleveren als jij me weer binnenliet? Het is godsonmogelijk dat je van je geloof bent gevallen in de tijd dat we elkaar niet hebben gezien. Ik jaag onmogelijke dromen na en daar moet ik mee ophouden. Het zit er niet in dat je weer een beetje voor me gaat zorgen, jouw deur blijft dicht. Ik moet me realiseren dat de wereld gek is geworden, maar ik niet.

Toch blijf ik een moeder missen.

14

'Zo, we zijn er,' zegt Kaia. Ze kijkt achter zich. 'De kleine man is in slaap gevallen.'

Jill stapt uit de auto. 'Als jij de voordeur vast openmaakt, pak ik George. Hoor ik nu jouw mobiel?'

Kaia heeft haar telefoon al uit haar tas gehaald. Haar gezicht vertrekt. 'Wiesje belt. Zal ik haar maar iets laten inspreken?'

'Neem maar op,' adviseert Jill.

Terwijl Kaia met de mobiel tegen haar oor geklemd naar de voordeur loopt, maakt Jill George los en tilt hem voorzichtig op. Ze hoort Kaia zeggen dat ze het eerst even moet overleggen en dat ze dadelijk terug zal bellen. Kaia steekt de sleutel die Jill in de sleutelbos aanwijst in het slot en opent de deur.

Jill ziet onmiddellijk de witte envelop op de mat liggen. Ze stapt eroverheen en brengt George naar binnen. Daarna loopt ze terug en pakt de envelop.

Kaia kijkt ernstig. 'Denk je... Weer een?'

'Wat moest je overleggen?' vraagt Jill.

'Wiesje wil langskomen om over die halfbroer te vertellen. Ik zit daar eerlijk gezegd niet op te wachten, want ik kan me niet voorstellen dat hij bestaat.'

'Of heeft bestaan?' Jill friemelt aan de envelop. Ze besluit hem te openen. Er komt weer een klaprozenkaart tevoorschijn. Ze vouwt hem open. Er is geen brief en geen tekst. 'Leeg. Dezelfde kaart, maar geen brief. Wat heeft dít nu weer te betekenen?'

'Wat doe ik met Wiesje?' Kaia lijkt besloten te hebben dat Wiesje belangrijker is dan een lege klaprozenkaart.

'Laat haar straks maar langskomen,' zegt Jill.

De nieuwe kaart zit haar dwars, maar ze begint er niet over tegen Kaia. Het is ondenkbaar dat Gijs in actie zal zijn gekomen, en Jill beseft dat ze zich beter niet kan verliezen in hoopgevende gedachten en fantasieën. Ze weet dat Gijs dood is en dat ze zich niet moet laten opjutten door iemand die haar op stang wil jagen. Toch wil ze ook een beetje mijmeren en dromen, een beetje hopen en fantaseren, een heleboel verlangen. Ze is nog lang niet klaar met Gijs, hij heeft een veel grotere plaats ingenomen in haar leven dan ze ooit in de gaten had. Ze lijkt wel behekst door die man.

Jill heeft een pastamaaltijd uit de vriezer gehaald en laten ontdooien in de magnetron. Kaia staat nu in de pan te roeren, terwijl Jill met een mooi verhaal over kinderen die veel moeten eten omdat ze anders nooit groot zullen groeien haar zoon een spinazieschoteltje met appelmoes laat eten.

George wrijft in zijn ogen.

'Hij slaapt al bijna,' constateert Kaia.

'Mama brengt je naar bed,' zegt Jill. 'Lekker vroeg, vandaag. Het was weer een zware dag, hè kind?'

'Hier heb ik altijd van gedroomd, toen we nog verwoede pogingen deden om een kind te krijgen.' Kaia heeft de pasta op twee borden geschept en zet ze op tafel. 'Ik bedoel: eten klaarmaken voor mijn kind, er spelenderwijs voor zorgen dat het alles opeet, een knikkebollend klein mensje in bed leggen en me rijk voelen met wat we het gewone leven noemen. Jij hebt het allemaal.'

Ze eten en zwijgen.

‘Wat doen we met Wiesje?’ vraagt Kaia. ‘Wil je echt weten of er een halfbroer was? We weten toch dat Wiesje gespecialiseerd is in leugenachtige verhalen? Gijs heeft daar voorbeelden van gegeven waar de honden geen brood van lusten.’

‘Laten we haar aanhoren en met elkaar afspreken dat we nergens serieus op ingaan,’ stelt Jill voor.

‘Dus jij gelooft ook niets van het bestaan van een halfbroer?’

Jill neemt de laatste hap. ‘Nee. Ik weet zeker dat Gijs dood is.’

Kaia staat op. ‘Ik geloof dat ze eraan komt.’

15

Jill ziet meteen dat Wiesje is afgevallen. Ze twijfelt of ze daar een vraag over zal stellen, maar Wiesje begint er zelf over.

'Mijn maag schiet tegenwoordig steeds op slot, daardoor krijg ik geen hap meer door mijn keel. Nou ja, dit is toch beter dan uitdijen, al hoef ik daar niet bang voor te zijn. Ik gebruik nu veel vitaminepreparaten om gezond te blijven.'

Jill kijkt naar Kaia, maar die gaat er niet op in. Ze vraagt alleen of Wiesje koffie wil.

'Heb jij hier de zaak overgenomen?' vraagt Wiesje.

'Zo kennen we je weer,' antwoordt Kaia.

Jill zou aan beide vrouwen willen vragen of ze weg willen gaan, maar ze wil toch wel iets te weten komen over die eventuele halfbroer.

Wiesje blijkt iets anders hoognodig te moeten vertellen. 'Ik ben bij een vrouw geweest, een medium. Zo heet dat toch? Ze kan contact maken met mensen die overleden zijn.'

'Daar geloof ik dus helemaal niets van,' zegt Kaia, terwijl ze drie koppen koffie op de salontafel zet. 'Ik hoop niet dat je daar veel geld aan hebt uitgegeven.'

'Deze vrouw doet het niet om er rijk van te worden en het is geen kwestie van geloven, maar van luisteren en tot je laten doordringen.' Wiesje is kalm.

'Wat zocht je bij die vrouw?' wil Jill weten.

Wiesje neemt eerst een slok. 'Ik had al eerder van haar gehoord, maar ik stond ook altijd sceptisch tegenover dit soort zaken. Het leek of ik naar haar toe werd gestuurd; ik werd als het ware in haar richting gedreven, al begreep ik niet door wie. Op de ochtend dat ik met haar een afspraak had, kwam ik in een file terecht en daardoor arriveerde ik drie kwartier te laat. Toen ze de deur opende, reageerde ze heel enthousiast op mijn komst. Ze zei dat ze al vanaf het moment dat ze die ochtend wakker werd had geweten dat het een bijzondere dag zou worden.'

Kaia trekt haar wenkbrauwen op en schudt met haar hoofd.

'Toen ze voor me uit liep naar de woonkamer, vertelde ze dat ze opeens overal klaprozen zag,' zegt Wiesje.

Jill schiet overeind. 'Klaprozen? Waar zag ze die dan?'

Wiesje maakt een breed gebaar. 'Om zich heen. Ze zei het echt: overal klaprozen.'

Kaia fronst niet meer. 'Gijs was dol op klaprozen. En moeten wij nu geloven dat Gijs daar een boodschap over doorgaf?'

'Het heeft voor mijn gevoel niets te maken met geloven, eerder met voelen.' Wiesje drinkt haar kopje leeg. 'Ik voelde Gijs steeds om me heen, en ik vond dat verwarrend. Die vrouw zei tegen me dat hij me duidelijk wilde maken dat hij het goed had waar hij nu was en dat ik hem kon loslaten.'

'Waarom zou Gijs dat tegen jóú zeggen en niet tegen mij?' Het lukt Kaia niet om haar ergernis te verbergen.

Wiesje blijft onbewogen. 'Misschien stel jij je daar niet genoeg voor open. Maar het is natuurlijk ook goed mogelijk dat ik uiteindelijk belangrijker voor hem was dan jij. Wij hebben samen een kind gekregen, opgevoed en verloren. Dat schept een band die altijd zal blijven bestaan.'

'Hoe zit het met die zogenaamde halfbroer?' wil Kaia weten.

Jill is blij dat haar vriendin niet ingaat op de laatste naargeestige opmerking van Wiesje en het onderwerp aansnijdt dat écht besproken moet worden.

'Het medium interesseert jullie dus niet. Ook goed. Maar nogmaals: het is niet vreemd dat Gijs niet zijn wettige echtgenote, maar zijn ex opzocht.'

Kaia zucht diep. 'Ja, ja, je zult wel gelijk hebben. Maar we zitten hier ergens anders voor. Er is zomaar een halfbroer uit de lucht komen vallen en jij schijnt daar meer van te weten.'

Wiesje trekt aan haar vingers. 'Dood gevoel, even wekken. De halfbroer dus. Dat was altijd een onbespreekbaar onderwerp, maar ik weet er toch wel iets van. Ik lust wel een wijntje,' zegt ze dan tegen Jill. 'Voor alcohol zit mijn maag gelukkig niet op slot.'

Jill staat op.

'Ik help je wel,' biedt Kaia aan.

Als ze in de keuken staan, dempt ze haar stem. 'Die vrouw kan liegen of het gedrukt staat, laat je dus niet gek maken. Ze is verslaafd aan fantaseren, Gijs heeft me daar eindeloos voor gewaarschuwd. Het zal me niet verbazen als alleen al de vraag die ik haar stelde over het wel of niet bestaan van een halfbroer haar fantasiemachine op hol heeft doen slaan.'

'Maar waarom zou ze hierover fantaseren?' vraagt Jill.

'Omdat ze daardoor aandacht krijgt. Heks ex is gek op aandacht, ze doet alles om het te krijgen. Breek me de bek niet open.'

'Wat doen we dan met wat ze te vertellen heeft?'

'We luisteren, meer niet. En we onthouden namen die ze eventueel noemt, want namen zijn na te trekken.'

Jill denkt even na. 'Goed. Vertellen we haar iets over de kaarten die Gijs me zogenaamd stuurt?'

Kaia maakt een afwerend gebaar. 'Nee, dat doen we niet. Met wie we daar eventueel ook over praten, niet met Wiesje.' Ze pakt het dienblad op met de glazen en doet een stap opzij, zodat Jill de deur kan openen.

Wiesje zit te bellen. 'We gaan aan de wijn, ik bel je later.' Ze steekt haar hand uit. 'Toch vind ik het vreemd, Kaia, dat jij niets van een halfbroer weet. Ik vind het ook vreemd dat ik jou hier bij Jill aantref.'

'Jill en ik zijn in gesprek over haar kind en zijn vader,' zegt Kaia. 'Daar zullen we jou niet mee vermoeien, je hebt daar ook niets mee te maken. We willen het nu over die zogenaamde halfbroer hebben.'

Wiesje drinkt haar glas half leeg. 'Mij best. Hoe weten jullie eigenlijk dat er een halfbroer is?'

'Is?' herhaalt Jill. 'Niet: was?'

Wiesje kijkt verbaasd. 'Hoe moet ik dat weten? Het enige wat Gijs daar ooit over kwijt wilde, was dat hij niets meer met deze halfbroer te maken wilde hebben, omdat hij voor nog geen millimeter deugde. Ik heb die man nooit gezien, ik weet niet of hij nog bestaat. Wat is er eigenlijk zo interessant voor jullie aan die halfbroer? Wie heeft jullie ingelicht over zijn bestaan?'

Kaia stelt een tegenvraag. 'Weet je wél hoe hij heette?'

Wiesje haalt haar schouders op. 'Geen idee. Misschien is dat uit te zoeken via een officiële instantie.'

'Of via dat medium,' oppert Jill.

Kaia slaat een hand voor haar mond.

'Heel grappig,' sneert Wiesje. Ze drinkt haar glas leeg en zet het met een klap op tafel. 'Wat doe ik hier eigenlijk? Is het de bedoeling dat ik diepzinnige vragen ga stellen over hoe jullie te weten zijn gekomen dat Gijs een halfbroer had? Dat interesseert mij dus niet. Die man heeft nooit een rol gespeeld in ons leven en het maakt mij niets uit of hij wel of niet leeft. Ik had de indruk dat je schrok, Kaia, toen ik je vertelde dat ik iets afwist van zijn bestaan, daarom heb ik aangeboden om langs te komen.' Ze slikt een paar keer. 'Ik grijp tegenwoordig iedere gelegenheid aan om over Gijs te praten.'

Jill wil iets zeggen, maar Kaia is haar voor. 'Je bent niet de enige die over Gijs wil praten, maar wat wij vooral graag zouden willen weten is of er een halfbroer bestaat of bestond. Voor alle duidelijkheid: jij bood aan om langs te komen en op mij wekte je de indruk dat je iets zinnigs te melden had.' Ze slaakt een diepe zucht. 'Ik leer het ook nooit.'

Wiesje staat op. 'Blijf maar zitten, ik kom er wel uit.'

Als ze de voordeur dicht horen vallen, staat Kaia op en loopt naar de gang. 'Even controleren of ze ons niet staat af te luisteren. Nee, ze is echt weg. Ik vertrouw dat mens niet. Heb jij ooit zo'n idioot gesprek gevoerd? We hadden haar niet moeten laten komen, of vind jij van wel?'

Jill kijkt weg. Ze wil niet nadenken over wat ze hadden moeten doen. Ze twijfelt of ze de vraag die haar bezighoudt hardop moet stellen.

'Dat idiote verhaal over een medium geloof jij toch ook niet?'

Jill zwijgt.

'Je gelooft dat dus wél,' stelt Kaia vast. 'Ik had je wijzer ingeschat.'

Jill besluit tóch te zeggen wat ze net dacht. 'Ik heb me nog nooit verdiept in wat een medium precies is, daar heb ik ook nooit behoefte aan gehad. Maar ik vind het wél frappant dat die vrouw overal klaprozen zag. Jij weet ook dat Gijs dol was op klaprozen. Hoe kan die vrouw dat weten? Ik krijg opeens berichten die zogenaamd van Gijs komen, terwijl hij dood is. De berichten zitten in kaarten met de afbeelding van klaprozen. Probeert iemand me in verwarring te brengen met dat vreemde verhaal over een andere dode dan Gijs? Wij hebben hem allebei in de kist zien liggen. Maar was hij dat wel? Of hebben we ons vergist en lag zijn halfbroer bij het zwembad?'

'Nee, natuurlijk niet,' snauwt Kaia. 'Het was Gijs, geen twijfel mogelijk. Iemand anders stuurt jou kaarten met klaprozen en dat is inderdaad iemand die jou in verwarring wil brengen.'

'Maar wie dan? En waarom?' vraagt Jill.

Kaia slaakt een diepe zucht. 'Heb je dat echt niet in de gaten? Wiesje, natuurlijk, wie anders? Ze heeft eerst jarenlang mij het leven zuur gemaakt en nu ben jij het volgende slachtoffer.'

'Die oplossing lijkt me te gemakkelijk,' stelt Jill vast.

Kaia steekt haar handen in de lucht. 'Ik ben voorlopig uitgepraat. Breng je me even naar huis?'

Jill aarzelt. 'Dan moet ik George alleen laten, want mijn buurvrouw is een paar dagen weg.'

Kaia staat op en loopt naar de deur. 'Volgens mij hoor ik hem.' Ze opent de deur. 'Ja hoor, hij is wakker. Ik denk dat hij het wel leuk vindt om nog een ritje te maken.' Toch is Kaia niet meer de vriendin die ze was, denkt Jill.

George vond het inderdaad leuk om een ritje te maken; hij was de hele rit uitbundig en schaterde zonder duidelijke reden. Dat werkte aanstekelijk, en Jill voelt zich minder somber als ze hem uit het autostoeltje tilt. Het is al donker en omdat er een straatlantaarn is uitgevallen, moet ze goed kijken waar ze haar voeten neerzet als ze met George naar de voordeur loopt.

Het is ook donker in de gang, maar ze ziet de envelop meteen liggen. Ze knipt het licht aan en scheurt hem open.

Het is opnieuw een klaprozenkaart, en nu zit er wél weer een brief in. Het is een kort bericht dat ze leest en herleest.

George wrijft verwoed in zijn ogen.

*

Lieve Mama,

Hoe is het mogelijk dat ik het gevoel heb dat ik word gestraft? Ik probeer voortdurend mijn gedachten op orde te houden en mezelf niet toe te staan om meegesleept te worden door emoties die te maken hebben met zonde en schuld. Ik dacht werkelijk dat ik van dergelijke idiote gevoelens was verlost, dat ik doelbewust mijn eigen pad volgde en dat ik alles wat jij en de rest van de familie me hebben opgedrongen over zonde en schuld achter me had gelaten.

Mooi niet.

Mijn kind slaapt en ik zit naast hem. Dat doe ik vaker: naar hem kijken als hij slaapt en genieten van de overgave en de rust die hij uitstraalt. Hij is nog nooit angstig wakker geworden en ik zal ervoor waken dat dat ook niet gebeurt. Weet je hoe ik dat kan voorkomen, mama? Door nooit te praten over zonde en schuld en er ook niet op te hameren.

Ik hoef niet eens diep na te denken om me te herinneren wat je zei over zonden. Het lijkt wel of er in mijn brein een knopje zit dat zonder het aan te raken jouw stem en jouw woorden tevoorschijn kan laten komen.

Je vertelde dat Jezus zichzelf moest offeren voor de zonden van alle mensen en dat dit de enige manier was om de weg te openen naar echte en blijvende vergeving. Ik moest onthouden dat dit in De Brief van Paulus aan de Hebreeën 10:12-14 stond en je vroeg me vaak om de juiste tekst uit te spreken. Als ik aarzelde of er even niet op kon komen, werd je intens verdrietig en huilde je.

Je had me beter kunnen slaan.

Een van je stokpaardjes was het onderwerp vergeving, zoals dat in De Brief van Paulus aan de Romeinen 8:1 stond. Je bleef herhalen dat wie in Christus is altijd vergeving zal ontvangen. Je hamerde erop dat uitzien naar de verschijning van Christus de angst vanwege de zonden in je leven zal doen verdwijnen en dat er vreugde voor in de plaats zal komen. Mijn kritische vragen met een ongelovige ondertoon beantwoordde je niet of kapte je af. Je bleef herhalen dat ook ik was voorbestemd voor een gelukkig eeuwig leven.

Je zult het niet geloven, mama, dat ik me voorbestemd heb gevoeld toen ik zwanger werd, terwijl ik er niet op rekende dat ik ooit moeder zou kunnen worden. Het klinkt idioot uit mijn mond, maar ik heb werkelijk gedacht dat de Here God misschien iets met mijn onverwachte zwangerschap te maken had gehad.

Nu zit ik naar een slapend engeltje te kijken, dat door zijn dromen soms zijn gezicht vertrekt, en het gevoel van liefde beneemt me bijna de adem. Die liefde is puur en zonder restricties, die liefde heeft van mij een ander mens gemaakt.

Toch heb ik verschrikkelijk gezondigd, en zelfs al zou ik nu in Christus gaan, dan reken ik er niet op dat ik vergeving zal ontvangen. Er zullen ongetwijfeld ook grenzen zijn voor de Here God.

Ik dacht tot een paar uur geleden dat mijn geheim nooit bekend zou worden. Nu niet meer, want in de vierde klaprozenkaart die ik ontving, vond ik een angstaanjagende tekst.

Iemand weet wat ik gedaan heb, mama.

16

De klap is oorverdovend en Jill schiet overeind. Ze hoort dat het buiten giet. Door de lichtflits moet ze haar ogen dichtknijpen en ze duikt in elkaar bij de volgende donderklap.

Er is nu een ander geluid te horen. George huilt.

Het is kwart over zeven en ze staat met haar kind tegen haar benen geklemd pannenkoeken te bakken. Hij hield pas op met huilen toen ze zei dat ze zeker wist dat een pannenkoek het grote boze onweer zou laten verdwijnen.

De bui is aan het wegtrekken, maar er zijn nog wel flitsen die nu met grotere tussenpozen worden gevolgd door gerommel. Het maakt Jill niet uit. Weinig kans dat iemand met dit noodweer kaarten met vreemde teksten in haar brievenbus laat glijden. Zou Kaia gelijk hebben, heeft Wiesje hier iets mee te maken? Zij is op de hoogte van wat er allemaal is gebeurd in het leven van Gijs, maar ze is al jaren geleden van hem gescheiden. Waarom zou juist zij Jill sommeren om het geld dat iedere maand voor George wordt overgemaakt op een bepaalde rekening te storten? Dat geld heeft ze beslist niet nodig, en waarom zou ze zich druk maken over een bastaardkind van haar ex? Toch kan Jill wat Kaia zei niet zomaar naast zich neerleggen. Ze heeft jarenlang naar de verhalen van haar vriendin geluisterd en zich samen met haar geergerd aan de dwingeland en de aanstelster die Gijs op alle mogelijke manieren terroriseerde. Jill heeft haar niet voor niets 'heks ex' gedoopt.

Zou het iets uithalen als Jill haar rechtstreeks confronteert?

Daar zou ze serieus over nagedacht hebben als het bij de eerste drie klaprozenkaarten was gebleven, maar de kaart die ze gisteravond vond heeft alles veranderd.

Ze kijkt toe als George het ene na het andere stukje pannenkoek met roomboter en jam in zijn mondje propt. Vandaag gaat ze geen pogingen doen om hem met een vork te laten eten, ze wil nu zijn plezier niet bederven. De laatste twee stukjes zijn blijkbaar te veel, hij speelt en knoeit er alleen maar mee. Ze haalt het bordje weg, ondanks zijn protesterende geluiden. 'Je mag met mama in bad,' belooft ze.

George begint te glimmen.

Ik zou camera's kunnen laten plaatsen, denkt ze. Een van haar collega's heeft haar een paar weken geleden verteld dat ze haar hele huis had laten beveiligen. Toen ze eenmaal een bedrijf had gebeld voor een advies, was het binnen vijf dagen geregeld. Straks maar eens googelen op 'beveiligen'.

Het warme water werkt ontspannend. Wat ook helpt tegen spoken in haar hoofd is het enthousiasme en de onvoorwaardelijke blijheid van haar kind. Ze probeert zich te herinneren of ze zelf ook samen met haar moeder in bad heeft gezeten, of ze ook geschaterd heeft door het opspattende water als je er met je vlakke hand op slaat. George begint steeds harder te gillen, en ze maant hem om minder herrie te maken. Als antwoord slaat hij nog een paar keer extra op het water.

Opeens stromen er tranen over haar wangen. Ze voelt zich met terugwerkende kracht teleurgesteld, omdat ze nooit met haar moeder in bad heeft gezeten en omdat ze nooit samen lol hebben gehad.

George kijkt haar verschrikt aan. Jill dwingt zichzelf om een brede lach tevoorschijn te halen en ze slaat twee keer met vlakke hand op het water. Dat helpt.

Als ze weer beneden zijn, kijkt Jill snel of er iets op de deurmat ligt. Er ligt niets.

Ze schrikt van het geluid van de voordeurbel. George is al bij de deur en hij praat met iemand door de brievenbus. Jill hoort dat het Kaia is.

Kaia valt bijna naar binnen. 'Ik weet wie jou lastigvalt,' zegt ze.

DEEL DRIE: HET VERHAAL VAN WIESJE

1

Ik wist al op mijn zevende dat ik moeder wilde worden. Het was niet alleen een kwestie van graag met poppen spelen of achter mijn eigen poppenwagen lopen, en het ging ook verder dan zelf poppenkleertjes in elkaar flansen. Het was een intens en diepgeworteld gevoel dat niet alleen deel uitmaakte van mij, maar dat mij kenmerkte. De meeste kleine meisjes willen later trouwen met hun vader en daarna moeder worden. Ik liet de huwelijkswens achterwege, mijn levensgeluk was een-op-een verbonden met het moederschap. Tegenspraak of kritische vragen waren ongewenst, relativerende opmerkingen werden doodgezwegen, nuancering kon rekenen op ijzige blikken en op contactweigering. Mijn moeder zei tegen iedereen die het horen wilde dat ik waarschijnlijk jong zou trouwen en een groot gezin zou krijgen om mijn eigen gemis aan broers en zussen te compenseren.

Vanaf mijn veertiende waren er vriendjes en was er seks. Ik werd angstvallig in de gaten gehouden door mijn ouders, maar ik had altijd condooms bij me, ook toen ik al een anticonceptiepil gebruikte. Daar vertelde ik overigens niets over aan mijn ouders, omdat ik hun paniek over onwettig nageslacht wel amusant vond. Ik dacht goed na over hoe ik wél ooit moeder zou kunnen worden zonder een soa op te lopen waarvan ik de rest van mijn leven last zou houden.

De vriendinnen van mijn moeder vonden me een vroegwijs kind. Ze vonden me ook een berekenend type, en dat was en ben ik ook. Nog steeds. Daar is wat mij betreft niets mis mee en die karaktereigenschap komt me momenteel meer dan ooit van pas.

Er is niets mis met manipulatie, als je het mij vraagt. Zeker niet als het te maken heeft met gerechtigheid vinden.

Wil je weten wat dat woord voor mij betekent?

Het betekent dat ik ene Kaia en ene Jill hun verdiende loon ga bezorgen. Dat hebben ze namelijk dubbel en dwars verdiend.

2

Mijn ouders maakten zich openlijk zorgen over mijn toekomst. Ik was hun enige kind en ze wilden graag dat ik het familiebedrijf zou overnemen en uitbouwen, samen met een partner. Maar ik fladderde jarenlang van de ene naar de andere aanbidder en wees de ene na de andere weer af zodra ze over trouwen en kinderen krijgen begonnen te praten. Ik wilde namelijk niet trouwen, ik wilde alleen een kind. Mijn ouders verschoten iedere keer van kleur als ik dergelijke uitspraken deed en ze smeekten me bijna om hun goede naam niet te grabbel te gooien. Vervolgens richtte ik me op de volgende vlam, want het moest vlammen. Het kind dat ik wilde krijgen, moest verwekt worden in buitensporige, bijna wereldvreemde passie die ik me de rest van mijn leven wilde herinneren. Sommige mannen kwamen aardig in de richting van mijn wens, maar niemand kwam ver genoeg. Tot ik op de dag dat ik vierentwintig werd Gijs ontmoette. Ik zag hem en wist meteen dat hij de vader van mijn kinderen moest worden. Twee kinderen, misschien wel drie.

Ik kwam Gijs tegen in de discotheek waar ik samen met een paar vriendinnen mijn verjaardag vierde. Hij stond naast me bij de bar, keek me aan en nam me mee naar de dansvloer. We dansten, onze vingers verkenden elkaars lichaam, we kusten en een paar uur later nam ik hem mee naar de flat die mijn vader voor me had gekocht. In de eerste nacht die we samen doorbrachten, verwekten we Emmy. Ik had een paar weken eerder besloten om voorlopig geen anticonceptiepil meer te slikken, zonder precies te weten waarom ik dat besluit op dat moment nam.

De nacht was zwoel, onze bewegingen behalve vlammend ook oneindig traag, en op het moment suprême besefte ik dat ik in het vruchtbare deel van mijn cyclus zat. Ergens tijdens de seconden dat ik de zaadlozing voelde binnenkomen wist ik dat ik moeder zou worden.

'We hebben zojuist ons eerste kind verwekt,' zei ik een paar minuten later tegen Gijs.

Hij antwoordde dat dat goed was.

Mijn vriendin Catherine is ervan overtuigd dat mijn moederschap was voorbestemd. Ze weet ook zeker dat er ergens op de wereld een kind wacht op het moment dat ik zal ontdekken dat het bestaat. Ze heeft me jarenlang verteld dat ik opnieuw een kind zou baren, maar dat is niet gelukt. Inmiddels heb ik geen eisprong meer en weet ik dat een eigen kind niet langer tot de mogelijkheden behoort. Maar lege eierstokken betekenen niet dat ik al kansloos ben wat het moederschap betreft, want Gijs heeft zich voortgeplant en zijn kind wordt opgevoed door de verkeerde moeder.

Ik weet zeker dat hij met me eens zal zijn dat ik zijn kind het best kan grootbrengen.

Ik ben geboren voor het moederschap, dat besef ik al sinds ik kan praten. Toen ik zelf nog een kind was, richtte ik al mijn aandacht op baby's met hun garnalenvingertjes en -teentjes, op hun stralende nog nietsvermoedende oogjes en op hun lach, die bij ieder kind aanstekelijk en betoverend is.

De meest aanhankelijke, de meest belovende.

Daar had ik al oog voor toen ik zelf nog een kind was.

3

Er zijn dagen dat de herinneringen me aanvliegen en vandaag is het zo'n dag. Ik hoorde op de radio een interview met een paar pubermeisjes die allemaal vertelden dat ze dol waren op leuke jongens om mee te dansen en te tongen. Geen seks, benadrukten ze, dat vonden ze nog veel te eng en zelfs een beetje smerig. Ze wilden de eerste keer vrijen met een man goed voorbereiden, dus niet ergens in de bosjes of in een toiletruimte, maar in een bed en alleen als er veel liefde aan te pas zou komen. Urenlang zoenen en dan de daad.

Ik luisterde naar het programma toen ik bij Catherine was. Zij wil altijd graag naar films kijken of naar radioprogramma's luisteren waarin seks een rol speelt. Dat doet ze om mij zover te krijgen dat ik haar toesta om met me te vrijen. Dat is wat mij betreft prima, zolang dit eenrichtingsverkeer in stand blijft, want ik kan wél toestaan dat een vrouw met mij vrijt, maar ben niet bereid om zelf zulke diensten aan te bieden. Voor mij is seks alleen wederzijds mogelijk met een man. Een man zoals Gijs en zoals alle mannen die hem voorgingen.

Toen we vandaag allebei glimlachend naar de pubermeisjes luisterden, kwam ons gesprek vanzelf op onze eigen verschillende ervaringen met de liefde terecht.

Ik kan de slappe lach krijgen als Catherine aan het uitleggen slaat over haar zeer gebrekkige seksuele voorlichting. Door die verhalen wordt het weer extra duidelijk dat ze bijna twintig jaar ouder is dan ik. Zij wist niets toen ze al veertien was. Seksuele voorlichting was iets waar haar ouders zich verre van hielden en het enige wat ze had begrepen uit fluisterpraatjes van klasgenoten was in haar ogen zó ongepast dat ze niet wilde geloven wat ze hoorde. Toch moest de waarheid natuurlijk een keer aan het licht komen, en dat gebeurde voor haar toen er een pater in de klas van de katholieke meisjesschool verscheen om aan hen 'de geheimen van het huwelijk' bekend te maken.

Ik kan nog steeds kromliggen als Catherine dit aan me vertelt. We lachen samen als ze hardop herhaalt wat ze dacht toen ze erachter kwam wat seks betekent. Ze zwoor aan zichzelf dat ze nooit, maar dan ook nooit een man zou toestaan om die smerigheid met haar uit te halen. Maar ze ging voor de bijl, trouwde en kreeg geen kinderen. Toen ze ontdekte dat ze op vrouwen viel, weigerde ze haar man verder seksueel contact en stond ze haar echtgenoot toe om wat bij haar niet te halen viel buiten de deur te zoeken. Het huwelijk klapte toen hij een buurmeisje zwanger maakte en besloot met haar te trouwen.

Ze vraagt als we het over onze ontdekking van de seksualiteit hebben altijd nadrukkelijk naar de avonturen die ik al als veertienjarige beleefde. Die ik opzocht, die ik uitlokte.

De leraar Duits die me ontmaagdde zou zeker zijn baan hebben verloren als ik had gepraat. Hetzelfde geldt voor de leraar Frans, de gymleraar en de dirigent van het jongerenkoor. Maar ik praatte niet, ik deed, ik genoot en alleen als een van de heren aanstalten maakte om ermee te stoppen, maakte ik op een subtiele manier duidelijk dat ik ze in de problemen kon brengen. Het was maar één keer nodig om de hint die ik gaf in praktijk te brengen en dat was bij de mooie blonde man die als invaller mijn aandacht trok toen de wiskundelerares met zwangerschapsverlof was. Hij dacht dat hij me zonder pardon aan de kant kon schuiven, dus het was nodig en logisch dat ik zijn vrouw inlichtte. Verder kon ik elke man proberen die ik wilde.

Ik oefende lustig voor later, voor Gijs. Want ik wist dat hij komen zou.

Vandaag kan ik alleen maar denken aan de eerste keer met Gijs. Ik herbeleef de eerste blik, de eerste aanraking, de eerste woorden, maar vooral het moment dat we het kind verwekten dat alles wat fout was aan mij liet wegvloeien en alle veertien jaren dat ze leefde een aardig mens van mij maakte.

Vandaag verlang ik hevig naar die beste versie van mezelf.

Ik heb tegen Catherine gezegd dat ik niet verder wil praten. Ze begreep het en nu slooft ze zich uit om mij een hoogtepunt te laten bereiken. Ik moedig haar aan, want ik wil schreeuwen.

Schreeuwen is beter dan huilen om wat verloren ging.

4

Er moet een manier zijn om de vrouw te verwijderen die een zoon van Gijs kreeg. Ze hoort niet op deze aardkloot thuis en ze heeft zeker niet het recht om een kind op te voeden dat bij mij had moeten opgroeien. Het wordt tijd dat ze gaat begrijpen dat ze de verkeerde man heeft ingepalmd en dat daarvoor maar één straf op zijn plaats is.

Ze krijgt een toelage voor het kind totdat hij meerderjarig wordt. Gijs vertelde een paar weken na de geboorte van zijn zoon dat hij dit bij zijn notaris had laten vastleggen. Ik kon hem op dat moment niet aankijken, omdat ik de blik in zijn ogen niet kon verdragen als hij over dat kind sprak.

Je gaat anders uit je ogen kijken als je een kind krijgt. Mijn vader attendeerde me al tijdens mijn zwangerschap op de blik in mijn ogen. Mijn moeder zei dat ze gelukkig werd door de manier waarop ik toen naar de wereld keek. Ze waren opgelucht, omdat ik eindelijk op een normaal mens begon te lijken. Ik wist dat alles klopte wat ze zeiden.

De jaren dat ik samen was met Gijs waren gelukkig, hoopvol en ontluisterend. Het geluk bestond uit de enorme groei van het bedrijf onder de bezielende leiding van Gijs. Mijn vader liet zijn wantrouwen al snel varen toen hij zag hoe mijn man zijn schouders zette onder elke klus die op hem afkwam en hoe snel hij zich ontwikkelde tot een vindingrijke en voortvarende ondernemer. Gijs werkte hard, kuste de grond waarop ik liep en verafgoodde onze dochter. En ik vond alles de normaalste zaak van de wereld, ook toen ik steeds vaker ontdekte dat Gijs graag een loopje nam met de waarheid. Ik sloot me af voor tegenstrijdige verklaringen, controleerde nooit financiële transacties en keek weg als er dames om hem heen cirkelden. Hij komt altijd weer thuis, hield ik mezelf voor. Hij vindt mij altijd nog de mooiste. Die gedachte troostte me als ik me opzijgeschoven voelde, die wetenschap weerhield me van al te grote jaloezie. Toch was iedere keer als duidelijk werd dat hij weer aan het rommelen was met andere vrouwen ontluisterend. Ik wierp me op de zorg voor Emmy, het prachtige meisje dat bij iedereen die haar ontmoette een glimlach op het gezicht toverde. 'Jullie hebben een heel mooi kind,' zeiden wildvreemde mensen tegen me als Gijs en ik met haar door de stad paradeerden of ergens met haar neerstreken. Menigeen voegde daaraan toe dat het logisch was dat twee zulke mooie mensen ook een mooi kind kregen. Dat ben ik nog steeds met iedereen eens.

Ons sprookje had niet verstoord mogen worden. Misschien dat het Gijs toekwam, door zijn onberekenbare gedrag, maar ik had moeder moeten blijven en uiteindelijk oma moeten worden. Dat was waarvoor ik geboren ben, dat had me nooit ontnomen mogen worden.

Nooit. Er zijn dagen dat ik er niet aan denk en ik, als ik dat per ongeluk wél doe, snel overga tot de orde van de dag.

Toen we Emmy net hadden verloren, zag en hoorde ik haar nog overal. Ik rook haar zelfs. Het verlangen naar mijn kind veroorzaakte een zee van tranen. Ik was lamgeslagen en murw, ik ademde zonder te leven. Maar het verdriet ebde toch heel langzaam weg. Het leek of ik pas veertien jaar nadat ik een kind had gebaard eindelijk ontzwangerde. Ik werd weer de vrouw die ik was voordat ze werd geboren, met de toevoeging van een diep zittende beurse plek.

Een verliesplek.

Een verdrietplek.

Een plek die nog altijd schreeuwt om vergelding.

5

Ik ben na de geboorte van Emmy twee vriendinnen kwijtgeraakt die niet in staat waren om mijn bezieling te voelen, laat staan te delen. Ze waren kritisch over alles en vroegen zich hardop af hoe het mogelijk was dat ik een moederkloek was geworden. Ze waren onthutst door de metamorfose die ik in hun ogen had ondergaan.

Valt het aan vrouwen die hebben besloten om geen moeder te worden uit te leggen dat een kind krijgen je ziel, je hart, je passie, je totale zijn binnenstebuiten keert? Het lukte me niet en ik besloot de vriendschap te verbreken. Later ging ik die meiden toch missen, maar de zorg voor Emmy en de eeuwige blijdschap om haar bestaan maakte veel goed.

Ik ben veertien jaar een vrouw in balans geweest. Ik had veertien jaar lang geen enkele behoefte aan achterdocht, aan uitdagingen, aan uitlokkingen, aan strijd. Het waren de beste veertien jaren van mijn leven, maar ze zijn voorbij. Vanaf het moment dat ik mijn kind aantrof in haar bed en ik meteen besefte dat ik haar voor altijd kwijt was, werd ik weer de persoon die ik voorheen was geweest en nu altijd wil blijven.

Uiterlijk ben ik dezelfde gebleven. Op straat draaien mannen zich nog steeds om als ik ze passeer, er wordt nog altijd naar me gefloten en vrouwen zijn en blijven gegarandeerd jaloers als ik achteloos vertel dat ik kan eten wat ik wil zonder een gram aan te komen. Mag ik? En waarom zou iemand jaloers zijn op míj?

Aanvankelijk werd ik verteerd door verdriet en wist ik overeind te blijven door me vast te klampen aan Gijs. Ik heb nog een tijdje gedacht dat de wanhoop ons zou verbinden en bij elkaar zou houden, maar dat dacht ik tegen beter weten in. Gijs vluchtte in hard werken en veel gevrij met vreemde vrouwen. Ik stuurde hem weg, liet hem weer binnen, stuurde weer weg, liet weer binnen en dwong hem beloften af. Hij wilde maar al te graag beloven dat hij zijn testament niet zou wijzigen en ik daardoor altijd zijn enige erfgenaam zou zijn, als ik hem maar liet gaan. De echtscheiding werd ingeschreven in het scheidingsregister, ik bleef voor de helft eigenaar van het bedrijf en hij herhaalde zijn belofte eindeloos vaak, ook nadat hij ging samenwonen met Kaia en zich op de volgende bevruchtingsronde stortte. Toen het niet lukte om zijn nieuwe vriendin te bezwangeren, vluchtte hij terug in mijn armen. Soms zei hij tegen me dat hij zich tot mij veroordeeld voelde.

Ik vrijde zó heftig met Gijs dat het pijn deed. Het moest pijn doen, want als ik het deel van mijn lichaam dat te maken had met de geboorte van mijn kind liet mishandelen, kon dat het verlangen in mijn ziel bevredigen, als een soort mentaal orgasme. Een fysiek orgasme was voor mij onbespreekbaar, tot ik kennismaakte met Catherine.

De secretaresse van Gijs adviseerde me om yogalessen te nemen. Ze vertelde me onomwonden dat ze onrustig werd van mijn verschijning, die ze omschreef als een strakgespannen veer die elk moment tot een soort aanval kon overgaan. Ik antwoordde luchtig dat ik dit nogal een mondvol vond en dat ik niet gevaarlijk was. Later adviseerde ik Gijs om die vrouw weg te sturen, maar dat deed hij niet. Natuurlijk niet, begreep ik toen ik een paar blikken opving die dat stel met elkaar wisselde.

De woede in mij zocht een uitweg en ik besloot me toch eens te verdiepen in yoga. Ik googelde het woord en vond de praktijk van Catherine. Ik belde haar.

Ze is op geen enkele manier aantrekkelijk, en toch heeft ze me gefascineerd vanaf de eerste keer dat ik haar zag. Zij is ervan overtuigd dat ik alleen onder de indruk kan raken van vrouwen als ze op geen enkele manier concurrentie voor me zijn. Dat klopt. Wát Catherine ook is, ze is geen concurrentie. Geen man die zich voor haar omdraait, of sist, of fluit. Ook geen vrouw, zegt ze soms spijtig. Intussen is ze de enige persoon op de wereld geworden aan wie ik alles vertel wat me bezighoudt en verdraag ik alleen de orgasmes die zij me bezorgt.

Maar ik zal vooral niet met haar breken omdat ze geniale ideeen heeft.

6

De moeder van George is een groter secreet dan ik ooit heb kunnen zijn. Ze verdient de hoogste straf die mogelijk is en ik weet zeker dat Gijs van me verwacht dat ik daar zorg voor draag.

Hij was er vanaf het begin zeker van dat hij de vriendin van zijn partner uit de weg moest gaan. Ik was het met hem eens en spoorde hem aan om haar duidelijk te maken dat ze haar pogingen om hem te verleiden beter kon staken. Later besefte ik dat de zogenaamde weerstand van Gijs een manier was om mij te vriend te houden. Hij wilde niet het risico lopen dat ik zou afhaken, want al kon hij niet meer mét mij, zónder mij lukte evenmin.

Als ik te veel gedronken heb, durf ik hardop te zeggen dat Gijs een naargeestige man was die de liefde van alle vrouwen uit zijn omgeving nooit waard is geweest. Maar wie ben ik? Zonder drank durf ik hardop te zeggen dat ik net zomin deugde als hij. Wij waren soulmates in het verderf, we konden als geen ander negativiteit in elkaar aanwakkeren, en ik heb vanaf het begin zijn berekenende karakter herkend. Maar dat betekent niet dat hij op een schandalige manier aan zijn einde moest komen.

'Ze is zwanger,' zei hij.

Ik keek wel uit om te vragen over wie hij het had.

'Ze wil het kind absoluut krijgen. Abortus is niet bespreekbaar, ook al zou ik betalen,' ging hij verder.

Ik begreep dat hij het over de vriendin had en niet over zijn partner. Die zou wel nooit zwanger worden, dus dat was mooi meegenomen.

'Ga je het erkennen?' wilde ik weten.

Hij ontplofte bijna. 'Nee, natuurlijk niet. Ze wil het morgen komen vertellen, ik zorg ervoor dat ik niet thuis ben.'

Die middag kneep en krabde hij me, terwijl hij in me beukte. Ik smeekte om meer en harder. Met stijf dichtgeknepen ogen probeerde ik Emmy voor me te zien.

We konden onszelf samen verliezen in fantaseren. Dan kozen we eerst een persoon, het liefst iemand met wie we nog iets wilden afrekenen, en bouwden een verhaal om hem of haar heen waar we steeds iets nieuws bij verzonnen. Gijs fantaseerde graag over een geheim leven van zijn moeder. Hij kon zich niet voorstellen dat ze tijdens alle jaren na de dood van zijn vader nooit een minnaar had gehad. Daarom verzonnen we een gepassioneerde relatie met een getrouwde man, een ongewenste zwangerschap en een halfbroer die ergens was gedropt om de schande van een onecht kind te omzeilen. Gijs bedacht graag dat die halfbroer op een dag opeens ten tonele zou verschijnen en geld van hem zou eisen. We verzonnen heftige confrontaties met harde woorden, discussies, dreigementen en geweld, en we waren het erover eens dat broer ergens in de toekomst een dodelijk ongeluk moest krijgen. Na dit soort gefantaseerde explosies was de seks altijd sidderend goed.

Soms stond hij midden op de dag opeens bij me voor de deur, omdat hij met me tussen klaprozen wilde liggen. Ik liet op die momenten alles uit mijn handen vallen en ging met hem mee. Als we later ergens tussen klaprozen lagen, zei hij altijd dat hij er niet van zou opkijken als hij in een vorig leven in een huis had gewoond dat tegenover een klaprozenveld stond. Ik beaamde dat niet, maar sprak het ook niet tegen. Ik kocht overal waar ik maar kon kaarten met afbeeldingen van klaprozen. Voor later, want ik wist zeker dat we een later hadden.

Nu is later voorbij, en dat heeft consequenties voor degene die dit heeft veroorzaakt. De eerste stappen zijn gezet.

7

Ik heb van het kind dat Gijs verwekte gedroomd en dat heeft veel losgemaakt, meer dan momenteel wenselijk is. Vooral het verlangen naar Emmy zit me nu dwars en beïnvloedt me.

De kinderen lijken op elkaar. De kleine man van drie met zijn blonde krullen en bruine ogen is duidelijk het broertje van mijn kind met haar even blonde krullen en even bruine ogen. Ik kan naar hem kijken en op hetzelfde moment kan ik juist niet naar hem kijken. Hij maakt zowel betoverende herkenning als verpletterend verdriet in mij wakker. Maar wat hij vooral triggert is verlangen.

Hij hoort bij mij, hij is de enige levende link met mijn grote liefde, en ik wil hem hebben. Catherine was degene die bedacht hoe ik dat voor elkaar zou kunnen krijgen.

De heks die ik moet bestrijden heet Jill. Laat ik proberen om die naam te noemen en te gebruiken. Ik dacht lange tijd dat Kaia het grote probleem in mijn leven was, maar daar ben ik van teruggekomen. Kaia stelde niet veel voor, ook al leefde ze samen met Gijs en was ze gefixeerd op het moederschap. Ze had niet in de gaten dat ze haar man al vanaf het begin moest delen met iemand die hij nooit in de steek zou laten. Ze dacht dat zij de enige was en dat zij het recht had op een kind van Gijs. Er was een tijd dat ik haar haatte, maar die tijd ligt achter me. Kaia kwam, investeerde, leek haar doel in het leven te bereiken en verloor alles. Het enige minpuntje in mijn verhaal over Kaia is dat ze het voor elkaar kreeg dat Gijs met haar trouwde en ook nog een testament opstelde ten gunste van haar. Maar dat terzijde. Kaia mag het geld van Gijs beheren en ik zal haar geen strobreed in de weg leggen, als ik het maar voor elkaar krijg om het kind van Gijs onder mijn hoede te krijgen. Goedschiks of kwaadschiks, als het maar lukt.

Ik wil dat kind hebben, want het komt mij toe.

Catherine adviseerde me om eerst een paar speldenprikken uit te delen en ze stelde voor om naar de crèche te bellen waar zijn moeder het kind bij voorkeur dropt en met haar mannenstem een vraag te stellen. Als Catherine haar mannenstem opzet, zou je zweren dat er een kerel tegen je praat.

Er was direct paniek. Catherine had haar auto in de buurt van Jills huis geparkeerd en ze belde me om te vertellen dat Jill samen met Kaia naar buiten was gerend en dat Kaia achter het stuur van Jills auto was gekropen. Ik vroeg me af wat Kaia opeens weer bij Jill te zoeken had en ik heb inmiddels begrepen dat de dames een gesprek zijn gestart dat te maken heeft met de conceptie van Jills zoon. De vuile was wordt dus buiten gehangen, en ik ben niet te beroerd om daar nog wat aan toe te voegen. Om te beginnen heb ik de vierde kaart bezorgd, uiteraard in dezelfde vermomming als de eerdere keren. De vijfde kaart gaat via de post, dat lijkt me toch veiliger.

Het is een spel, maar ook een mogelijkheid om het geld dat Gijs heeft gereserveerd voor het kind mijn kant op te krijgen. Ik kan de gedachte niet verdragen dat de slet die het kind heeft gebaard dat voor *míj* was bestemd mooi weer gaat spelen van het geld dat mij toekomt. Laat dat duidelijk zijn: het geld komt *míj* toe. En niet alleen het geld.

Catherine heeft voorgesteld om ergens in een afgelegen gebied een huis te kopen waar we met het kind kunnen onderduiken.

Daar denk ik over na. Ik heb haar laten zweren dat alles over deze zaak tussen ons blijft. Het is prettig dat de vrouw met wie ze had aangepapt weer verleden tijd is. Misschien moet ik toch ten opzichte van Catherine de indruk gaan wekken dat ik serieus overweeg om een relatie met haar aan te gaan die verder gaat dan eenrichtingsverkeer. De indruk wekken en overwegen hoeven natuurlijk niet te betekenen dat er daadwerkelijk iets zal gebeuren wat zij graag wil. Rekken en erbij blijven, zou Gijs zeggen.

Gijs.

Hij had het secreet dat hem te grazen nam veel eerder zelf een doodschop moeten geven. Laat ik daar vooral niet te veel bij stilstaan, maar me richten op hoe ik het best gebruik kan maken van de vrouw die me altijd seksueel van dienst wil zijn. Zou ze enig idee hebben over wie ik fantaseer als ze met me bezig is? Ook niet bij stilstaan, dat is nutteloos.

Waar ik wél over moet nadenken, is de vraag hoe en of ik van haar af kan komen als ik haar medewerking niet meer nodig heb. Dat kan waarschijnlijk maar op één manier.

Ik heb al een andere naam bedacht voor het kind. Zodra hij bij mij is zal hij Gregor heten. Die naam is bijna een anagram.

8

Ik wil terug naar de vrouw die een medium is, want ik heb vragen voor Gijs die beantwoord moeten worden. Ze heeft gezegd dat ik altijd mag bellen voor een nieuwe afspraak. Het schijnt vaak voor te komen dat mensen die voor de eerste keer bij haar zijn geweest later een nieuwe afspraak maken, omdat het eerste bezoek niet alleen antwoorden maar ook nieuwe vragen heeft opgeleverd.

De vrouw heet Angela en ze is beeldschoon. Lang, slank, mooie kop, hagelwitte tanden en een enorme bos heel dik rood haar. Ik zou haar alleen al willen terugzien om naar haar te kunnen kijken, om haar te békijken. Ik ben gewend dat mensen naar míj kijken en bewonderende opmerkingen maken over mijn uiterlijk. Dit is een keer andere koek en voor mij een belevenis.

Ik denk dat genieten van uiterlijke schoonheid mijn gewelddadige gedachten en ietwat macabere plannen in evenwicht kunnen houden, want ik merk dat ik de neiging heb om door te draven. Een tweede ontmoeting met de entiteit Gijs zou goed kunnen zijn voor wat meer balans.

Ik wil in balans zijn als ik me ontferm over het kind dat de genen van mijn grote liefde heeft. Hij lijkt op het kind dat we hebben verloren en met hem krijg ik een stukje van dat verloren kind terug. Dat weet ik zeker.

Ik denk na over het voorstel van Catherine om ergens een huis te kopen waar we voorlopig onbespied kunnen wonen, maar ik weet natuurlijk ook wel dat we gezocht zullen worden als we het jongetje roven, dus er gaat niet geroofd worden.

Er gaat met wederzijdse instemming besloten worden dat Gregor het best verder kan worden opgevoed door heks ex.

'Weet je hoe Kaia en Jill jou noemen?' vroeg Gijs.

We hadden besloten om iets avontuurlijks te doen en hij had voorgesteld om te gaan vrijen in het bed van Jill. Dat ging gemakkelijk, omdat hij een sleutel had van haar huis. We lagen dus nahijgend en zwetend in Jills bed, toen hij de vraag stelde waarop ik geen antwoord kon geven.

'Ze noemen je heks ex,' zei hij lachend. 'Niet zo gek, vind ik, want zeg nu zelf, een beetje hekserig ben je toch wel?'

Ik lachte ook.

'Toch heb je nog niet naast de heksenstreken van Jill gelegen,' ging hij verder. 'Ze begint steeds meer te pushen en steeds veeleisender te worden. Ze wil dat ik Kaia verlaat en met háár trouw, en er op die manier voor zorg dat George mijn naam krijgt en mijn erfgenaam wordt.'

'Ik heb jouw naam al en ik ben ook al je erfgenaam,' zei ik proestend.

Hij beaamde dat niet. Toen had ik vragen moeten stellen en scherper moeten zijn. Toen had ik mezelf niet moeten geruststellen. Ik kende Gijs en ik wist dat hij niet te vertrouwen was.

Heks ex. Die meiden weten nog niet hoe raak ze mij getypeerd hebben.

Angela zegt dat ze niet verrast is dat ik bel. De cliënt die over een uur had afgesproken heeft afgebeld, dus ik kan nu langskomen. Ze gaat zich voorbereiden.

Hoe zou ze te werk gaan? Is ze in staat om de entiteiten op te roepen? Of is het een kwestie van serieus concentreren en afwachten of iemand zich meldt?

Ik adem te snel, ik ben te opgewonden. Eerst een lading lucht opsnuiven door de neus, daarna uitademen door de mond. En nog een keer, en nog een keer.

Ik heb opnieuw het gevoel dat ik naar het huis van Angela word geduwd.

9

Ze staat al in de deuropening op me te wachten en ik zeg dat ze er prachtig uitziet in haar feloranje jumpsuit, zwarte pumps en grote gebloemde sjaal waarop oranje en zwart de boventoon voeren. Ik moet moeite doen om haar niet aan te staren.

Zou ze nu weer klaprozen zien? Ze zegt er niets over.

Op de tafel staat een karaf met water. Ze schenkt twee glazen vol en vertelt dat de man voor wie ik kom het tof vindt dat ik er ben.

Ik laat het glas bijna uit mijn handen vallen.

Angela schijnt het niet te merken. Ze houdt haar hoofd gebogen en legt uit dat ze niet weet waar de woorden die ze uitspreekt op slaan. Ze hoort ze en herhaalt ze. Ik moet zelf bedenken wat het kan betekenen.

Ze zei net dat de man voor wie ik kom het tof vindt dat ik er ben. Hoorde ik dat nou goed?

Als Gijs iets leuk vond, noemde hij het altijd tof.

'Er is iets met een kind en met een erfenis,' gaat Angela verder. 'Je moet je daar geen zorgen over maken, er gaan belangrijke dingen gebeuren die gunstig zijn voor jou. Er komt iemand die betekenis heeft, maar denk eraan: genieten is het sleutelwoord.' Nu kijkt ze me aan. 'Zegt dit je iets?'

Ik kan geen woord uitbrengen.

Het was absoluut niet mogelijk om ergens van te genieten nadat Emmy plotseling was overleden. We leefden en daarmee was alles gezegd. We zaten aan tafel om te eten, ik ruimde af, Gijs vulde de afwasmachine en stelde het juiste wasprogramma in. We dronken eerst koffie, daarna wijn, soms ook nog een cognacje, we hingen voor de televisie en keken zonder een spier te vertrekken naar lachfilms.

Eigenlijk leefden we niet, we bestonden alleen.

Het duurde weken en Gijs was de eerste die probeerde om de sfeer te veranderen. Hij werkte veel en lang, en ik vroeg me nooit af waar hij uithing. Toen begon hij erop aan te dringen dat ik ook weer eens iets ondernam wat leuk was.

'Leuk?' echode ik. 'Wat kan er nog leuk zijn? Wat valt er te lachen?' Mijn stem schoot uit.

Hij antwoordde dat het niet ging om leuk of om lachen, het ging om genieten. Genieten was het sleutelwoord.

'Gaat het wel goed met je?' vraagt Angela.

Ik zit en ik luister en ik hoop dat ik ga voelen dat Gijs in de buurt is, maar juist dat gebeurt niet. En Angela praat maar door. Soms steekt ze een hand op en vraagt of het wat rustiger kan. Ik heb niet de indruk dat ze van mij een antwoord verwacht, ze lijkt iemand aan te spreken die voor mij niet zichtbaar is. Of iets. Word je een iets als je dood bent?

'Er is voortdurend een jong meisje bij hem in de buurt,' zegt Angela. Ze kijkt me aan. 'Ook bij jou.'

Het lukt me niet om de tranenvloed die plotseling opwelt tegen te houden.

Hoelang is het al stil geworden? Angela zit nog steeds tegenover me, ze speelt een beetje met haar vingers.

Ik vraag of hij weg is.

Ze antwoordt dat hij graag verder wil, maar dat hij in de buurt blijft totdat ik mijn missie heb volbracht.

Hier moet ik even over nadenken. 'Welke missie bedoelt hij?'

'Het is iets met een kind,' zegt Angela. 'Hij wil dat je goed nadenkt over een manier die voor jou het beste is. Als het je lukt, kun je hem loslaten.'

Ik wil hier weg.

10

Gelukkig is Catherine thuis. Ze spreidt haar armen en ik kruip erin weg.

‘Ik was weer bij het medium,’ weet ik nog uit te brengen en daarna verdrink ik bijna in mijn eigen tranen.

Het was Catherine die me attendeerde op de mogelijkheid om een medium te bezoeken. Ze vertelde dat ze ooit iemand had bezocht na het overlijden van haar zus en dat ze daar veel aan had gehad. Ze moest wel even op zoek naar de vrouw, ze wist ook niet of die nog leefde en of ze nog werkzaam was als medium, maar ze vond haar en daardoor kwam ik terecht bij Angela.

Ze luistert aandachtig naar wat ik tussen het snikken en neus snuiten door weet uit te brengen. ‘Ongelooflijk,’ zegt ze, als ik vertel over tof en genieten. ‘Ik herinner me dat ik ook steil achteroversloeg omdat ze woorden gebruikte die ik herkende. Je vraagt je dan af of het écht mogelijk is dat ze contact heeft met iemand die overleden is.’

Ik vraag me niets af, constateer ik. Gijs is in de buurt, dat heb ik goed gevoeld. Na nog een keer mijn neus gesnoten te hebben, zeg ik dat Angela me adviseerde om Gijs los te laten als ik mijn missie heb volbracht.

‘Wil je dat?’ vraagt Catherine.

Wil ik dat? Wat wil ik eigenlijk precies? Is het nog mogelijk om daar helder over na te denken?

Catherine streelt mijn arm.

Ik trek hem snel terug.

Mocht ze gemerkt hebben dat ik niet aangeraakt wil worden, dan reageert ze hier in ieder geval niet op. Ze zet een glas met verse muntthee voor me neer en biedt me een eierkoek aan. Ik drink en eet en denk na.

Catherine begint aan haar tweede eierkoek. 'Mag ik weten wat je denkt?'

Ik slik het laatste stukje koek door. 'Ja, hoor. Ik denk dat het niet verstandig is om het kind van Jill te ontvoeren en op een geheime plek onder te brengen. Sorry dat ik me dat niet eerder realiseerde. Zoiets werkt natuurlijk niet.'

Catherine zegt dat ze dat met me eens is.

'Er moet een betere manier zijn om dat jongetje in mijn leven te krijgen,' ga ik verder. 'Een legale manier.'

Catherine trekt haar wenkbrauwen op. 'Zoals?'

'Zoals een door een notaris opgemaakte regeling waarbij ik word aangewezen als voogd, voor het geval Jill iets overkomt waardoor ze niet meer voor het kind kan zorgen.'

'Afgezien van de vraag of Jill bereid is om dat te regelen, wat ik sterk betwijfel, kun je je afvragen wat Jill dan wel niet zou moeten overkomen.'

'Iets heel ergs,' zeg ik.

'Wat valt er nu te lachen?' vraagt Catherine.

Ik wil alleen zijn en nadenken. Goed nadenken en een besluit nemen. Of meerdere besluiten. Zonder overleg, zonder discussie, zonder vragen te stellen of te beantwoorden.

Dit gaat mijn eigen feestje worden.

Ik doe of ik de teleurstelling die duidelijk is af te lezen van Catherines gezicht niet zie. Ze wil dat ik blijf en ik wil juist alleen zijn met mijn eigen gedachten. Ik zou niet weten hoe het komt dat ik me vandaag niet bij haar op mijn gemak voel. Ze heeft niets tegen me gezegd wat onaardig was of cynisch of kritisch, dat doet ze nooit. De vervelende opmerkingen komen altijd van mij. Toch is er iets wat me niet bevalt en wat me voorzichtig maakt. Daar schaam ik me een beetje voor, omdat Catherine mijn achterdocht niet heeft verdiend. Ik benadruk nog een keer dat mijn vervelende humeur niets met háár te maken heeft en maak dat ik wegkom.

Er is een mailbericht van Peter Cassee. Ik heb me al een paar weken niet laten zien op kantoor en hij wil weten of alles goed met me gaat. Ik ben welkom om koffie te komen drinken.

Zou die man iets van me willen? Volgens mij is hij getrouwd, maar daar hoeven we ons natuurlijk niets van aan te trekken.

Een romance met Peter Cassee, daar was ik nog niet op gekomen.

Ik mail terug dat ik een dezer dagen even langskom. Maar eerst ga ik bedenken op welke manier ik Jill moet benaderen.

Ik val midden in een documentaire over de geboorte van een kind. Het liefst zou ik de televisie willen uitschakelen, maar toch kijk ik naar de vrouw die moeder aan het worden is. Ik herken de pijn zonder zelf iets te voelen. Ik herinner me de klok aan de muur, de verschillende geuren, het zweet dat me aan alle kanten uitbrak, de stemmen die aanspoorden en tot rust maanden, de bijna tastbare spanning toen de verloskundige zei dat ik nog één keer moest persen.

Op het moment dat de baby in de documentaire wordt geboren, voel ik Emmy uit me komen en zie ik de opluchting op het gezicht van Gijs.

'Je verdient een groot compliment,' hoor ik de verloskundige zeggen.

Ik verdiende een kind, kreng!

Kan iemand me vertellen hoe het zit met de houdbaarheidsdatum van verdriet? Is het mogelijk dat niet alleen de scherpe randen zachter worden, maar kan het ook in zijn totaal verdwijnen? En waarom gebeurt dit dan niet bij mij?

Ik zal niet oud worden als de schrijnende pijn in mij aanwezig blijft. Verdriet kan iemand doden.

Ik ben niet meer degene die ik kon zijn toen ik moeder was en ik wil niet de rest van mijn leven degene zijn die ik ben geworden.

Help me toch, Emmy, mijn liefje, mijn hartendiefje, mijn allermooiste meisje, mijn trots, mijn grote geluk.

Help me toch!

11

Mijn besluit staat vast, ik ga mijn plan verder alleen uitvoeren en Catherine overal buiten houden. Ze wil te graag veel bij me zijn, ze denkt waarschijnlijk dat ze meer kans maakt op een relatie nu Gijs dood is. Ik wil niet met een vrouw samenleven en zeker niet met iemand die eruitziet als Catherine. Alles aan haar staat me opeens tegen, zelfs haar kundige vingers. Ik krijg de rillingen als ik daaraan denk, dus ik probeer er niet aan te denken. Ik houd me liever bezig met het kind dat Gijs achterliet, met mijn Gregor.

Ik heb hem verdiend, denk ik voortdurend sinds ik gisteravond de bevalling zag op televisie. Het is goed mogelijk dat ik de aanwezigheid van Gijs zo sterk voelde omdat hij me dit duidelijk wilde maken. Deze conclusie is een opluchting.

Ik heb het kind verdiend dat Gijs verwekte, maar ik heb alles tot nu toe verkeerd aangepakt. Als ik doorga met angst zaaien, zal me dat niets opleveren. Angst is geen basis voor vertrouwen en zal zeker niet tot goede afspraken leiden. Er worden dus geen kaarten met dreigende teksten meer bij Jill afgeleverd en ik zal met klem elke mogelijke betrokkenheid bij die kaarten ontkennen. En ik zal op mijn hoede zijn, want Jill is ook niet bepaald een persoon die met alle winden meewaait. Jill doet qua heksigheid niet voor mij onder, dat heb ik goed begrepen door alles wat Gijs me over haar gedrag vertelde. Twee dagen voordat hij bij het zwembad werd gevonden, vertelde hij dat bij Jill alle stoppen waren doorgeslagen toen ze hoorde dat hij bij Kaia wilde blijven en de relatie met Jill wilde beëindigen. Ze dreigde met zelfmoord en ze gilde dat ze het kind zou meenemen in de dood toen hij de deur uit liep. Die avond vreeën we in zijn kantoor. Hij riep steeds maar weer mijn naam en ik was ervan overtuigd dat het niet lang meer zou duren tot hij tegen me zou zeggen dat hij bij mij terug wilde komen. Ik wist al hoe mijn overwinningsroes zou aanvoelen. Op dat moment was hij al met Kaia getrouwd en had hij zijn testament gewijzigd. Achteraf gezien was ik dus een stumper in een stompzinnige roes. Ik heb me laten beetnemen door een man van wie ik wist dat ik hem niet kon vertrouwen.

Hoe dom kun je worden, of zijn?

Hoe is het mogelijk dat je als vrouw die goed kan nadenken je verstand op nul en je blik op oneindig zet?

Hoe kom je ertoe om jezelf wijs te maken dat het allemaal goed komt?

Ik ben het levende voorbeeld van het cliché dat liefde blind is.

Het is *time for change.*

12

Jill is duidelijk verrast als ze me voor de deur ziet staan. Ze deinst een beetje terug.

'Ik wil graag met je praten,' zeg ik. 'Sorry dat ik je op deze manier overval.'

Ze doet een stap opzij en laat me binnen.

Ik zie alleen het kind dat met een teddybeertje in zijn hand op me af komt. Ik til hem op en zie dat hij zijn lippen tuit.

'Krijgt Wiesje zomaar een kus?' Jills stem klinkt vriendelijk.

Ik druk het jongetje tegen me aan. 'Wat ben jij een mooi lief kind,' weet ik uit te brengen. Mijn stem begeeft het bijna.

Jill neemt het kind van me over. 'Ik wilde hem net naar boven brengen, want hij zat al stevig in zijn ogen te wrijven. Ben zo terug.'

Ik ga op de bank zitten en wacht. Op deze bank heb ik ook met Gijs gevreeën. Niet aan denken, niet terugverlangen.

Jill komt weer binnen en biedt me koffie aan. 'Ik heb eerst een vraag,' zegt ze, als ze een grote mok voor me op de salontafel zet. 'Heb jij mij die kaarten met klaprozen gestuurd?'

Het lukt me om verbijsterd te kijken. 'Kaarten met klaprozen? Waar heb je het over?'

Ze knijpt haar ogen een beetje dicht. 'Ik denk dat je dat wel weet.'

'Echt niet, Jill, ik weet echt niet waar je het over hebt. Kaarten met klaprozen? Idioot idee.'

'Gijs was dol op klaprozen.'

Ik moet even slikken. 'Dat weet ik, hij wilde altijd langs het veld bij ons in de buurt waar ze groeiden. Ik kan ze nu niet meer zien.'

Jill klemt haar handen om haar eigen mok. 'Volgens Kaia had jij iets met die kaarten te maken.'

Nu rustig blijven, denk ik. Een onschuldig gezicht opzetten. 'Over welke kaarten heb je het?'

Ze zet met een zucht haar mok weer op de salontafel. 'Ik denk dat je liegt, laten we er maar over ophouden. Waarom ben je hier?'

'Ik ben hier om over je kind te praten.'

De manier waarop ze nu kijkt drukt weerstand uit. 'Ik heb niet de behoefte om met jou over mijn kind te praten, daar heb ik mijn eigen vrienden voor.'

'Je bedoelt de vriendin die met jouw grote liefde trouwde zonder dat aan je te vertellen? Ik kan me niet voorstellen dat je het leuk vond dat ze hem voor je neus had weggekaapt. En dat allemaal zo stiekem, hè?'

Jill gaat wat meer rechtop zitten. 'Wat wil je met dit gesprek bereiken, Wiesje?'

'Ik wil je waarschuwen, Jill. De vriendin die jij zo vertrouwt, is dat vertrouwen niet waard. Weleens van een dubbele agenda gehoord? Dat is dus op haar van toepassing, ze weet dat heel goed te maskeren met haar zogenaamde empathie en eerlijkheid. Maar als je niet wil luisteren...' Ik sta op en loop naar de deur. 'Ik hoor het wel als je toch verder wil praten.' Het lukt me om mijn pokerface in stand te houden tot ik de gang heb bereikt.

Ze was zichtbaar in de war en twijfelde.

Inwendig juich ik.

Op het moment dat ik de auto start, zie ik dat ze naast me staat. Ze gebaart dat ik het raam moet openen. 'Laten we praten,' zegt ze.

13

'Ik ben nooit van plan geweest om Gijs van Kaia af te pakken,' begint ze.

We zitten tegenover elkaar aan de keukentafel, met een nieuwe mok koffie voor ons. Het valt me op dat haar ogen dof zijn. Door haar ingevallen wangen lijkt haar neus spitser dan voorheen.

'Je ziet er niet goed uit,' stel ik vast.

Ze schuift met haar mok. 'Het gaat ook niet goed met me.'

Nu zou ik kunnen zeggen dat het logisch is, omdat het onmogelijk goed met je kan gaan als je iets op je geweten hebt wat het daglicht niet verdraagt, maar ik zeg niets. Ik wacht rustig af wat zij allemaal te melden heeft.

'Het begon als een flirt, we zeiden steeds tegen elkaar dat het niets voorstelde. Later bleek dat dit voor hem gold, niet voor mij. Ik ben onbeschrijflijk veel van die man gaan houden.'

Ik zou haar wel kunnen slaan.

'Het lijkt wel of iedereen veel van Gijs hield,' voegt ze eraan toe. Er verschijnt een minimaal glimlachje op haar gezicht. 'En Gijs een beetje van iedereen. Zo was het toch?'

Ik haal mijn schouders op.

Jills ogen zijn onrustig. Ik heb de indruk dat ze iets wil zeggen en nadenkt over wat of de manier waarop. Misschien hoopt ze dat ik vragen stel. Ze zoekt het maar uit.

'Ik raakte steeds meer in de war,' gaat ze verder. 'Ik dacht lange tijd dat wat Gijs en ik samen hadden uniek was. Hij beweerde dat hij seksueel niets meer voor Kaia voelde, en toch was ze opeens zwanger. Daarna trouwde hij ook nog met haar. Ik voelde me belazerd, voel me belazerd. Nog steeds.

Jij wist het van ons, hè? Hij heeft zich een keer versproken en toen ik bleef doorvragen werd hij kwaad. Gijs kon helemaal ontploffen, vooral als hij kritische vragen kreeg. Dat had Kaia me al vaak verteld, dus daar keek ik niet van op toen ik ermee te maken kreeg. Maar toen ik per se wilde weten wat hij allemaal met jou besprak, kwam er een gifkikker tevoorschijn waar ik nooit op gerekend had. Hij sprak niet, hij spuwde woorden uit. Zo kwam ik erachter dat er voor hem maar één vrouw was met wie hij oud wilde worden, en dat hij met die vrouw niet alleen alles wat hij kwijt wilde besprak, maar ook een seksuele relatie met haar had die, in zijn eigen woorden, zijn weerga niet kende. Die vrouw was jij. Ik had toen al een hekel aan je, maar vanaf het moment dat ik dit hoorde heb ik je gehaat.' Ze veegt de tranen weg die opeens tevoorschijn zijn gekomen. 'Jullie vreeën hier, in mijn huis, hè? Nee, zeg maar niets. Ik hoorde van de postbode dat hij hier een man en een vrouw naar binnen had zien gaan, en Gijs was de enige man die een sleutel had van mijn huis. Had hij misschien voor jou een sleutel laten bijmaken?'

Ik ontken.

'Dan was jij niet degene die hier de eerste kaart tegen een vaas zette,' stelt ze vast.

Altijd de vijand gelijk geven, zou mijn moeder nu zeggen.

'Dan kan het dus alleen Kaia zijn geweest. Waarom ben ik nu niet stomverbaasd?' Jill is zichtbaar aangedaan.

Dit is een gunstige ontwikkeling die ik niet ga tegenspreken en zeker niet onderuit ga halen. Het is een onverwachte wending in het scenario dat ik aan het bedenken ben met als doel om Jill zover te krijgen dat ze ergens vastlegt dat de zoon van Gijs mijn zoon wordt. Ik waag de vraag te stellen, ook al ben ik misschien toch iets te vroeg. 'Heb je al iets geregeld voor je kind, mocht het gebeuren dat jou iets overkomt?' Ik probeer de vraag een beetje achteloos uit te spreken.

Haar mond vertrekt. 'Ja, ik heb al iets geregeld, maar ik denk dat ik niet de juiste keuze heb gemaakt. Waarom vraag je dat?'

Ik haal mijn schouders op. 'Sorry voor de vraag, je hebt waarschijnlijk genoeg familie om dit mee te regelen.'

'Ik heb geen contact met mijn familie en het ziet er niet naar uit dat ik ooit nog contact ga krijgen.'

'Komt dat door je relatie met Gijs?'

'Het komt door God.'

Ik kan er niets aan doen, maar ik moet lachen. Eerst nog besmuikt, maar al snel zit ik de tranen van mijn wangen te vegen.

Jill lacht niet zomaar mee, ze hikt en snottert terwijl er ook massa's tranen over haar wangen stromen.

14

Ik vond de tekst ooit in een bundel met columns en teksten over het moederschap. Zodra ik thuiskwam heb ik de bundel tevoorschijn gehaald en nu lees en herlees ik de tekst die door mij geschreven zou kunnen zijn.

Je woont in mij,
dat weet ik al
mijn hele leven.
Of je een jongen of een meisje wordt,
het maakt niet uit,
je lijkt op mij, wat je ook bent.
Ik ken je stem, je oogopslag,
je tred, je lach
en alle tranen die je plengen zult.
De wens om jou te baren
is heftig en verstikkend,
de drang je te ontmoeten
maakt wankel en onzeker,
maar haast je niet en kom
als het je tijd is.

Ik wacht op jou.
Je bent het kind
dat me verlossen zal
van onverzadigbaar verlangen.

Ik wil nuchter en helder blijven nadenken en me niet laten leiden door emotionele weemoed en verlangen. Is het wel verstandig om in deze fase van mijn grote plan de tekst erbij te halen die ik iedere dag las toen ik zwanger was van Emmy? Vanaf de eerste keer dat deze woorden me bereikten, wist ik dat dit precies weergaf wat ik al jaren voelde en waar ik zelf al jaren woorden aan probeerde te geven. Ik drong er bij Gijs op aan dat hij het ook zou lezen, maar hij weigerde. Hij beschouwde poëzie als een poging om met te veel woorden te weinig te zeggen. Zijn antwoord voelde aan als een harde klap in mijn gezicht.

Nu lees ik de tekst opnieuw en ik weet zeker dat ik de bundel de komende tijd binnen handbereik zal houden. Dit gaat over mij, deze woorden zijn puur en hebben een diepe betekenis. Ze halen het goede deel dat in me zit in mij naar boven en beletten me om dat te negeren. Ik zal het goede deel uitbouwen en vervolmaken als ik de moeder word van Gregor.

Catherine blijft appjes sturen en nergens in de berichten is iets te bespeuren van ongeduld of irritatie te bespeuren. Ik kan nog het een en ander leren van deze vrouw. Toch geef ik geen antwoord, omdat ik haar voorlopig niet bij mijn plannen wil betrekken. Ik moet elk risico vermijden en vooral elk weerwoord of protest, en elke kans op verraad geen ruimte geven. Ik ben Wiesje op de solotoer. Solo betekent 'alleen' en dat woord heeft als synoniem 'uitsluitend'. Dit is dus de juiste weg, een traject dat ik helemaal in mijn eentje moet afleggen. De enige die behulpzaam kan zijn zonder het te weten is Kaia.

Ik voel me trots vanwege het idee dat uit het niets in me opkomt.

Het bericht van Catherine dat net is binnengekomen, zet me aan het denken. Diep denken. Afwegen, overwegen, wel of niet op ingaan?

Catherine vraagt of ik weleens heb gehoord of gelezen wat er kan gebeuren als je een duik neemt in een zwembad waar geen of slechts een laagje water in staat. Ze adviseert om te googelen op 'dwarslaesie'.

Ik googel.

Ze appt nog een keer met de vraag of we iemand kennen die een zwembad heeft. Of misschien wel twee.

We kennen zo iemand, dat weet zij ook wel.

Nu volgt de derde app. Het zou een geweldige oplossing kunnen zijn met weinig kans op ontdekking. Ze voegt een emoji van een lachend gezichtje toe.

Ik googel op 'duiken in een leeg zwembad'.

15

Als ik het goed begrijp, probeert Catherine mij ervan te overtuigen dat ik me voor ons plan om Jill uit te schakelen moet verdiepen in wat er kan gebeuren als iemand in een zwembad duikt waar geen of weinig water in staat.

Ik heb gegoogeld en las verschillende berichten. Het eerste bericht meldde de dood van twee mannen die dronken en baldadig besloten om een frisse duik te nemen en niet in de gaten hadden dat het zwembad waarin ze dat wilden doen leeg was in verband met werkzaamheden aan het pompsysteem. Een van de mannen was op slag dood en de tweede overleed een paar dagen later door ernstig hersenletsel.

In het tweede bericht dook een jonge vrouw in een zwembad zonder water en liep daardoor een hoge dwarslaesie op.

Ik googel op 'hoge dwarslaesie' en ontdek dat je daar beter niet mee te maken kunt krijgen.

Moeten we Jill uitschakelen door middel van een leeg zwembad? Hoe denkt Catherine dat aan te pakken? Als ik dat te weten wil komen, zal ik contact moeten toestaan. Maar allereerst moet ik ervoor zorgen dat Jill mij aanwijst als degene die verantwoordelijk wordt voor Gregor op het moment dat zij niet meer zelf voor het kind kan zorgen. Zolang dat nog niet geregeld is, wordt er niets georganiseerd met een zwembad.

Het is tijd voor mijn volgende stap. De klaprozenkaart die ik ga gebruiken is zó groot dat hij verzonden zal moeten worden in een envelop op A4-formaat. Ik heb al tien berichten opgesteld, maar ook weer verscheurd. Het moet een korte tekst worden die haar de adem beneemt.

Ik begin aan de elfde poging.

De tekst is goed, kort en krachtig. Een dringend nieuw verzoek voor geld met de toevoeging dat het kind ook van hem is, de mededeling dat hij iedere dag meer naar hem gaat verlangen en de vraag of ze op haar geweten wil hebben dat de jongen voorgoed verdwijnt. Het PS dat ik toevoeg komt onverwacht in me op. Ik laat de zogenaamd nog levende Gijs adviseren om zijn zoon niet in de buurt van een zwembad te laten komen.

Ik denk dat de kans groot is dat Jill door deze toevoeging een link legt naar Kaia. Daar kan ik nog een handje bij helpen door haar op het idee te brengen om aan Kaia te vragen of ze de sleutelbos van Gijs zou mogen controleren en dan goed op te letten of er een sleutel bij zit met een rood rond stickertje. Mijn eigen sleutel met het rode ronde stickertje heb ik voor de zekerheid uit mijn sleutelbos verwijderd.

'Laat Wiesje maar schuiven,' zou Gijs zeggen.

De envelop is net op tijd gepost om zeker te weten dat hij morgen bezorgd zal worden.

Het lijkt me verstandig om met Catherine te bespreken wat ze precies bedoelt met haar berichten over lege zwembaden en dwarslaesies. Ik kan het best onaangekondigd bij haar voor de deur staan, dan heeft ze in elk geval niet bedacht op welke manier ze me in bed kan krijgen. Alles wat met seks te maken heeft, moet voorlopig geparkeerd worden. Seks vertroebelt helder denken en leidt af van waar het werkelijk om gaat. Seks is voor later, en wat mij betreft met een kerel die te vergelijken is met Gijs. Dat moet ik doen: op zoek gaan naar een volgende Gijs. Geen gevoos meer met een onaantrekkelijke vriendin met wie je liever niet in het openbaar gezien wil worden.

Het is weer erg druk in de straat, geen parkeerplaats te vinden. Ik parkeer mijn auto in een zijstraat en loop in de richting van de straat waar Catherine woont. Als ik de hoek om kom, zie ik haar staan. Ik duik meteen achter een struik en vraag me af of het klopt dat ze bij het tuinhek staat met een vrouw die ik ken.

Met Angela, het medium.

Ik controleer heel voorzichtig of ik het goed heb gezien.

Ze staan innig verstrengeld te zoenen.

Ik duik weer achter de struik. Wat betekent dit?

'Je zult niet weten wat je meemaakt,' zei Catherine, toen ze me adviseerde om eens bij een medium langs te gaan. 'Ze ziet en hoort dingen die ze onmogelijk kan weten.'

Klaprozen.

Tof.

Genieten is het sleutelwoord.

De grote kinderwens.

Ik probeer te ontdekken of ik ergens in ben getrapt.

16

Het is het soort verbijstering waar je geen grip op krijgt. Het lijkt of je verstand tot een bepaald punt in staat is om iets te begrijpen en dan staakt. Een totale stop, een gesloten hek, een onzichtbare hand die verder denken tegenhoudt. Of zoiets.

Ik kan niet bevatten wat ik zag, maar mijn gedachten slaan vooral op hol als ik me realiseer dat ik in de afgelopen jaren van alles over Gijs aan Catherine heb verteld.

Ze weet dat hij dol was op klaprozen.

Ze weet dat hij het woord 'tof' graag gebruikte.

Ze weet dat hij tegen me zei dat genieten het sleutelwoord was.

Ze weet dat het verlies van mijn dochter me onderuit heeft gehaald en dat ik nu het kind wil hebben dat Gijs achterliet.

Ik heb voor haar mijn ziel op tafel gelegd en ik heb er duizend procent op vertrouwd dat mijn woorden veilig bij haar waren.

Heb ik me gruwelijk vergist?

Ze is niet zomaar een beetje bevriend met Angela, ze stond met die vrouw te tongzoenen.

Ze heeft mij naar dat medium gestuurd. Waarom?

Is Angela echt een medium of heeft ze mij dat wijsgemaakt? Wat willen die vrouwen bereiken?

Ik dacht dat ik Gijs bij me in de buurt voelde, of was dat alleen verbeelding? Was het verlangen? Was het verdriet?

Ik voelde hem echt!

Helder nadenken is onmogelijk zolang die verstikkende woede me in alle staten van emotie brengt. Het kan niet anders zijn dan dat ik ergens met open ogen in ben getrapt.

'Koekje van eigen deeg,' zou Gijs nu zeggen. Dat zei hij vaak, als iemand die zich door mij verraden voelde verhaal kwam halen of mij op zijn of haar beurt een kunstje flikte. Ik moet toegeven dat ik zelf zeker niet zondevrij ben als het aankomt op betrouwbaarheid en integriteit. Dat gold ook voor hem, we waren qua negatieve karaktereigenschappen elkaars gelijke. Behalve gedurende de jaren dat ons meisje leefde en we voor haar zorgden. Toen waren we aangename mensen die bij hoge uitzondering uit de bocht vlogen. Toen leefden we in liefde, in zorgzaamheid en met aandacht voor ons kind. Toen lukte het ons om de demonen in ons hoofd geen ruimte te geven.

Toen was ik gelukkig door wie ik ook kon zijn.

Ik wil me opnieuw zo voelen, maar ik zal mijn doel in mijn eentje moeten nastreven en bereiken. Catherine kan zich wat mij betreft helemaal uitleven op die Angela.

Ik trap nergens meer in.

Er is weer een appje binnengekomen van Catherine.

Waar hang je toch uit? Ik wil je zien.

Ik reageer zonder ergens over na te denken.

Heb je dan niet genoeg aan Angela?

Er komt geen reactie.

Ik blokkeer Catherines nummer.

17

Ik schrik wakker en zie het beeld voor me waar ik van droomde. Het is een grote deur die openstaat en waar in de deuropening een mini-poppenwagentje te zien is. Het was de afbeelding op een poster die ik van mijn moeder kreeg toen ik tien werd. Ze zei tegen me dat de mini-poppenwagen later, als ik groot zou zijn, zou veranderen in een echte kinderwagen waar mijn baby's in zouden liggen.

De poster lag jaren opgerold in de kast en ik heb hem aan Emmy gegeven toen zij tien werd, waarbij ik de woorden herhaalde die mijn moeder had gebruikt. Ze vond het een prachtige poster en ze wilde dat Gijs hem boven haar bed hing. Daar bleef hij hangen tot de dag dat ik haar vond. Daarna heb ik hem vernietigd.

Gijs werd boos en verweet me dat ik iets had opgeruimd wat dierbaar was voor Emmy zonder het eerst met hem te overleggen. Ik antwoordde dat ik de poster niet meer kon zien en zelf ook niet goed begreep waarom dat was. Gijs dacht dat de mini-poppenwagen mijn kinderwens had vertegenwoordigd en dat ik wegliep voor de realiteit. Ik noemde zijn conclusie psychologie van de koude grond. De ruzie die toen volgde, eindigde in geweld. Ik was degene die sloeg.

Had hij het bij het rechte eind? Was de mini-poppenwagen te duiden als het sterke verlangen naar een kind?

Ik raak geïrriteerd als ik daar langer over ga nadenken. Ik weet onderhand precies hoe het zit met mijn kinderwens. Je hoeft geen psycholoog te zijn om te weten dat het verlangen naar een kind een gevoel kan zijn dat de kenmerken heeft van een obsessie. Het is altijd aanwezig, laat zich niet opzijzetten, dringt zich overal aan je op en beheerst je van je tenen tot je kruin. Dat verlangen in mij leek te zijn verminderd en is nu in alle hevigheid teruggekeerd.

Het moet vervuld worden.

Het gaat vervuld worden.

Goedschiks of kwaadschiks. Met een dikke middelvinger naar pseudopsychologie en naar onberekenbare mannen.

Er is een appje binnengekomen van Jill. Ik lees het bericht.

Ze heeft weer een kaart ontvangen, in een groot formaat. Uit de tekst kan ze afleiden dat Kaia hierachter zit. Ze gaat de regeling voor het kind veranderen.

Of ik langs wil komen.

Ik zit al in de auto.

18

Ze heeft gezwollen rode ogen en ze verontschuldigt zich direct, omdat ze er niet uitziet.

Ik wuif haar woorden weg. 'Het is niet niks wat jij voor je kiezen krijgt. Goed dat je me belde, heb je iets lekkers te drinken?'

We gaan aan de witte wijn, want die heeft ze open staan. Ze vertelt dat ze zichzelf tegenwoordig iedere avond een glas toestaat.

'Vanwaar die voorzichtigheid?' wil ik weten.

Ze haalt haar schouders op. 'Gewoonte.'

Ik zwijg.

'De christelijke opvoeding speelt me vaak parten als ik alcohol drink,' legt ze uit.

Ik wijs haar erop dat Jezus volgens mij wijn dronk met zijn apostelen en ik meen me ook te herinneren dat hij op een bruiloftsfeest water in wijn veranderde.

Ze schenkt twee glazen vol. 'Dat klopt. Ben jij soms ook Bijbelvast? Mijn ouders vertaalden het drinken van alcohol bij voorkeur negatief. Ik kan nog altijd de Bijbelteksten over dit onderwerp waarmee ze me om de oren sloegen zonder problemen opdreunen.'

Ik ga er eens goed voor zitten. 'Vertel!'

Ze drinkt haar glas voor de helft leeg. 'Overmatig drinken kan tot armoede en ernstige gezondheidsproblemen leiden. Dat staat in Spreuken 23:21. In Galaten 5:12-21 staat dat God zwaar drinken en dronkenschap afwijst. In Job 12:25 is te lezen dat dronkenschap kan uitmonden in verward gedrag, onstabiel lopen, woedeuitbarstingen en onduidelijke spraak.'

'Dat klopt toch? Die profeten hadden er volgens mij toch wel verstand van.' Ik heb weer zin om hard te lachen. 'Ongelooflijk zeg, dat je nog precies weet waar alles staat. Moest je dat soms allemaal van buiten leren?'

'Dat was de voorwaarde om geaccepteerd te worden.'

'Wis die shit,' adviseer ik. Die opmerking valt duidelijk niet goed. 'Laten we het ergens anders over hebben,' stel ik voor.

Jill is een gecompliceerde vrouw, denk ik. Ik denk nog meer: Jill is gemakkelijk te beïnvloeden, ze is een prooi om van te watertanden. Maar laat ik niet op hol slaan.

Hoe zou Gijs dit hebben aangepakt?

'Wat gebeurt er?' vraagt Jill. 'Je hebt opeens tranen in je ogen.'

Ik knipper de tranen weg. 'Het komt door wat je over je jeugd vertelt.'

'Herken je dat soms?'

Nu niet weer gaan lachen, Wiesje! 'Nee, totaal niet. Wij waren niet gelovig, ik hoorde pas op de middelbare school iets over religies. Maar ik heb echt nog nooit iemand ontmoet die Bijbelteksten inclusief de bronnen kon opdreunen. Ben je eigenlijk zelf gelovig?'

Jill neemt eerst een slok wijn en antwoordt daarna. 'Nee, nooit geweest. Ik begreep als kind al niet waar iedereen het over had. Maar nu ik alleen ben met George en Gijs voor altijd verleden tijd is, mis ik mijn familie.'

'Wil je terug? Ben je van plan om toch te gaan geloven?'

Jill drinkt haar glas leeg. 'Soms zou ik willen dat ik dat kon. Het is behoorlijk leeg, zo zonder familie.'

'Je hebt toch je kind? En ik ben er ook. Ik vind je aardig, Jill.'

Nu kan ik mijn moeder horen zeggen dat ik niet in mijn eerste leugen gestikt ben.

Dit gaat goed. De vraag over haar voornemen om haar besluit over wie er voor haar kind moet zorgen als haar iets zou overkomen brandt op mijn lippen. Maar ik spreek hem niet uit. Ik spreek niets uit wat argwaan of weerstand kan wekken, ik kom niet te dichtbij en nader haar voorzichtig.

'Wil je de kaart zien die ik vandaag heb gekregen?' Jill staat op zonder mijn antwoord af te wachten. Ze overhandigt me de grote kaart.

Ik lees. 'Nou, nou, die durft.' Ik begin de tekst voor te lezen en benadruk het deel waar de schrijver de vraag stelt of ze op haar geweten wil hebben dat de jongen voorgoed verdwijnt. Ik verhef mijn stem nog wat meer als ik het advies voorlees om haar zoon uit de buurt van een zwembad te houden.

'Dat advies begrijp ik niet goed,' zeg ik onnozel.

'Volgens mij wordt daarmee het zwembad van Kaia bedoeld,' legt Jill uit. 'Of allebei de zwembaden. Ze heeft er twee.'

'Ik weet het, belachelijk! Kaia en Gijs zijn twee verwende kinderen.'

'Waren,' corrigeert Jill. 'Deze kaarten komen niet van Gijs, want Gijs is dood. Ik heb hem zelf bij het zwembad zien liggen en later heb ik bij zijn kist gestaan. Ik denk dat Kaia me gek wil maken en dat ze me ontoerekeningsvatbaar wil laten verklaren, zodat zij voor George kan zorgen. Ik heb haar aangewezen als voogd, mocht mij iets overkomen. Maar ze wil waarschijnlijk niet wachten tot mij iets overkomt.'

Ik wrijf met de toppen van mijn vingers over mijn voorhoofd. 'Wat een verhaal, zeg. Ga je dit met haar bespreken?'

Jill zet grote ogen op. 'Ben jij gek? Natuurlijk niet. Ik ga eerst mijn testament veranderen en daarna bouw ik de vriendschap snel af. Die vrouw moet niet te veel in mijn buurt zijn en ze krijgt George zo weinig mogelijk te zien.' Ze friemelt aan haar lippen. 'Ik zal dus iemand anders moeten aanwijzen.'

Ik probeer zo achteloos mogelijk te doen als ik vraag of ze al iemand op het oog heeft.

'Het klinkt misschien vreemd, maar ik denk aan mijn moeder,' antwoordt ze.

Wel godallegoden, in wat voor een kolerezooi ben ik nu weer beland? Ik haal zo onopvallend mogelijk diep adem. 'Hoe ga je dat doen? Je zei toch dat er geen contact meer mogelijk is met je familie? Waarom zou je kiezen voor een onmogelijke weg? Of wil je toch terugkeren in het geloof?' Ik probeer de weerstand die ik voel, maar ook mijn angst voor een bevestiging, niet in mijn vraag te laten doorklinken.

'Ik denk daar serieus over na,' zegt Jill.

Ik ga Catherine deblokkeren. Het is niet handig om haar buiten te sluiten, terwijl ik haar hulp nog nodig heb.

Gijs en ik oefenden vaak met bekken trekken. We waren allebei goed in verwondering veinzen en ik kon het best bedachtzaam kijken zonder te fronsen. Nu zet ik het meest bedachtzame gezicht op dat ik in huis heb. 'Het klinkt misschien vreemd, maar ik denk dat ik je begrijp. De band met een moeder is de belangrijkste in je leven, die moet je koesteren.' Zeg ik dit écht? Ik zeg het écht.

Jill lijkt verrast. 'Ik had nooit gedacht dat ik zo'n sympathieke opmerking uit jouw mond zou horen. Ik denk steeds vaker dat ik me in jou heb vergist.'

Dit gaat goed!

Dit gaat héél erg goed!

DEEL VIER: DE HEKS IN HAAR

1

Het buitenzwembad moet worden schoongemaakt en de wanden hebben een verfbeurt nodig. Kaia heeft het er al uitgebreid met Peter over gehad en gisteren heeft ze het idee geopperd om het buitenbad te verwijderen en er een overdekt terras te laten maken, omdat twee zwembaden niet alleen veel onderhoud vergen, maar volgens haar ook een beetje belachelijk zijn. Hij was het volledig met haar eens.

Ze praten veel met elkaar en hun gesprekken worden steeds persoonlijker. Soms kijken ze elkaar langer aan dan nodig is en op zulke momenten verlangt ze ernaar om door hem te worden aangeraakt. Dan schrikt ze van haar eigen gedachten en zegt ze tegen zichzelf dat hij gewoon de directeur is van het bedrijf met wie ze goed door één deur kan en niet meer dan dat.

Hij gedraagt zich correct en maakt de indruk dat hij haar vertrouwt. De scheiding van zijn vrouw is bijna afgerond en de ergste ruzies lijken achter de rug. Er is minder grimmigheid tussen die twee nu zijn ex zeker weet dat zij het huis mag hebben en hij afziet van een afkoopsom. Daartegenover staat dat hij geen alimentatie hoeft te betalen en zijn pensioen niet hoeft te delen. Logisch, vindt Kaia. Die vrouw heeft een goede baan, ze kan uitstekend voor zichzelf zorgen. Ze kijkt regelmatig samen met Peter op Funda of er een geschikt huis voor hem op de markt is gekomen. Hij zegt vaak lachend dat hij waarschijnlijk zijn wensen zal moeten bijstellen omdat een droomkasteel niet bestaat en dat hij voorlopig bij zijn broer en schoonzus zal moeten blijven wonen. Dan durft Kaia niet te zeggen dat er voldoende plaats is in háár huis, mocht hij weg moeten bij zijn broer. Ze durft het nauwelijks te dénken.

De omgang met Peter is verwarrend, vooral omdat hij niet laat merken hoe en wat hij persoonlijk over haar denkt, of wat hun ontmoetingen voor hem betekenen. Als ze al iets betekenen. Hij houdt Kaia zakelijk heel zorgvuldig op de hoogte en vertelt dat hij ook Wiesje regelmatig bijpraat.

Dat kan ze niet uitstaan, want het zal haar niet verbazen als Wiesje hem gaat inpalmen. Nu Gijs er niet meer is, zal ze zeker een ander stuk speelgoed ambiëren, want dat zijn mannen voor haar. Wiesje wekt tegenwoordig meer weerstand op dan ooit eerder het geval was. Kaia zou haar het liefst nooit meer zien en niets meer met haar te maken willen hebben, maar dat is onmogelijk zolang ze samen eigenaar zijn van het bedrijf. Ze heeft al een paar keer aan de mogelijkheid gedacht om zich te laten uitkopen, maar dan ligt het niet meer voor de hand dat ze Peter kan blijven zien. En zolang het niet duidelijk is of hun ontmoetingen voor hem evenveel betekenen als voor haar, zal ze dat niet wagen.

Het voelt dubbel om al zo kort na het overlijden van Gijs gevoelens te hebben voor een andere man. Ze is bang dat men haar zal veroordelen, maar ze vindt toch dat ze recht heeft op een nieuwe liefde, op een échte liefde, op iemand die geen dubbele agenda heeft.

Op iemand die ze kan vertrouwen.

De afgelopen dagen heeft ze de jeugdfoto van Gijs iedere dag een paar keer bekeken. Ze had er niet op gerekend hem te krijgen toen ze aan Wiesje vroeg of ze de foto mocht hebben, en ze is er nog steeds op bedacht dat heks ex hem zal terugvragen. Dat zal Kaia weigeren, ongeacht welke acties er dan zullen volgen. Ze is niet vergeten dat Gijs vaak vertelde dat hij er in de jaren dat hij met Wiesje was getrouwd voor waakte om haar te moeten tegenspreken, omdat Wiesje tegenspreken zoiets was als de goden verzoeken. Gewoon nooit meer over de foto praten, heeft ze bedacht. Liever helemaal zo weinig mogelijk met Wiesje praten is nog een veel beter idee, ware het niet dat Peter voor haar gevoel toch net iets te vaak zegt dat hij met haar heeft gesproken. Zou er iets gaande zijn tussen die twee?

De foto ligt nu weer voor haar op tafel. Je zou werkelijk zweren dat het George is, de gelijkenis is onvoorstelbaar groot. Naar deze foto kijken doet pijn en maakt haar tegelijkertijd blij. Het besef dat er een kind is dat precies lijkt op het kind dat Gijs was, geeft het blije gevoel. Dit kind is een geschenk en dat zal ze beschermen. Ze heeft zich voorgenomen om zich over haar weerstand tegen Jill heen te zetten, om te voorkomen dat Jill haar testament gaat veranderen.

Zou Peter een vader voor George willen zijn, mocht Jill iets overkomen?

Kaia legt de foto terug in de bovenste lade van de boekenkast. Nu ophouden met jezelf moeilijke vragen stellen, denkt ze. Wat zou Jill moeten overkomen? Terug naar de computer en aan het werk. Het meisje dat op zoek is naar haar vader wil hem vinden. Kaia is de enige persoon die daarbij een handje kan helpen. Het is goed om iets op een positieve manier op te lossen, daardoor kan ze zelf ook positiever denken.

Ze hoort dat er een appje binnenkomt en kijkt op de display. Bericht van Wiesje? Het is al een tijdje geleden dat er contact was en wat Kaia betreft mag dat nog langer duren. Toch maar even kijken wat heks ex te melden heeft.

Jij overlegt toch ook regelmatig met Peter Cassee? Heeft hij jou al uitgenodigd voor een etentje? Ik vind hem een interessante man, maar ik ben liever niet een van de gegadigden die de zonde waard is. Maar ja, toch een interessante man, ook al is hij getrouwd. Jij zult hem wel hebben afge-

wezen vanwege die echtgenote, maar zoals je al weet heb ik minder scrupules. Ik ben nu eenmaal een slechter mens dan jij. Laat even weten of er iets speelt tussen jullie.

Kaia laat zich met een verbijsterd gevoel op de bank zakken.

Dus Peter heeft Wiesje uitgenodigd voor een etentje, maar ze weet blijkbaar niet dat hij weg is bij zijn vrouw. Die sores deelt hij liever met iemand tegen wie hij aan kan leunen en die verder niets in hem opwekt.

De teleurstelling doet pijn, meer pijn dan ze had verwacht. Ze voelt zich een oen, een soort op hol geslagen veertiger die nog steeds niet goed begrijpt hoe het zit tussen mannen en vrouwen.

Ze zal het contact met Peter vanaf vandaag zakelijk houden en zeker minder contact met hem zoeken. Wil hij losgaan op Wiesje? Laat hem lekker zijn gang gaan!

Ze stuurt direct een antwoord.

Er speelt niets tussen ons, we hebben een zakelijk contact. Alvast smakelijk eten.

Ze zou overmorgen met Peter lunchen, maar die afspraak zegt ze af. Het geluid van haar mobiel doet haar schrikken. Als Wiesje haar nu belt, neemt ze niet op. Maar het is niet het nummer van Wiesje, ziet ze. Het is het nummer van Jill.

Ze meldt zich.

'Kan ik langskomen?' vraagt Jill. 'Het is dringend.'

'Neem je George dan mee?' vraagt Kaia.

2

De twijfel maakt Jill gek. Ze kan het niet met zichzelf eens worden of ze er goed aan heeft gedaan om Wiesje ervan op de hoogte te stellen dat ze er veel voor over zou hebben om weer contact met haar moeder te kunnen krijgen. Ze weet ook niet zeker of het verstandig is om heks ex te vertrouwen en ze zou hier graag met Kaia over praten. Maar ze weet bij voorbaat al dat ze hiermee vooral weerstand wekt en absoluut geen begrip.

Ze begrijpt niets meer van haar eigen gedachten en reacties. Wat wil ze nu eigenlijk? Waarom staat ze open voor wat de eerste vrouw van Gijs tegen haar zegt? Is het mogelijk dat dit te maken heeft met het grote gemis? Hoopt ze dat ze zich dichter bij Gijs kan voelen als ze de vrouw voor wie hij geen goed woord over had, maar met wie hij haar en Kaia bedroog, toelaat in haar leven? Ze denkt voortdurend aan zonde en schuld, en vanuit die gedachten komt steeds het verlangen naar haar moeder tevoorschijn. Het is werkelijk om stapelgek van te worden.

Ze heeft goed opgelet hoe Wiesje reageerde toen ze aan haar vertelde dat ze overwoog om het voogdijschap aan haar moeder toe te wijzen, mocht er iets met haar gebeuren. Wiesje veinsde begrip, maar Jill zag duidelijk weerstand in haar ogen. Hoe meer ze erover nadenkt, des te beter weet ze dat ze een verkeerde weg is ingeslagen. Het verlies van Gijs en moeten toegeven dat hij de vader van George was, hebben haar vermogen om helder te denken aangetast. Zoiets moet het zijn, waardoor ze nu in paniek raakt en serieus dreigt na te denken over het veranderen van haar testament. Ze moet met iemand praten, en Kaia is de enige persoon die beschikbaar is.

Jill heeft een deel van het geld dat een week geleden is overgemaakt als bijdrage aan het levensonderhoud van George besteed aan nieuwe kleren voor hem. De kleine man stapt parmantig rond in zijn korte witte Nosy-spijkerbroek en het groene shirt met de stoere afbeelding van een motorrijder, maar hij is vooral apetrots op zijn New Balance-sneakers in de kleuren groen, wit en oranje met dikke witte veters. Hij vindt het geweldig dat hij alles aan Kaia mag laten zien.

Het is goed om hem mee te nemen, want Jill voelt zich nog steeds niet op haar gemak bij Kaia. De laatste kaart die ze ontving heeft haar vanaf het moment dat ze de tekst aan de binnenkant las beziggehouden. Vooral de verwijzing naar een zwembad is blijven hangen. Ze was er aanvankelijk van overtuigd dat die verwijzing in de richting van Kaia wees, maar nu twijfelt ze. Het is onuitstaanbaar dat ze emotioneel alle kanten op waait en niemand meer durft te vertrouwen. Maar ze voelt zich vooral slecht op haar gemak bij haar eigen emoties doordat ze zichzelf toenadering heeft toegestaan tot de vrouw bij wie ze jarenlang het liefst ver uit de buurt bleef. Zou dat emotionele gezwalk te maken hebben met de rouw om Gijs? Zou dat dan de reden zijn dat ze zulke idiote dingen bedenkt als terugkeren naar haar roots? Ze moet met Kaia praten, al zal het tussen hen misschien nooit meer worden als voorheen.

George rent recht in de armen van Kaia. 'Ik heb nieuwe kleren!' roept hij.

Kaia bewondert hem uitgebreid en voegt eraan toe dat ze het ook geweldig vindt dat hij de r kan uitspreken.

Jill realiseert zich dat ze dit zelf nog niet in de gaten had en wil hiervoor een verontschuldiging bedenken, maar ze kan de juiste woorden niet vinden.

‘Ik heb een chocoladetaart gemaakt,’ zegt Kaia.

George begint te juichen.

‘Als we taart hebben gegeten, mag je de speelhoek zien, die in de serre is,’ gaat Kaia verder. ‘Nee, nog niet kijken, de deuren blijven nog even dicht.’ Ze wendt zich tot Jill. ‘No hard feelings, wat mij betreft. Het leven is te kort om je bezig te blijven houden met teleurstelling en woede. Ik was teleurgesteld en heel erg boos, maar ik heb besloten het roer om te gooien. Hoe gaat het eigenlijk op je werk? Ben je nu al honderd procent hersteld? Dat vergeet ik steeds te vragen.’

Jill knikt.

‘Goed zo, het wordt tijd dat we allebei het gewone leven weer oppakken. We hebben een prachtig kind om van te houden en voor te zorgen. Ik zal hem nooit in de steek laten, en jou ook niet.’

Jill schiet vol.

Kaia steekt haar armen uit. ‘Laten we praten als George slaapt. Jullie blijven toch wel eten? Ik heb twee nieuwe pastarecepten, jij mag kiezen. En het zwembad is schoongemaakt, dus als je een duik wil nemen kan dat weer. Je kunt een bikini van mij aantrekken.’

Jill maakt zich los en ze kijkt naar George, die de deuren naar de serre probeert te openen.

Kaia tilt hem op. ‘Dat zag ik dus net op tijd, meneertje dondersteen. Eerst taart, daarna mag je spelen.’ Ze wendt zich weer tot Jill. ‘Ik denk dat ik het buitenbad binnenkort laat verwijderen. Stel je voor dat dit mooie mannetje het in zijn hoofd haalt om erin te klimmen als wij even niet opletten. Zolang hij nog niet kan zwemmen, durf ik hem beslist niet alleen in de tuin te laten. En vind jij ook niet dat twee zwembaden hebben tamelijk overdreven is? Het moest altijd méér bij Gijs.’

Jill antwoordt dat dit niet alleen zwembaden betrof.

Ze kijken elkaar aan en Kaia is de eerste die begint te lachen. Daarna volgt Jill en George overstemt hen met zijn geschater.

3

Lieve mama,

Je bent veel aanwezig geweest in mijn gedachten en ik heb oneindig vaak naar je verlangd. Dat heeft zeker te maken met de veilige jeugd die ik heb gehad, met alle aandacht en liefde die ik heb gekregen en met alle zorgzaamheid die dankzij jou in mij geworteld is. Het zou misplaatst zijn als ik de jaren van mijn jeugd zou uitwissen doordat we later uit elkaar groeiden en jij me in de steek liet. Ik weet namelijk zeker dat je echt van me hield en dat je besluit om me buiten jouw leven te plaatsen te maken had met de indoctrinatie die jou werd opgelegd en waartegen je niet bestand was. Ik weet ook zeker dat jouw liefde voor mij overeind bleef in je kern.

Nu is de tijd gekomen om definitief afscheid van je te nemen en ik wil graag aan je vertellen hoe ik tot dit besluit ben gekomen.

Ik heb een taak te vervullen die mijn aandacht volledig zal opeisen en daarbij kan ik geen emoties gebruiken die nergens toe leiden. Zo is het toch? Zolang ik niet geloof, verandert er niets. Zolang ik me niet conformeer aan jouw manier van leven, blijft de afstand tussen ons bestaan. Ik kan jouw gedrag en mijn gedrag analyseren, ik kan alles uit de kast halen wat te maken heeft met begrip, ik kan de diepte in gaan over de relatie tussen een moeder en een kind, maar ik zal nooit meer jouw kind zijn als ik me niet overgeef aan de dogma's en de oogkleppen die jouw basis in het leven zijn.

Als praten geen nut meer heeft, kan er alleen nog aan elkaar wor-

den gedacht en dat zal ik blijven doen, maar minder frequent en minder intens dan tot nu toe het geval was. Ik heb nu alle energie die in me zit nodig om overeind te blijven. Toch moet ik nog iets kwijt: ik wil een bekentenis doen aan iemand. Jij bent daar in jouw onbereikbare hoedanigheid de meest geschikte persoon voor.

Ik hield van mijn kruin tot in mijn tenen van Gijs, mama, en toch heb ik hem niet gered toen dat mogelijk was. Daar kan ik nog steeds slecht van slapen.

Hij wilde me niet, was zijn boodschap. Ik was voor hem niet meer geweest dan een aangenaam tijdverdrijf, en ook ons kind kon voor hem geen reden zijn om Kaia te verlaten en met mij verder te gaan. Hij noemde me een snol.

Hij noemde me een snol, mama. De vader van mijn kind, die me bemind had op een manier die ik nog nooit had meegemaakt, aan wie ik toestond wat ik nooit eerder iemand had toegestaan, de man die me jaren in onzekerheid liet over zijn bedoelingen en me steeds afscheepte met smoezen noemde me een snol, een ander woord voor hoer.

Ik wist dat Kaia de hele dag in de sauna zou zijn en dat Gijs thuis wilde werken. Mijn kind was die ochtend naar het kinderdagverblijf en ik had een dag vrij genomen. Het was tijd voor een harde confrontatie, vond ik. Het maandelijkse bedrag dat ik ontving voor het levensonderhoud van mijn zoon was niet voldoende. Ik wilde mijn liefde beantwoord zien en hem ervan overtuigen dat hij bij míj hoorde en bij niemand anders. En ik was bereid om de waarheid aan mijn vriendin bekend te maken als Gijs bleef weigeren om mijn man te worden.

Hij stond beslist niet te juichen toen hij me zag. Integendeel zelfs, hij reageerde geïrriteerd en afwerend. Ik trof hem aan in het overdekte zwembad en hij sommeerde me direct om weg te gaan, omdat hij over een halfuur bezoek verwachtte.

Ik weigerde en ik vertelde hem kalm, zonder een moment te haperen, dat ik Kaia zou inlichten over alles wat er sinds een jaar of vijf tussen hem en mij gaande was, als hij bleef weigeren om samen met George en mij een gezin te vormen. Toen noemde hij me dus een snol.

Terwijl hij dat zei, klom hij uit het zwembad en op het moment dat zijn voeten de grond raakten, zakte hij in elkaar.

Hij hapte naar lucht en maakte met zijn handen wanhopige bewegingen. Zijn ogen puilden bijna uit hun kassen, hij werd lijkbleek en probeerde iets te zeggen. Pas later begreep ik dat hij het alarmnummer bedoelde.

Ik wist dat ik 112 moest bellen, maar in plaats van dat te doen draaide ik me om en liep terug naar mijn auto. Toen ik de straat uit reed, zag ik in de verte een andere auto naderen en ik sloeg een zijstraat in. Nu denk ik dat het de auto was van zijn eerste vrouw.

De enige manier om dit aan iemand te vertellen is zonder geluid, in gedachten. En de enige aan wie ik het kan vertellen ben jij, omdat ik zeker weet dat je precies zult begrijpen wat er gebeurde. Bij jou veranderde liefde ook in haat, jij zette ook een streep onder onze relatie. Je liet mij alleen niet lichamelijk, maar geestelijk voor dood achter. Ik deed er nog een schepje bovenop. Ik ontnam Gijs de kans om met loeiende sirenes naar een ziekenhuis te worden gebracht en gered te worden. Ik negeerde de smekende blik in zijn ogen, ik draaide me om en verdween. Mijn liefde was veranderd in haat toen hij me een snol noemde.

Met dit verpletterende geheim moet ik leren leven, mama. Ik heb Gijs niet daadwerkelijk vermoord, maar ik heb hem ook niet geholpen. Dat is onvergeeflijk en ik vrees een straf, zoals jij me dat geleerd hebt. Slecht gedrag zal toch bestraft worden?

Ik wil geen straf, ik wil een goed leven leiden zonder hindernissen als zonde en schuld. Ik wil de zoon die ik kreeg verstandig opvoeden en hem leren dat eerlijkheid de beste basis is. Maar ik zal nooit aan hem vertellen hoe het komt dat zijn moeder dat zo goed weet. Ik zal wél mijn uiterste best doen om op een respectvolle manier over zijn vader te blijven praten en voor hem vader en moeder tegelijk te zijn. Liefdevol en warm en veilig. Dat kan ik, want dat heb ik van jou geleerd.

Vaarwel, mama.

4

Ik wil geen seks meer met Catherine, want dat leidt me af van wat er moet gebeuren. Het lukt beter om daarbij kalm en koel te blijven als ik me niet overgeef aan verderfelijke lust. Lust met en door Catherine is voor mij verderfelijk. Lust is nog steeds voor Gijs bestemd.

Ze zegt dat ze het begrijpt, maar ik kan moeilijk geloven dat ze dat meent. Haar ogen zijn te begerig, ze strijkt net iets te vaak met haar tong langs haar lippen, ze probeert me steeds terloops aan te raken. Het is een vreemde situatie tussen ons. Ik kan niet mét maar ook niet zonder haar. Ze is de enige persoon behalve Gijs die me door en door kent en me accepteert zoals ik ben. Als ze een man was, zou ze allang mijn partner voor het leven zijn geweest. Maar ze is een vrouw en dat maakt alles anders.

Ze stond twintig minuten nadat ik haar gebeld had al voor mijn deur. Ik heb me laten omhelzen en daarna heb ik haar tranen gedroogd. Die tranen begreep ik, want ik weet hoe het voelt om te worden afgewezen. In dat opzicht ben ik geen monster.

Ze bedankte voor een glas wijn en vroeg om water. Ze is serieus begonnen met afvallen en leeft sinds kort alcoholvrij en koolhydraatarm. Ik zei dat het al te zien was en ze noemde me lachend een leugenaar. Dat klopt, ik heb het liegen uitgevonden en verbeterd. Maar voor deze gelegenheid speelde ik open kaart. Ik wil Jill vernietigen en daarna aan Kaia vertellen wat ze moet weten over de dood van haar man. Of het eerst vertellen en daarna afrekenen met het gedrocht dat het kind kreeg waar ík recht op had? Om die vraag te beantwoorden heb ik overleg nodig, en de enige die daarvoor in aanmerking komt is Catherine. Ze zal alles voor me doen als ik haar iets beloof wat ze niet kan weigeren.

Ze vroeg me het appje voor te lezen dat Jill had gestuurd. Ik opende het bericht en zei dat ze het beter zelf kon lezen.

Ha Wiesje, ik wil ons contact verbreken. Heb gisteren heel uitvoerig met Kaia gesproken en ik weet nu zeker dat zij me geen kaarten heeft gestuurd met loze bedreigingen en leugens. De enige die overblijft ben jij. Je schijnt te denken dat ik verantwoordelijk ben voor de dood van Gijs, maar dat klopt niet. Ik ben wél bij hem geweest, achteraf gezien vlak voordat hij het hartinfarct kreeg, maar er is toen niets gebeurd wat verontrustend was. We kregen ruzie, ik ben weggegaan. Toen ik wegreed zag ik jou aankomen en in de tussentijd heeft Gijs waarschijnlijk het infarct gekregen. Je meent mij te kunnen bedreigen omdat ik volgens jou niet heb ingegrepen, maar ik denk dat je zelf degene bent die nalatig was. Toen Kaia hem vond was je in geen velden of wegen te bekennen, toch? Dacht je soms: als ik nu geen hulp haal, is alles van mij?

Stop met bedreigen en stompzinnige kaarten sturen. En met liegen en met een onaangenaam mens zijn. Als je doorgaat met mij lastigvallen, doe ik aangifte. Tot nooit meer, Jill

'Het wordt tijd voor actie,' zei Catherine.

5

Kaia moet even nadenken over de naam, maar ze beseft al snel dat de vrouw die haar belt de Catherine van Wiesje is. Er zit opeens een onaangenaam gevoel in haar maag.

'Ik wil me nergens mee bemoeien,' zegt Catherine.

Kaia antwoordt dat dit waarschijnlijk ook nergens voor nodig is. Ze heeft zin om alles wat deze vrouw te vertellen heeft meteen af te kappen, ze zou het gesprek gewoon moeten afbreken. Maar ze luistert toch en ze probeert het beeld van een veel te dikke vrouw in een net iets te krap zittende zwart leren jumpsuit met opgerolde pijpen niet voor zich te zien.

Dat gaat dus niet lukken.

Het gaat niet goed met Wiesje, is de boodschap. Ze heeft een week geleden een bericht gekregen van Jill en dat heeft er nogal ingehakt. Catherine kan zich voorstellen dat Kaia niet geïnteresseerd is in wat zich afspeelt tussen de dames, maar Catherine hoopt toch dat ze met haar wil meedenken over een oplossing.

Oplossing?

De oplossing is al door Jill aangereikt, zou ze willen zeggen. Einde gesprek. Maar ze krijgt niet de kans om deze woorden uit te spreken, want Catherine laat zich duidelijk niet afschepen.

Wiesje weet niet dat ze belt, is de volgende boodschap. Ze wil altijd haar eigen zaakjes oplossen en weigert alle hulp die wordt aangeboden. Maar Catherine wil graag iets organiseren om de vrouwen nog een keer face to face met elkaar te laten praten en eventuele misverstanden op te lossen.

Misverstanden? Waar gaat dit over? Wat heeft heks ex het Michelinvrouwtje allemaal op de mouw gespeld? Er valt niets uit te praten, de zaken liggen helder en geen enkel gesprek zal Jill van gedachten laten veranderen. Wiesje mag konkelen wat ze wil, leugens verspreiden, rare kaarten versturen, honderd of vijftig procent lesbisch zijn, whatever, maar voor de rest van haar leven mag ze dat doen buiten het gezichtsveld van Jill en Kaia. Wiesje is exit. Waarom zegt ze dit nu niet?

'Ik geloof dat Jill vaak bij jou is en ik stel voor om een avond te plannen waarop de meiden de zaak kunnen uitpraten in jouw huis. Denk je ook niet dat ze elkaar het best kunnen treffen op neutraal terrein?'

Neutraal terrein, om je suf te lachen. En wat valt er uit te praten? Die Catherine draagt een roze bril en beseft niet wie en wat haar liefje is. Ze heeft wel een aardige stem. Nu begint ze aan te dringen op het plannen van een datum, maar ze wil graag met Kaia afspreken dat die Jill niet van tevoren inlicht. Catherine zal Wiesje zelf brengen en later weer ophalen. Op die manier weet ze zeker dat Wiesje bij Kaia komt en kan ze haar na afloop opvangen. Zou het over twee dagen schikken, 's avonds om een uur of negen? Dan is het niet meer zo heet, wat hebben ze een warme nazomer, hè? Het kan ook over drie dagen, dat maakt niet uit.

Toch is die stem niet alleen aardig.

Kaia wil dat dit gepush ophoudt en ze wil het gesprek beëindigen. Ze heeft geen zin in een discussie en daarom belooft ze dat Jill over drie dagen 's avonds bij haar zal zijn als ze erin toestemt om met Wiesje te praten. Geheimhouding valt met haar niet te bespreken, op die manier gaan Kaia en Jill niet met elkaar om.

Na deze woorden valt er een stilte.

'Wat jij wil. Hier maak je me heel erg blij mee,' zegt Catherine.

Kaia probeert opnieuw niet aan een zwart leren jumpsuit te denken.

Over twee dagen komt Peter eten. Ze heeft hem een tijdje op afstand gehouden, nadat heks ex haar vertelde dat hij haar had uitgenodigd voor een etentje. Maar een paar dagen geleden heeft hij de deur van zijn kantoor gesloten nadat ze binnen was gekomen en aan haar gevraagd waarom ze opeens zo afstandelijk was geworden. Toen heeft ze geantwoord dat ze de relatie die hij met Wiesje aan het opbouwen was niet in de weg wilde zitten. Zijn mond viel open en daarna kreeg hij de slappe lach.

Hij heeft Wiesje nooit mee uit eten gevraagd, dat heeft heks ex dus weer eens uit haar duim gezogen. Kaia had het kunnen weten; leert ze het nu nooit met die vrouw? Peter werd daarna serieus. Hij vroeg aan haar of hun gesprekken voor haar evenveel betekenden als voor hem. Toen klapte ze dicht.

Hij is gelukkig te beschaafd om een vinger naar haar uit te steken in het kantoor dat voorheen van Gijs was. Maar over twee dagen komt hij eten.

6

Het besluit om het contact met Wiesje volledig te verbreken veroorzaakte een enorm gevoel van opluchting. Jill heeft de tekst van het appje die ze aan haar stuurde niet aan Kaia laten lezen, maar wel in grote lijnen verteld wat ze heeft geschreven.

De spanning tussen hen is minder en neemt nog steeds af. Jill begrijpt dat ze niet van haar vriendin kan verwachten dat ze haar alles vergeeft en dat er altijd, misschien op ongelegen momenten, sneren kunnen worden uitgedeeld of op een subtiele manier kan worden medegedeeld dat ze een bedrieger is. Dat moet dan maar.

Wiesje heeft niet meer gereageerd op het appje dat ze kreeg, maar Jill is en blijft op haar hoede. Je weet nooit wat die vrouw precies van plan is, waar ze opduikt, wat ze uitvreet. De stilte die na het appje is ingetreden, is geen garantie voor een rustig leven. Dus Jill blijft alert en voorzichtig. Als George niet op het kinderdagverblijf is, houdt ze het kind voortdurend in de gaten.

Ze is regelmatig bij Kaia, omdat Kaia dat steeds vraagt. Jill ziet dat het haar vriendin goeddoet om George om zich heen te hebben en soms voelt ze zich een beetje jaloers door de band die Kaia en George samen hebben. Maar dat gevoel zet ze snel van zich af, omdat ze van mening is dat Kaia de omgang met George dubbel en dwars heeft verdiend. En omdat Jill merkt dat ze die omgang de afgelopen weken meer dan ooit nodig heeft. Er is iets aan de hand met Kaia, maar ze wil er niet over praten. Het schrijven gaat goed, volgens haar, en het bedrijf loopt gesmeerd onder de leiding van Peter Cassee. Ze hoeft daar niet naar om te kijken.

Toch is er iets gaande.

De tonijn-aardappelsalade die Jill heeft gemaakt, wordt door Kaia luidkeels geprezen. Ze zegt dat ze jaloers is op het gemak waarmee haar vriendin lekkere salades in elkaar flanst. 'Ik presteer niets zonder goed recept,' legt ze uit. 'Hoe doe je dat toch?'

Jill schept nog een keertje op en snijdt daarna het laatste stuk knoflookbrood in plakken. 'Ik doe maar wat, het lukt niet altijd zo goed, hoor. Zit er genoeg tonijn in?'

Kaia schept ook nog een keer op. 'Meer dan genoeg. Fijn dat jullie blijven slapen.' Ze wijst naar de speelhoek waar George een toren bouwt, terwijl hij een broodje met pindakaas oppeuzelt. 'Hadden we voor George niet iets supergezonds moeten koken?'

'Dat probeer ik iedere dag,' verzucht Jill. 'Het blijft een strijd om hem groenten te laten eten, het lukt vaak zelfs niet als ik iets meng met appelmoes. Vandaag maar even gemakkelijk.'

'Gijs hield ook niet van groenten,' zegt Kaia. Ze ziet dat Jill wegkijkt. 'Zullen we zulke dingen gewoon tegen elkaar blijven zeggen? Ik zie veel van Gijs terug in George.'

Nu kijkt Jill haar weer aan. 'Ik ook. Zou het mogelijk zijn dat een afkeer van groenten genetisch is bepaald? Dat gedoe met eten vind ik soms erg vermoeiend.' Ze neemt haar laatste hap. 'Ik zal binnenkort ook een lekkere pastasalade voor je maken. Daar meng ik dan allerlei groenten door en daar trapt het mannetje George altijd in.'

'Ik moet je nog iets vertellen,' zegt Kaia.

Jill luistert met gemengde gevoelens naar wat haar vriendin vertelt over het telefoongesprek dat ze heeft gevoerd met Catherine. De aanvankelijke afkeer maakt al snel plaats voor weerstand. Wat een kletsverhaal vindt ze dit. Niemand gelooft toch dat Wiesje ergens mee zit? Die vrouw heeft totaal geen geweten, dat heeft ze in de loop der jaren uitgebreid bewezen. Kan ze nu opeens niet slapen omdat er misverstanden zijn die niet zijn uitgepraat? Er bestaan geen misverstanden, en mochten ze toch bestaan, dan heeft Jill geen enkele behoefte aan contact om iets uit te praten. 'Ik hoef die vrouw echt nooit meer te zien,' zegt ze. 'Je hebt Catherine toch niets beloofd, hè?'

Kaia begint de tafel af te ruimen. 'Overmorgen.'

'Wat is er overmorgen?' Jills stem klinkt schril. 'Nee hè? Je gaat me nu toch niet vertellen dat je haar hebt beloofd dat ik overmorgen kom opdraven om het zoveelste leugenachtige verhaal van heks ex aan te horen? Dat ga ik niet doen, Kaia.'

'Denk er alsjeblieft een dag over na. Misschien lukt het ons allebei om daarna een definitieve streep onder Wiesje te zetten.'

Jill ziet dat Kaia geëmotioneerd is. 'Wat raakt je nu zo? Wat is er toch met je? Er is iets, ik zie het, dus ontkennen heeft geen zin.'

'Peter komt morgenavond bij me eten,' zegt Kaia.

Jill slaat een hand voor haar mond. 'Wát ik ook verwacht had... Is er iets gaande tussen jou en hem? O, zeg maar niets, ik zie het al.'

'Het is wel al snel na... Ik hoor nog te rouwen. Maar die man raakt me, ik kan er niets aan doen. Hij heeft een lastige scheiding achter de rug, daar heeft hij me al veel over verteld. Het is heerlijk om met hem te praten.'

'De rest volgt vanzelf,' stelt Jill vast. 'Ik zal nadenken over een afscheidsritueel met Wiesje, als ik jou daar een plezier mee doe.'

'Dat zou ik fijn vinden,' zegt Kaia.

Het leven gaat door, denkt Jill. Een groter cliché bestaat er niet, maar zie wat er nu gebeurt. Kaia op vrijersvoeten, wie had dat ooit gedacht?

Ze is niet alleen verrast, er komt nog een heel ander gevoel in haar op.

Ze is jaloers.

7

Catherine is met afstand de beste. Ik zou zelf nooit verzonnen hebben wat zij heeft bedacht, en in die zin is ze mijn meerdere in het smeden van slechte plannen.

We hebben wat zij 'de kwestie tussen ons' noemde uitgebreid besproken. De kwestie Angela, dus.

Aanvankelijk moedigde ik Catherine niet aan toen ze begon te vertellen over wat haar was overkomen met deze Angela. Ik was niet benieuwd naar verhalen over verliefde dames, en zeker niet naar gevoelens die te maken hadden met vuren en vlammen. Gelukkig voelde Catherine dat goed aan en liet ze de seks achterwege. Maar ze was hopeloos verliefd geworden en helemaal in de ban geraakt van deze bedriegster, die zogenaamd een gave had om contact te maken met overleden personen. Ze liet zich zonder ook maar iets te vermoeden door Angela uithoren over mij en mijn relatie met Gijs. Die belangstelling vatte Catherine op als oprechte interesse en ze dacht dat ze mij kon helpen met het verwerken van het verlies van Gijs door me in contact te brengen met Angela. Dat ze daarvoor behoorlijk veel geld moest overmaken deerde haar niet. Ze gunde mij alles wat me kon troosten, wat het ook zou kosten. Toen ontdekte ze dat Angela financiële problemen had, omdat veel mensen die ook hadden geloofd dat ze een medium was hun geld terugvorderden. Er werd aangifte tegen haar gedaan vanwege oplichting, ze werd thuis bezocht door gedupeerden en toen Catherine weigerde om haar nog een keer geld te geven, begon ze haar te bedreigen.

Ze smeekte me om vergeving, omdat ze privézaken bekend had gemaakt aan iemand die ze niet blind had moeten vertrouwen. Ze bleef benadrukken dat ze me had willen helpen.

Ik voelde me de meest stompzinnige oen die ooit op deze aardkloot had rondgelopen, omdat ik ergens in was getuind. Maar ik had Gijs toch om me heen gevoeld? Het klopte toch dat hij me via Angela probeerde te bereiken?

'Wat denk je nu?' vroeg Catherine.

Ik vertelde wat ik dacht.

Ze keek me aan met een liefdevolle blik in haar ogen. 'Ik sta wel open voor de gedachte dat Gijs je probeerde te bereiken. Er is veel meer tussen hemel en aarde dan wij in de gaten hebben, denk je ook niet? Eigenlijk weet ik zeker dat Gijs je iets duidelijk wilde maken. Je was niet zomaar bezig met plannen smeden om zijn zoon te veroveren. Ik vind het een logische gedachte dat hij de zorg voor zijn kind alleen aan jou wilde toevertrouwen.'

Ik schoot vol.

'Ik heb een plan,' zei Catherine.

Ik vind het best vreemd dat ik hier zelf niet op ben gekomen, maar laat ik me daar nu niet druk over gaan maken. Het is een exercitie die gefaseerd moet worden uitgevoerd. Eerst moet Jill worden uitgeschakeld, want ik weet zeker dat ze nooit uit vrije wil míj gaat aanwijzen als voogd. Ze zit veel te veel vast aan Kaia, en als Jill niet meer meedoet is Kaia aan de beurt. Daarna zien we verder. Mocht de familie van Jill opdraven om zich over Gregor te ontfermen, dan zal ik ze een financieel aanbod doen dat ze niet kunnen weigeren. En als alles dan achter de rug is, ga ik serieus achter Peter Cassee aan. Laat hem nu nog maar lekker freewheelen met Kaia, mijn beurt komt nog wel.

Ik heb aan Catherine verteld dat ik het kind nu al Gregor noem en ze reageerde verrast. Catherine fantaseert onomwonden hardop over de tijd dat ze de zoon van Gijs samen met mij kan opvoeden. Ik laat haar voorlopig in die onzin geloven.

Ze heeft Kaia benaderd en aan haar voorgesteld om een ontmoeting tussen Jill en mij te organiseren in Kaia's huis. Overmorgen is het zover. We hebben afgesproken dat Catherine mij om negen uur 's avonds afzet bij Kaia en me een uur later weer komt ophalen. Het wordt de komende dagen behoorlijk warm, het is dit jaar de warmste nazomer sinds tijden. Om negen uur is het al donker. Mijn missie is om Jill zover te krijgen dat we een verfrissende duik in het zwembad nemen. Als dat lukt, laat ik haar verdrinken. Ik ben sterk en ik weet wat ik wil doen. Zij is tenger en onvoorbereid op wat er kan gebeuren.

We hebben na een paar glazen rosé giechelend geconstateerd dat we allebei een vreemdsoortige preoccupatie hebben met zwembaden. Ik heb Catherine aangewezen als hoofdschuldige, want zij is ermee begonnen. We dronken te veel en ik heb haar weer toegelaten in mijn bed. Ik word altijd losser van alcohol en het was zeker niet onplezierig. Maar een uitzondering was het wel, want ik heb andere plannen die ik later bekend zal maken.

Laat het nu snel overmorgen worden.

Ik hoor de stem van Gijs voortdurend, hij praat heel diep binnen in mij. Hij herhaalt de woorden die hij vaak gebruikte als we ons weer eens hadden laten gaan in onze fantasieën over gruwelijk geweld. Hij noemde dat geestelijke orgasmen. Maar het mooiste dat hij tegen me kon zeggen, was dat ik even slecht, zo niet slechter was dan hij.

Ik ben zonder enige twijfel de persoon die zijn kind moet opvoeden. Ik ben niet alleen slecht genoeg, ik ben met afstand degene die recht heeft op het moederschap.

Ik wil dit kind kennen, herkennen en de kans grijpen om weer degene te worden die ik was toen ik Emmy nog had.

Ja, laat het snel overmorgen worden.

Ik zou zo graag weer een keer lang en intens willen huilen. Ik zou willen verdrinken in mijn eigen tranen en alles wat ik heb opgekropt naar buiten willen laten komen en weg laten vloeien. Ik wil schoon schip maken in mijn hoofd en in mijn hart, maar vooral in mijn ziel.

Ik wil weer moeder zijn.

8

Het kan eigenlijk niet, het mag eigenlijk nog niet, het is nog geen halfjaar geleden dat Gijs overleed en het geeft geen pas om nu al verliefd te zijn. Kaia probeert zichzelf ervan te overtuigen dat ze minder hard van stapel moet lopen, maar zelfs haar gedachten hebben vleugels en vliegen naar plaatsen waar ze niet te vangen zijn.

Het leven is eindelijk weer verrukkelijk.

Ze waren allebei voorzichtig en er was tussen hen verlegenheid te bespeuren toen Peter binnenkwam met een grote bos bloemen. Kaia wilde niet blozen, maar ze voelde haar wangen gloeien en ze zag zijn geamuseerde blik. Het moet niet gekker worden, dacht ze nog, ik ben geen puber meer, ik ben een vrouw van veertig en dit is niet de eerste man op wie ik val. Toch liet ze de vaas waar ze de bloemen in wilde zetten in duizend stukken vallen en had ze opeens zin om keihard te gaan huilen terwijl ze de scherven opruimde. Ze dacht dat Peter dat niet in de gaten had.

Zulk pubergedrag!

Het was gezellig, benadrukte hij. De ovenschotel van gemarineerde kip, krielaardappeltjes en pittige sperzieboontjes vond hij heerlijk. Kaia was blij dat ze voor een gerecht had gekozen dat ze van tevoren kon klaarmaken en dat daarna alleen nog in de oven geschoven hoefde te worden.

Het was inderdaad gezellig en naarmate ze samen verder aten, verdween het onzekere gevoel en keken ze elkaar niet alleen vaker aan, maar begonnen de blikken die ze wisselden boekdelen te spreken. Toen hij haar hielp met afruimen, raakten hun handen elkaar. Daarna was er geen houden meer aan.

Het is niet te bevatten wat ze voelt. Het lijkt jaren geleden dat ze eerst haar kleine meisje moest laten uitdrijven en daarna Gijs bij het zwembad vond. Alles zou in een andere eeuw gebeurd kunnen zijn, en dat vindt ze een merkwaardige en tegelijkertijd volkomen normale gedachte.

Ze had er rekening mee gehouden dat ze aan Gijs zou denken als ze met een andere man zou vrijen. Dat is niet gebeurd. Gijs was nergens in haar gedachten en in haar gevoel. Er was niets in Peter wat haar aan hem deed denken, er drong zich geen enkele herinnering op, er werd geen geur herkend en geen woord en geen handeling. Gijs was totaal verdwenen en Peter nam als vanzelfsprekend zijn plaats in.

Hij was verrukkelijk en ze wil dat hij blijft. Ze heeft hem verteld over Jill en George. Hij luisterde aandachtig en zei dat hij haar vriendin en de kleine man graag beter wilde leren kennen.

Zou hij nog kinderen willen?

Die vraag bezorgt haar opnieuw gloeiende wangen. Ze lijkt echt een puber.

Straks komt Jill met George. Ze blijven vannacht bij Kaia slapen. Als Jill in gesprek gaat met Wiesje, verhuist Kaia met George naar de televisiekamer en zodra het kereltje in bed ligt gaat ze Peter bellen. Ze wil met hem praten en plannen maken voor een volgende ontmoeting, en ze hoopt dat ze op die manier het nog steeds sluimerende gevoel van wrok tegen Jill van zich af kan zetten. Die wrok benauwt haar en laat haar dingen denken die ze niet denken wil. Heeft ze zich samen met Jill niet al jaren gericht op positiviteit en vooruitgang? Ze waren er samen altijd van overtuigd dat omkijken eerder stagneerde dan iets opleverde. Vooruitkijken is het nieuwe devies. Koesteren wat er is, focussen op de toekomst.

Goed bekeken is ze een geluksvogel, met een man die haar raakt en een kind dat iedere dag meer voor haar gaat betekenen.

Misschien is dit het goede moment om Jill te vergeven. Wrok verwijderen, hart wijd openzetten.

'Ik vergeef haar,' zegt ze.

Het is een goed besluit om het zwembad in de tuin nu snel te laten afbreken. Over een paar weken begint de herfst, waarom zou ze het bad nog een winter doelloos laten staan? Ze heeft van Peter een paar adressen gekregen van bedrijven die ze kan benaderen voor de klus en waar ze een offerte kan aanvragen. Ze weet nu zeker dat ze op de plek van het buitenzwembad een groot overdekt terras met verwarming wil laten maken.

Het bad is al leeggelopen. Achteraf bezien had ze het na de schoonmaakbeurt beter niet meer kunnen laten vullen. Niet omkijken, denkt ze. Omkijken stagneert.

Het wordt een prachtig terras en het is een geruststellend idee dat George daar zonder enig risico zal kunnen spelen.

Buiten klinken stemmen. Kaia hoort dat George weer een heel verhaal te vertellen heeft.

9

‘Van mij mag het gaan stortregenen,’ zegt Jill als ze haar vriendin heeft begroet. ‘Wat een hitte, zeg, de natuur is toch echt de kluts kwijt. Heb jij dit soort temperaturen ooit eerder meegemaakt als het al eind augustus was? Maar hierbinnen is het heerlijk koel. Leve de airconditioning.’ Ze omhelst Kaia en ze wijst naar George. ‘Meneertje heeft de hele middag liggen slapen, hij zal voorlopig met geen stok naar bed te krijgen zijn.’

Kaia knuffelt het kind en krijgt een natte kus op haar mond. ‘Wij vermaken ons wel, hè Georgieboy? Ik heb twee nieuwe Disneyfilms gekocht, want mama heeft me verteld dat je daar dol op bent.’

George straalt.

‘Kaia kan nooit meer stuk,’ stelt Jill vast. ‘Kunnen we al aan de drank? Dat heb ik nodig om een gesprek met heks ex te kunnen doorstaan. Ik heb vandaag drie keer op het punt gestaan om je af te bellen en nu heb ik spijt dat ik het niet heb gedaan.’

‘Ik heb drie flessen prosecco koud staan,’ zegt Kaia lachend. ‘Maak je toch niet druk om die vrouw, ze heeft duidelijk aandacht nodig en na vandaag hebben we weer een tijdje rust. Ik denk tegenwoordig vaak: eigenlijk is ze een stakker. Je zult maar zo in elkaar zitten als Wiesje, daar moet je toch niet aan denken?’

Jill haalt haar schouders op. ‘Hoe zít die vrouw eigenlijk in elkaar? Je weet met haar toch nooit waar je aan toe bent? Wat ik wel heel goed weet, is dat ze Gijs al die jaren dat ze elkaar kenden heeft behekst. Ze heeft het jou ook beslist niet gemakkelijk gemaakt, met haar gedrein en haar aandachttrekkerij.’

'Ze is vanaf het moment dat ze werd geboren door haar ouders op handen gedragen en gruwelijk verwend,' legt Kaia uit. 'Alles kon en mocht, ze heeft na de middelbare school nooit gewerkt, alles werd haar nagedragen. Toen ze met Gijs trouwde, ging dat allemaal gewoon door. Als je op geen enkele manier leert om ergens verantwoordelijkheid voor te dragen, en als je nooit wordt tegengesproken, kun je dat volgens mij een vorm van kindermishandeling noemen.'

'Praat jij alles maar weer goed,' protesteert Jill. 'Dat wordt lekker, zeg. Krijgt ze haar hele leven alles voor elkaar zonder er iets tegenover te hoeven stellen en dan moeten we toch nog medelijden met haar hebben. Nou, ik doe niet mee.'

'Dat wordt een leuk gesprek straks,' gniffelt Kaia.

'Daar zou ik niet op rekenen. Maar wie weet valt het allemaal mee als er voldoende drank in me zit.'

Kaia heeft de eerste fles prosecco uit de koelkast gehaald. 'Pak jij de glazen? Dan schenk ik in.'

Jill haalt twee wijnglazen tevoorschijn. 'De mijne goed vol.'

Kaia schenkt in. 'Ik neem een halfje, ik kan niet toeter worden, want ik moet op het mannetje letten.' Ze kijkt naar buiten. 'Het wordt nu wel elke dag al vroeger donker. Maar om nog even terug te komen op dat beheksen van Gijs: hij kon daar zelf ook wat van. O, volgens mij hoor ik een auto.' Ze loopt naar de hal. 'Ze is er, Jill. Lief zijn, hè?'

'Laten we altijd aardig over Gijs praten,' stelt Jill voor.

Ze drinkt in één teug haar glas leeg en schenkt het meteen weer vol. Ze kan beter niet toegeven aan het unheimische gevoel dat haar al de hele dag dwarszit.

'Als je hulp nodig hebt, weet je waar ik zit. Als George slaap krijgt, breng ik hem wel naar bed.'

Ik moet er wél voor zorgen dat ik zijn moeder blijf, denkt Jill.

Wiesje zucht en puft. 'De airconditioning in mijn huis heeft de geest gegeven. Natuurlijk is er niet op korte termijn een monteur te krijgen vanwege personeelstekort. Maar hier is het goed uit te houden. Zou Kaia het goed vinden als we straks een duik nemen in haar zwembad?'

We? Hoe komt ze dáár nu weer op? 'Koude prosecco?' biedt Jill aan. 'Ik ben al aan mijn tweede begonnen.'

'Dan moet ik even doordrinken. Ik hoef niet te rijden, Catherine pikt me over een uurtje weer op.'

Het gaat dus minstens een uur duren, denkt Jill.

Ze zijn allebei aan het derde glas prosecco begonnen en Jill voelt hem al goed zitten. Ze zou wel iets te eten lusten en ze wil aan Wiesje vragen om nu snel ter zake te komen. Ze zitten hier tenslotte niet om te doen of ze de beste vriendinnen zijn.

'Ik wil nog wel iets met je bespreken,' zegt Wiesje.

10

Ik heb allerlei zinnen bedacht om mee te beginnen, maar doordat we direct aan de prosecco gingen en ik al na het eerste glas voelde dat ik snel dronken zou worden, kom ik nu niet verder dan de simpele mededeling dat ik iets met Jill wil bespreken. Ze zegt dat ik van wal kan steken.

Ik schenk eerst mijn glas nog eens vol en houdt de fles uitnodigend boven het glas van Jill. Ze knikt.

'Ik wil het over de kaarten hebben die je kreeg. Als ik jou was, zou ik ook denken dat ik daarachter zat. Maar ik was het niet. Ik kan je niet vertellen wie het was, ik kan je alleen de garantie geven dat niemand je meer lastig zal vallen. Ik wil geen ruzie met je, Jill. Ik zou alleen de zoon van Gijs willen blijven zien, desnoods maar één keer per maand.'

'Hij heeft een naam,' zegt Jill.

'Gregor. Sorry, George. Hij heet George, dat weet ik. Heb jij die naam bedacht of was het Gijs?'

'Heb je ook vragen voor me die ergens op slaan, Wiesje?'

Ik hoor aan haar stem dat dit gesprek niet de goede kant op gaat.

'Waar zit je nou precies mee?' vraagt ze. 'Waarom moest er zo nodig een gesprek plaatsvinden? Ik heb je duidelijk gemaakt dat ik geen contact meer met je wil, dus dat betekent dat je George ook niet meer zult zien. Waarom zou je hem moeten zien? Wij hebben niets met elkaar te maken.'

Ik neem een grote slok prosecco. Dronken worden is een goed

idee. 'We hebben allebei een kind gekregen van dezelfde man. We hielden allebei van dezelfde man.' Ik moet een paar keer slikken. 'Ik verloor mijn kind en dat is en blijft een onverteerbaar verlies. Geloof me, er kan je niets ergers overkomen.'

'Ik geloof je,' zegt Jill. 'Zal ik de glazen nog een keer volschenken?'

Ik maak haar met een handgebaar duidelijk dat het goed is. 'We worden ladderzat en dat wil ik ook graag. Ik stik van verdriet, Jill. Ik mis mijn kind erger dan ooit sinds Gijs overleed. Maar ik heb hem niet in de steek gelaten toen hij bij dat zwembad een hartinfarct kreeg. Je had gelijk, ik kwam aanrijden nadat jij het pand had verlaten. Ik zag je gaan en ik werd woest. Ik wilde niet een van zijn minnaressen zijn, Jill. Ik wilde hem nog steeds voor mij alleen, zelfs al wist ik dat geen enkele vrouw Gijs ooit voor zich alleen had gehad of zou hebben. Daarom heb ik de auto omgekeerd en ben naar huis gereden. Op dat moment wist ik zeker dat ik een punt zou zetten achter Gijs. Maar als ik hem gevonden zou hebben, had ik beslist het alarmnummer gebeld en was ik zeker begonnen met reanimeren. Er zit in mij veel haat, Jill. Heel diepe haat, heel vasthoudende haat, ik kan heel intens haten. En liefhebben, ik kan ook heel intens liefhebben. Dat gold voor Emmy, ons meisje, en dat gold voor Gijs. Als ik hem had gevonden, zou ik hem geholpen hebben.'

'Ik ook,' zegt Jill.

'Wie van ons liegt?' vraag ik.

Op haar gezicht verschijnt een glimlacht die veel op een grimas lijkt. 'Jij of ik of allebei. Maakt het nog iets uit? Dus je wil graag nu en dan contact met George? Je wil iets terug blijven zien van je grote liefde? Daar zal ik over nadenken en ik geef je een eerlijk antwoord als ik weer nuchter ben. Meer zit er momenteel niet in.'

Ik voel me week en onzeker, maar vooral opgelucht. Ondanks de alcohol in mijn lijf kan ik nog redelijk helder denken. Ik ben altijd het type geweest van alles of niets. Een paar uur geleden zou ik nog schamper gelachen hebben om alleen de mogelijkheid en nog geen zekerheid over een minimale omgang met Gregor. Nee, met George. Ik moet ophouden met hem Gregor noemen. Ik wilde alles en ik was bereid tot het uiterste te gaan, en dat allemaal onder de bezielende aanmoedigingen van Catherine. 'Er is nóg iets wat je moet weten, Jill. Ongeacht of je me zult toestaan om George te zien, heb ik hem als enige erfgenaam aangewezen in mijn testament. Dat was Gijs, maar hij kan niets meer van mij erven. Daarom wil ik dat George van mij erft namens zijn vader.' Ik zie dat Jill geraakt is. 'Ik heb dit nog aan niemand verteld en ik ga er ook verder met niemand over praten.'

'Ook niet met Catherine?' vraagt Jill.

'Vooral niet met Catherine. Ik ben ons contact aan het afbouwen, binnenkort stop ik definitief met haar.'

Jill lijkt opgelucht te zijn. 'Had jij het niet over een duik nemen in het zwembad?' Ze staat op en schopt haar slippers uit. 'Ik heb het warm gekregen van dit gesprek, ondanks de airconditioning. Misschien is het een opvlieger, wie zal het zeggen? Laten we een frisse duik nemen. Kaia heeft genoeg kleren in de kast hangen, we gooien wat we nu aan hebben straks gewoon in de droger.'

Een frisse duik is een uitstekend idee. We nemen die duik en verder niets. Er wordt niemand belaagd in het water, ik word geen moordenaar. Althans niet nu. Ik ga een andere manier verzinnen om van Jill af te komen, een manier die niet opvalt en geen risico met zich meebrengt. Ik laat me door niemand meer opjutten, ik trek mijn eigen plan. Binnenkort ga ik eerst een afschrift van mijn testament aan Jill laten zien, zodat ze mijn zogenaamde goede intenties gemakkelijker gelooft. Ik kan dat testament later weer herzien, als ik haar definitief heb uitgeschakeld en ik me ga bezighouden met Kaia. Snode plannen met beleid; Gijs zou trots op me zijn. Dit voelt zó goed, zó sterk, zó slim. Ook al sta ik nu wel een beetje wiebelig op mijn benen. 'Het is wel donker buiten, zullen we de tuinverlichting inschakelen?'

Jill antwoordt dat ze zwemmen in het donker altijd bloedje spannend heeft gevonden. Dus nee, de tuinverlichting blijft uit.

Ik hoor een geluid in de gang en probeer te ontdekken waar dat vandaan komt. Jill zegt dat Kaia riep dat ze George naar bed gaat brengen.

'We nemen een duik in je zwembad,' roep ik tegen de dichte deur. Ik kan niet verstaan wat Kaia terugroept.

Jill opent de deur naar de tuin. 'Wie er het eerste is!' zegt ze uitdagend.

Ik ren naar de rand en zet me af. Ze is nog net iets eerder dan ik en ik zie haar volle lach als ze duikt. Het water zal toch niet te fris zijn?

Ik zie te laat wat er aan de hand is.

11

Dit moet een flashback zijn die op een griezelige manier lijkt op de werkelijkheid. Kaia herkent de situatie en ze voelt zich net zo verbijsterd als een klein halfjaar geleden, toen hetzelfde gebeurde.

Er lopen overal mensen rond, het lijkt of er steeds meer bij komen. Iemand ergens in de kamer zegt dat ze een grote pot thee heeft gezet, het is alleen niet heks ex. Het is Catherine.

Ze is niet meer zo dik als voorheen. Toch hoort ze hier niet thuis en heeft ze niet het recht om thee te zetten in de keuken van Kaia. Iemand moet haar wegsturen.

Er zit een vrouw naast haar die ze niet kent. Kaia vraagt aan haar wie ze is en wat ze komt doen. De vrouw blijkt Judith te heten en ze is een recherche-assistent. Ze is hier al een paar uur en ze heeft aantekeningen gemaakt over de slachtoffers.

Slachtoffers?

Judith vraagt of ze nog een keer wil vertellen wat er gebeurde.

Kaia kan zich niet herinneren dat ze dat al een keer heeft verteld. Of meerdere keren? Haar hersenen gedragen zich vreemd. Zou ze nu dromen? Dan is ze beland in een nachtmerrie. Hoe komen die mensen hier? Heeft ze die soms zelf weer gebeld?

Ze vertelt dat de ex van haar man en haar beste vriendin een persoonlijke kwestie wilden uitpraten en dat ze daarvoor haar huis beschikbaar had gesteld. Dat ze met George in de televisiekamer was gaan zitten en dat het kind tijdens de film die ze samen keken in slaap was gevallen op de bank. Dat ze had besloten om hem in bed te leggen en met het kind in haar armen had geroepen wat ze ging doen. Dat ze vervolgens Wiesje hoorde roepen dat ze een duik wilden nemen in het zwembad en dat ze zich, toen ze een paar stappen in de richting van de trap had gezet, realiseerde dat het zwembad leeg was en dat ze riep dat de meiden niet konden zwemmen in het buitenbad, maar het binnenbad moesten gebruiken. Dat ze ervan uitging dat die twee zelf al in de gaten hadden gekregen dat het buitenbad leeg was en dat ze eerst George in bed legde en daarna naar buiten liep.

En dat ze nu hier op de bank zit en niet weet waarom al die mensen hier rondlopen en niet begrijpt welk geluid ze buiten hoort.

'Dat is de traumahelikopter,' legt Judith uit. 'Jill is door de brandweer uit het lege zwembad gehaald en ze wordt zo snel mogelijk naar een ziekenhuis gebracht. Ze is ernstig gewond, het ziet er niet goed uit.'

'En Wiesje?' wil Kaia weten.

Er staat iemand vóór haar. Het is Catherine. Haar gezicht is verwrongen, haar lippen trillen, haar schouders zitten bijna tegen haar oren aan. 'Wiesje is dood en dat is jouw schuld,' schreeuwt ze. 'Je kunt wel doen of je er niets mee te maken hebt en met een stalen gezicht aan mij vragen of ik een pot thee wil zetten, maar mij maak je niets wijs.'

Judith staat op en duwt Catherine een stukje opzij. Ze wijst naar een agent die aan de eettafel zit. 'Ga maar even met die agent praten, dan blijf ik bij Kaia.'

'Die vrouw moet hier weg, ze hoort hier niet.' Kaia probeert op te staan, maar Judith houdt haar tegen.

Catherine huilt met gierende uithalen en wordt door de agent de kamer uit geleid.

'Is ze familie?' vraagt Judith.

Kaia antwoordt dat ze iets met Wiesje had en herhaalt dat ze hier niet thuishoort. En dat ze liegt over Kaia's schuld. 'Ik heb geroepen dat ze niet konden zwemmen in het buitenbad en dat ze het binnenbad moesten gebruiken. Ik dacht dat ze het begrepen hadden. Het bad was leeg, omdat ik het wil laten afbreken. Ik wil op die plek een verwarmd terras hebben. Wiesje is niet dood, hè? Dat verzint dat rare mens toch?'

'Ik ben bang van niet,' antwoordt Judith.

Niemand kan iets vertellen over Jill, behalve dat ze leefde toen ze naar het ziekenhuis werd vervoerd en dat ze buiten bewustzijn was. Kaia gaat ervan uit dat ze een zware hersenschudding heeft. Het zal even duren voordat ze weer voor George kan zorgen, maar ze hoeft zich nergens zorgen over te maken. Kaia zorgt voor het kind.

Er werd aan haar gevraagd of er familie van Jill gewaarschuwd moest worden en of het Kaia bekend was wie als Jills zaakwaarnemer kon optreden. Toen die vraag werd gesteld, realiseerde ze zich dat Jill haar had aangewezen en dat heeft ze verteld. Ze heeft de gegevens van Marnix verstrekt om dit te verifiëren. Daarna heeft ze op Jills mobiel het nummer van haar moeder opgezocht en haar gebeld. Ze weet niet zeker of Jill dat zou willen, maar het leek haar toch het beste besluit. Ze kreeg de voicemail en ze heeft een bericht ingesproken met het verzoek haar te bellen. Grote kans dat de moeder van Jill niets van zich laat horen, maar dan heeft Kaia het in elk geval geprobeerd.

Het blijft niet te bevatten dat dit allemaal echt gebeurt.

'Ik moet even naar boven om bij George te kijken,' zegt ze tegen Judith.

Hij ligt op zijn rug met zijn armpjes gespreid en is in diepe slaap. O Gijs, denkt ze, als je dit nu eens kon zien.

Dit is het beeld waar ze jarenlang van heeft gedroomd. Dit is waar ze al vanaf dat ze een puber was naar heeft verlangd. De aanblik van een totaal ontspannen kinderlijfje dat onmetelijk mooi en tegelijkertijd kwetsbaar is en een heftig oergevoel van bescherming en affectie naar boven haalt. Dit is de liefde die je alleen voor je kind kunt voelen en de liefde voor een man overstijgt. Hier had Timé moeten liggen.

Kaia schrikt van die gedachte. Dit is George, dit is een ander kind. Maar ook een kind van Gijs, en ze mag voorlopig voor hem zorgen. Dat is genoeg; dankzij dit kleine mannetje kan ze Timé loslaten.

George beweegt zijn armpjes.

'Mooie dromen, man?' fluistert ze.

Judith vraagt of er iemand benaderd kan worden om bij Kaia te zijn en om op het kind te kunnen passen als ze naar het ziekenhuis wordt geroepen. Ze verwacht dat Kaia wordt gebeld zodra er meer duidelijk is over de toestand van Jill.

Kaia geeft haar het nummer van Peter.

Judith loopt naar de gang om rustig te kunnen praten en vraagt aan de agent die Catherine naar buiten heeft gebracht om bij Kaia te blijven. Ze komt al snel weer terug. 'Hij is onderweg. Zal ik thee voor je inschenken?'

De beelden bestormen Kaia. Ze ziet Wiesje weer in de keuken staan om thee te zetten. Door de misselijkheid die haar nu overvalt, slaat ze beide handen voor haar mond. Maar het is al te laat.

Judith trekt haar mee in de richting van de keuken. 'We spoelen eerst even je handen af en dan ga je je even omkleden. Het is niet erg, het is juist heel goed te begrijpen. Een reactie op de schrik en door de wetenschap dat er iets verschrikkelijks is gebeurd. Kom maar mee, ik help je.'

12

George vraagt voortdurend naar mama en Kaia blijft eindeloos geduldig herhalen dat mama een beetje ziek is en heel diep slaapt in het ziekenhuis. Ze probeert iedere avond, als George in bed ligt, om aan haar manuscript te werken, maar dat lukt niet. Peter heeft haar het advies gegeven om een time-out te nemen, en ze denkt dat ze dat advies beter kan opvolgen. Het lukt niet om zich op het verhaal te concentreren zolang ze voortdurend de twee lichamen op de bodem van het lege zwembad voor zich ziet. Het is een fijn idee dat Peter een sloopbedrijf heeft gevonden en dat het buitenbad over een paar dagen weg zal zijn.

Ze heeft voor het eerst de moeder van Jill ontmoet. De vrouw zat in het ziekenhuis naast het bed van Jill, het hoofd gebogen, de handen gevouwen. Kaia heeft haar eerst goed bekeken en is toen op haar af gestapt.

Het is een vrouw met een verdrietige oogopslag. Ze heeft de mededeling dat Kaia de beste vriendin is van Jill die nu voor Jills zoontje zorgt voor kennisgeving aangenomen en geen vragen gesteld. Ze toont geen enkele vorm van belangstelling voor George, ze biedt geen hulp aan, ze informeert niet naar hoe het verdere verloop voor Jill zal zijn. Het enige wat ze te melden heeft is dat de hele familie bidt voor Thea.

Het is niet te geloven dat Jill eigenlijk Thea heet, maar toch is Kaia niet steil achterovergeslagen toen ze daarachter kwam. Kinderen die worden geboren in een godvrezende familie zullen niet

Jill worden genoemd, dat kan ze begrijpen. Het is vooral ongelooflijk dat Jill nooit, maar dan ook nooit iets heeft losgelaten over haar echte naam. Ze heeft van alles verteld over haar jeugd en over haar strijd om los te komen van het geloof, maar ze heeft haar echte naam nooit vermeld.

Als Kaia met de moeder praat, heeft zij het over Jill en de moeder praat over Thea. En over God en over de krachten van boven. Met gebogen hoofd en gevouwen handen. Met een strak gezicht. Zonder warmte, zonder liefde, zonder gevoel. Ze is onaantastbaar in haar afweer van mensen die niet op haar eigen golflengte zitten. Kaia kan zich niet voorstellen dat dit de bedoeling kan zijn van geloven in God.

De moeder spreekt Kaia aan met 'mevrouw' en ze negeert het verzoek van Kaia om haar met haar voornaam aan te spreken.

Kaia spreek haar aan als mevrouw Metzers. Ze heeft al een paar keer op het punt gestaan om haar erop te attenderen dat de zoon van Jill haar kleinzoon is met dezelfde achternaam. Ze begrijpt niets van deze moeder, die als een standbeeld naast het bed van haar comateuze dochter zit en haar kind niet aanspreekt. Kaia doet dat wél, ook als die vrouw erbij is. Ze zegt Jill gedag, raakt haar aan, zegt dat het goed gaat met George, dat ze iedere dag bij haar op bezoek komt en dat Jill alles moet proberen om wakker te worden. Ze vertelt aan haar dat ze gevoed wordt via een sonde en dat ze beademd wordt, maar dat alle hulpmiddelen zullen verdwijnen als Jill haar ogen opent om verder te leven. Ze rept met geen woord over de slechte prognose die de behandelaars van Jill hebben uitgesproken. Laat haar vriendin eerst haar ogen maar weer openen, daarna kunnen ze gaan praten over de revalidatie die moet volgen, voor zover er revalidatie mogelijk zal zijn. Want Jill heeft een hoge dwarslaesie, en dat betekent dat ze verlamd zal blijven vanaf haar borstkas. Kaia wil niet nadenken over wat dat precies betekent. Ze zegt iedere dag dat ze Jill mist, maar ze zorgt ervoor dat haar stem neutraal blijft. Haar vriendin mag nergens mee belast worden.

Zou Jill kunnen horen wat er tegen haar wordt gezegd? Een van de verpleegkundigen heeft aan Kaia verteld dat ze er op deze afdeling altijd van uitgaan dat een patiënt woorden kan opvangen en dat mensen die uit een coma ontwaakt zijn soms kunnen navertellen wat er door bezoekers en verzorgers werd gezegd. Daarom bespreken ze de situatie van een patiënt nooit bij het bed en blijven ze praten en uitleggen wat er gaat gebeuren.

De moeder van Jill weet dat ze Kaia heeft aangewezen als haar zaakwaarnemer en als volledig gemachtigde in haar levenstestament. Ze heeft te kennen gegeven dat ze niet wil deelnemen aan gesprekken die te maken hebben met Jills ziekteproces, en Kaia zal daar ook niet op aandringen. Ze bespreekt dit allemaal liever met Peter, omdat ze dan zeker weet dat er geen ruis zal ontstaan als ze moeten praten over het staken van de behandeling. Ze weet dat dit moment zich zal aandienen als Jill langer dan twee weken comateus is of als duidelijk wordt dat er geen sprake meer is van hersenactiviteit. Maar zover is het nog niet.

Ze weet nog iedere dag zeker dat Jill haar hoort en dat ze de strijd nog niet heeft opgegeven.

*

Lieve mama,

Ik weet dat je er bent, ik hoor wat je zegt en ik volg de tekst van je gebeden. Je bidt voortdurend voor vergeving van mijn zonden, maar je vergeet nog steeds om zélf te vergeven.

Ben je Mattheüs 6:12 vergeten? Vergeef ons onze schulden, zoals ook wij hebben vergeven wie ons iets schuldig was.

Ik heb jou vergeven, mama. Jou niet alleen, ik heb ons hele gezin vergeven dat ze me buitensloten en me niet meer wilden kennen. Ik weet dat dit nodig is, omdat ik ook bij Mattheüs las dat de hemelse Vader ons alleen onze misstappen zal vergeven als wij zelf ook anderen vergiffenis schenken. Dat weet jij toch ook, mama?

Ik kan de wereld niet meer bereiken, ik vang alleen nog geluiden op, maar elke dag minder. Ik voel me wegzakken in een diepe put die te diep is om aan te ontsnappen. Het moment om los te laten is dichtbij en ik laat los. Mijn kind wordt opgevoed door de vrouw die dit met hart en ziel zal doen en dat stelt me gerust, ook al heb ik vraagtekens bij haar intenties. Maar ik weet zeker dat voor haar de belangen van mijn zoon altijd voorop zullen staan en dat ze het moederschap vol liefde en compassie vorm zal geven. Dat is genoeg, daar kan ik tevreden mee zijn.

Ik ben blij dat je steeds weer terugkomt, mama. Dat je, als je alleen bij me bent, over mijn voorhoofd streelt en zachte kusjes op mijn handen drukt. Het is goed dat je er bent en me begeleidt op het laatste stukje van de weg die ik moet gaan.

Ik geloof nog steeds niet in jouw God, maar nu ik de eventuele openbaring zo dicht genaderd ben, wil ik graag weten wie er gelijk had. Ik ben niet bang, mama, ook al heb ik grote fouten gemaakt. Ik heb een prachtig kind op de wereld gezet en dat kind is verwekt in liefde. Het is ontvangen met eerbied voor het leven, het is gekoesterd, het is bemind, het heeft van mij een basis meegekregen die garant staat voor een goede persoonlijke ontwikkeling. Dezelfde basis als welke ik heb gehad en waardoor ik me heb kunnen handhaven bij tegenslag en verdriet. Ik heb doorgegeven wat jij zaaide en daar dank ik je voor.

Dag lieve mama.

13

De uitvaart van Wiesje vindt plaats in zeer besloten kring. Kaia ging ervan uit dat ze Catherine had aangewezen om alles te regelen, maar die heeft zich volledig teruggetrokken toen ze ontdekte dat Wiesje nog geen twee weken geleden een nieuw testament had gemaakt waarin ze de zoon van Jill aanwees als haar enige wettige erfgenaam. Catherine heeft woedend gereageerd toen Kaia haar dit telefonisch vertelde, en daarna heeft niemand meer iets van haar vernomen.

Het was even een ingewikkeld verhaal, maar Marnix heeft de zaken op een rijtje gezet. De wettige erfgenaam van Wiesje is een minderjarig kind dat door de ziekte van zijn moeder onder toezicht staat van Kaia. Er zat dus niets anders op voor Kaia om de uitvaart van Wiesje te regelen, en die taak heeft ze overgedragen aan Peter. Hij heeft in Wiesjes administratie de adressen van een paar neven en achternichten gevonden, maar die hebben niet gereageerd op de rouwkaart. Daarom zitten nu behalve Kaia en Peter alleen enkele werknemers van het bedrijf in de aula.

Kaia kijkt om zich heen en ze ziet alleen de strakke gezichten. Er zijn geen tranen, er is geen zichtbare ontsteltenis, er ontbreekt zelfs ook maar de geringste interesse. Er lijkt alleen sprake te zijn van plichtsbesef zonder emotie. Ze buigt zich naar Peter en fluistert dat ze beroerd wordt van het ontbreken zelfs maar een zweem van verdriet. Peter antwoordt dat je alleen kunt oogsten als je iets gezaaid hebt.

Kaia staart naar het bloemstuk op de kist dat Peter besteld

heeft. Het bestaat uit witte bloemen met veel groen, vooral lelies en palmbladeren. Geen rozen.

Ze heeft het koud en ze wil hier weg.

Er zijn geen sprekers. Wat een armoede is dit.

Peter heeft koffie met cake geregeld, maar iedereen bedankt voor de cake. 'Die moeite had ik me kunnen besparen,' moppert hij.

Kaia kijkt zo onopvallend mogelijk op haar horloge. Kunnen ze al weg?

Peter vraagt of ze George moet ophalen en hij stelt voor om te vertrekken. Ze geven iedereen een hand en bedanken voor de aanwezigheid.

Een van de administratieve krachten vraagt of Kaia al weet wat er met Wiesjes as gaat gebeuren. Ze voegt eraan toe dat Wiesje weleens tegen haar gezegd heeft dat ze wilde worden uitgestrooid op een klaprozenveld. Kaia bedankt haar voor de mededeling.

Een klaprozenveld, dat moet te regelen zijn tegen de tijd dat er weer klaprozen zijn. Misschien moeten ze dan de as van Gijs ook uitstrooien. De twee geliefden die ondanks alles niet zonder elkaar konden leven samen laten dwarrelen in een klaprozenveld en samen laten wegwaaien. Kaia vindt het best, als ze het uitstrooien maar niet zelf hoeft te doen. Dat regelt Peter wel.

'Wil je nog ergens naartoe?' vraagt Peter.

'Ik wil naar huis,' zegt ze.

Hij raakt snel haar wang aan. 'Hoe voel je je?'

'Leeg.'

'Het was een sobere uitvaart, er was niet méér van te maken. Ik heb nooit begrepen wat Gijs in deze vrouw zag. Ze was nooit aardig, alleen maar lastig. Ze schijnt zo geworden te zijn na de dood van hun kind.'

'Dat is ook het ergste wat iemand kan overkomen,' zegt Kaia.

Peter grijpt haar handen vast. 'Ik wil graag blijven.'

Op Kaia's gezicht verschijnt een brede lach. 'Dat is je geraden.'

14

Het huis van Jill is leeggehaald en daarna verkocht. Kaia heeft haar meest persoonlijke spullen in dozen gestopt en die op zolder gezet. Daar blijven ze staan tot George zelf kan beslissen wat hij ermee wil doen. De opbrengst van het huis is overgemaakt naar zijn rekening, die door Kaia beheerd zal worden zolang dat nodig is.

George was een paar weken heel stil en hij bleef aan Kaia vragen waarom mama niet terugkwam. Ze heeft eindeloos herhaald dat mama zó diep sliep dat ze niet meer wakker kon worden en dat ze nu net als papa een sterretje is. Het kind controleert iedere avond voordat hij gaat slapen of er sterretjes te zien zijn en dan zwaait hij uitbundig.

Gisteren noemde hij Kaia opeens 'mama'. Daarna kuste hij haar tranen weg.

Het leven is anders geworden. Niet slechter, maar ook niet beter. Gewoon anders.

Peter zegt dat de tijd zal leren welk gevoel zal overheersen en dat hij er vertrouwen in heeft dat het beter zal worden. Hij woont sinds tien dagen bij Kaia en George, en het lijkt of ze al jaren een gezin vormen.

Kaia is de ene keer verwonderd over deze ontwikkeling en de andere keer is het voor haar vanzelfsprekend dat ze praat, overlegt, memoreert en vrijt met een man die nergens te betrappen is op een leugen. Soms schiet ze vol als ze Peter met George ziet stoeien.

'Geloof maar in wat je hebt,' adviseerde Peter haar gisteren, toen ze durfde uit te spreken dat het geluk haar soms bang maakt.

Hij adviseert haar ook om het gedrag van Catherine te negeren en in te grijpen als ze te dicht in de buurt komt.

Ze stond een paar dagen na de uitvaart van Jill opeens in de straat naar het huis van Kaia te kijken. Ze was helemaal in het zwart gekleed en droeg een zwarte zonnebril. Mocht ze hebben gedacht dat ze daardoor minder herkenbaar zou zijn, dan heeft ze zich vergist. Kaia zag meteen dat het Catherine was.

Ze staat daar inmiddels minstens drie keer per week wel een uur, zonder zich te bewegen. Gisteren stond ze met gespreide benen en de handen in haar zij. Kaia heeft toen nog een keer extra gecontroleerd of het elektrische tuinhek gesloten was en daarna heeft ze alle lamellen dichtgetrokken.

Heeft Peter gelijk, houdt Catherine vanzelf op met haar idiote gedrag als Kaia er op geen enkele manier aandacht aan schenkt? Ze hoopt het.

Ze wil het liefst dat het leven gaat lijken op de situatie waar ze al jaren naar verlangt, ook al weet ze dat dit nooit gaat gebeuren.

*

Weet je nog dat ik mijn eerste kinderboek schreef over het mannetje dat geluk kon brengen? Het was een boek voor kleuters, er werd een theatervoorstelling van gemaakt, ik won er de Griffel mee voor het meest positieve kinderboek. Ik moest jou eruit voorlezen, omdat je blij werd van het mannetje dat overal een oplossing voor had en iedereen aan het lachen kon maken. Je zei toen tegen me dat in mij de meest vredelievende geest huisde die volgens jou ooit had bestaan.

Dat zei je mooi... En toen klopte het nog.

Ik dacht serieus dat ik Jill het verraad vergeven had. Ik wilde verlost worden van de wrok die me beheerste, ik wilde op geen enkele manier gaan lijken op heks ex.

Weet je nog dat ik aan je vertelde dat Jill die term voor Wiesje had geïntroduceerd? Je lachte erom. Ik wilde de bijnaam wat afzwakken en voegde eraan toe dat Jill het woord heks had gegoogeld en dat ze had ontdekt dat de kwaadaardigheid die aan heksen werd toegeschreven meer te maken had met een volksgeloof dan met de werkelijke betekenis.

Je haalde je schouders op, zoals je altijd deed als er iets tegen je werd gezegd waarover je zou moeten nadenken. Voor jou was nadenken immers alleen van toepassing als iets betrekking had op geldzaken of op het omzeilen van de waarheid.

Ik dacht dus serieus dat ik jou en Jill het verraad vergeven had.

Het kleine mannetje lag tegen me aan en dat ontroerde me. Ik keek naar hem en zocht naar een gelijkenis met Timé. Ze hadden halfbroertje en halfzusje kunnen zijn als ik niet de weg van de minste weerstand had gekozen. Mijn verstand zegt nog steeds dat ik het beste besluit heb genomen, mijn hart teistert me op hetzelfde moment. Ik hoorde Jill en Wiesje luid lachen. Ik bedacht dat dit de toekomst kon zijn: verder leven zonder jou en zonder een eigen kind, met als onontkoombaar neveneffect de omgang met twee vrouwen die je wél moeder had gemaakt. Ik kreeg minstens een minuut geen lucht.

Ik zag dat George in slaap was gevallen en ik tilde hem op. Toen ik de gang in liep, hoorde ik Wiesje roepen dat ze een duik wilden nemen in het zwembad. Ik heb geen seconde geaarzeld, maar riep meteen dat dat prima was.

Geloof me, ik was niet degene die dat riep.

Het was de heks in mij die me erop wees dat vergeven onmogelijk was.

Ooit was ik de meest vredelievende persoon die volgens jou kon bestaan.

Nu weet ik niet meer wie ik werkelijk ben.

Genoten van dit boek? Dan vind je vast de andere boeken van De Crime Compagnie ook leuk! Onze boeken zijn te herkennen aan de kleine doodskopjes op de achterkant. Enkele van onze titels zijn:

Angelique Haak – *Het verkeerde meisje*
Linda Jansma – *Verlos ons van het kwade*
Marelle Boersma – *De engel van Sevilla*
Marion van de Coolwijk – *Mama liegt*
Marijke Verhoeven – *Vervlogen*
Nadine Barroso – *Verraderlijk spel*
Saskia M.N. Oudshoorn – *Los geslagen*
Sophie Wester – *Moordende hitte*
Chantal van Mierlo – *De verloren jongen*

Kijk voor meer informatie ook op www.crimecompagnie.nl.